致命登入

吳曉樂 著

第一章
2u4u 5;

第四章
2u4n45;

第二章
2u4-45;

第三章
0 5;

第五章
2u4j3

LOGIN.........

◈

十三歲那年，陳信瀚在作文紙上對著「我未來想從事的職業」，毫不猶豫地寫上「我要向父親看齊，靠著自己的實力，去美國讀書，回來以後進入一所大公司，讓妻子跟小孩過著幸福快樂的生活」。二十六歲那一年，陳信瀚滿心滿眼都是「死了算了」的念頭。他不曉得人生自哪一刻出了差錯，如失足踩進流沙，越是奮力掙扎，越是不可自拔。認清自己幾無脫困的機率之後，陳信瀚下了一個決定，他唯一能做的，就是親手終止這難堪的處境。

他在訂房網站搜尋著適宜的地點，早鳥優惠的彈出式廣告一度絆住了他的思緒。若警方事後追查他的訂房紀錄，這個細節是否會淪為媒體關注的焦點？想到輿論評價，陳信瀚打了個哆嗦。他很快地轉而尋思，這幾個月的開銷都是由父母支出，節省三百塊，難道不能稱之「獻給他們最後的溫柔」？陳信瀚很清楚自己給父母增添多少困擾，這也是他放棄在家執行的原因：他不能再給父母更多麻煩了。這幾年房市大漲，他若成了打擊社區房價的元凶，父母還逃得過鄰居的訾議嗎？

除此之外，陳信瀚很滿意他選出的飯店。行銷至上的當代，很難找到這麼一間負評如潮的飯店，將近一百則留言齊聲抱怨他們如何在此度過煎熬的一夜，隔音差勁、熱水供應不穩、浴缸的排水孔纏繞數根頭髮、晚上打給櫃檯無人接聽、提供的咖啡彷彿剛從水溝撈起等等。從環境、清潔到服務，無一不包。有一則留言特別冗長，顯然用盡感情，描述完整、清晰，修辭使用得當，當成短篇小說來讀也不過分。

該名作者自稱因公司補貼有限，他才不幸淪入該飯店的魔掌。進到房間內，先是看到地毯上星落著點點菸灰，往前一步，旋即聞到強烈的濕腐味，像是臭襪子浸泡在清潔劑數日，為了報復遭人遺忘，而發散出的噁心氣味。作者抬頭張望，牆上的壁紙皺巴巴地蜷縮，角落還瀰蓋不知所以的巨大黑漬。他酒醒大半，三步併作兩步衝下樓找櫃檯，當日正好是老闆親自坐鎮，眉頭揚都沒揚，翻了翻手上的小本子，說明還有兩間商務單人房是空的，升級可以，再付三百。作者火冒三丈，表示老闆提供的住房品質低劣，基本的衛生都付之闕如，理應免費讓住客更換到乾淨的房間。老闆聳了聳肩，反問，你還記得一間房我收你多少錢嗎？作者沒有料到老闆的反應，誠實答以六百元，一言既出，氣勢褪了泰半，老闆沒有錯過，他火速拉開小抽屜，數了六張百元鈔，扔在檯面，視線又悠悠黏回那台復古小電視。

陳信瀚來回把這則留言看了不下百次，心底很篤實，就是這家飯店了，他要在這裡走完人生的最後一程。若業主這樣刻薄，他就不會認為自己虧欠太多。陳信瀚有些訝異，在這生死關頭，自己竟沒有完全棄守做人處事的原則。

他起身，把遺書置放於床頭櫃。

如果你們需要一個理由，就當我是瘋了吧。

瘋。

◆

陳信瀚原本有些排斥一字輕輕帶過自己這幾年來所承受的折磨。但他苦思良久，若說明自從二十歲車禍後所面臨的異象，父母恐怕也是要難堪地暗暗做出「兒子發瘋了」的結論。

陳信瀚輕手輕腳來到門前，小心翼翼把手擱在門把上，如握著一枚蛋不敢重壓。他祈禱千萬別撞上母親姚秋香。先前幾度打電動至天色微明，睡下前上個廁所，開門就見到姚秋香一臉哀愁地坐在沙發上，見到兒子，也沒說什麼。陳信瀚事後聽父母交談，才知曉母親受更年期影響，怎麼努力也睡不過六小時。姚秋香話鋒一轉，埋怨起來，失眠已夠折騰，陳信瀚房間內熱絡的遊戲音效，更是讓她心思百轉。陳忠武很快地佈署另一條戰線，他很納悶，好端端的兒子，怎麼有辦法變成今日這副德性，從備受肯定的青年，成了待在家裡、接受父母給養的寄生蟲。這時，也許姚秋香眼角餘光瞥到陳信瀚房門微敞，她壓低聲音，要丈夫點到為止，兒子很可能聽見了。

往事並不如煙，而是審判的烈火，陳信瀚眼中一黯。

他安慰自己，不要緊，今天過後，所有人都能獲得應有的解脫。

幸運地，客廳空無一人，陳信瀚在腦中模擬動線，務求在不碰撞到傢俱的前提下抵達玄關，年久失修的紗窗，拉開時得注意角度，以免發出嘎響；再來是這個關卡的大魔王：兩道篤實的大門。內層鐵門還算好應付，往下一扳，再拉開即大功告成，外層鐵門很是棘手，按照父親習慣，睡前勢必上齊三道鎖，每轉開一道，就會發出森然轟鳴，究竟該一口氣旋開全部？還是要拉長間距，以免一下子製造太多動作？

陳信瀚先採取行動，除了險些撞倒垃圾桶，大致順暢無礙。鞋櫃前，陳信瀚逗留了幾秒，用力回想自己上一次穿上運動鞋，是何時光景。

這段時期，他的足跡最遠就是小巷轉角的便利超商。何青彥每回探望，總是苦勸陳信瀚要擴大活動範圍，他說，我知道你有自己的苦衷，但作為朋友，信不信我看了心底也不好受，你簡直要成為這區的地縛靈了。陳信瀚百感交集地穿上鞋子，很意外綳得不可思議，他會意過來，他發福了不少，腳底板理所當然地變寬了。

解決了鐵門，剩下大門，每旋開一道，陳信瀚靜置一會，處理下一道。說也奇怪，當他順順地推開鐵門時，心中無端升起感傷。陳信瀚暗斥，難道你是希望父母發現你的計畫，前來阻止你嗎？深怕自己懊悔，陳信瀚一跨出門外，連忙把門帶上。

◈

拿出悠遊卡，刷過捷運站，閘門開啟的聲響令陳信瀚有些懷念，他佇足，貪聽了一會才又往前走。計畫進入第二部，他得在倒數第二個捷運站下車，抵達飯店的途中有一間量販店，在那裡購入木炭，為了防止結帳人員起疑，得再多拿香腸、肉片、汽水之類的食物，營造出即將跟朋友烤肉的歡樂假象。陳信瀚在腦中模擬著流程，走出車廂，迎面一位身材高瘦、身著運動外套的男孩冒冒失失地撞上陳信瀚，身體與身體，作用力與反作用力，兩人往後踉蹌幾步，男孩懷抱的教科書散落一地，陳信瀚瞄了一眼封面，高三課本，油性墨水寫著男孩的班級姓名。男孩尷尬地彎腰拾起課本，向陳信瀚欠了欠身，小聲道，對、對不起。

陳信瀚揮了揮手，示意無所謂，下一秒，他看見男孩的身後籠罩著層層黑霧——又來了，腦中傳來劇痛，彷彿有人手持冰錐，毫不猶豫地戳入自己的太陽穴。

他又看見了不屬於人間的景象。

男孩見陳信瀚直勾勾地瞪著自己，顯得不知所措，他再次低頭致歉，小跑步跨入車廂。

陳信瀚幾乎忘了自己如何走出捷運站，來到量販店，他打起精神，把清單上的品項一一掃入推車，方才目睹的那一幕依然滿據腦海。他的節奏被這意外的插曲亂了套。陳信瀚看著手上沉甸甸的提袋。今天似乎不是個好日子。

他很在意那位男孩的下場。

就這樣放棄嗎？若是，他又要怎麼處置這一袋東西？陳信瀚折回賣場，出來時，手上多了烤架、烤網跟蒜頭。他按照手機指示，很快地找到鄰近的公園。

七點半，公園的訪客稀少，但該地區居住人口本就有限，僅在週末或連假時期會湧現觀光人潮，這也是陳信瀚屬意以此為「人生終點站」的理由，他不想驚動太多人。

陳信瀚就著涼亭的石桌，立定烤架、擺設木炭。

諸事就定位，他才想起手邊沒有打火機。

不遠處的長椅上，躺著一位體型壯碩、被塑膠袋團團包圍的中年男子，打從陳信瀚進入公園，男子的視線就沒有離開過他，對陳信瀚的一舉一動很是好奇。

「你有打火機嗎？」

男子打開其中一個塑膠袋，摸出打火機，振臂一拋，打火機在凌空中劃出一個漂亮的圓弧，不偏不倚降落在陳信瀚的腳跟前。

陳信瀚撿起打火機，見男子持續注視著自己，又問，「你要吃嗎？我買很多。」

男子點了點頭。

二十分鐘左右，陳信瀚把剛烤好、表皮微脆的香腸遞給了男子。

「要來一點蒜頭嗎？不過要自己切。」陳信瀚指了指一旁的蒜瓣跟水果刀。

男子以拇指食指捏了一顆，一口香腸、一口蒜地吃了起來。

他終於開口講話，聲音竟然很溫和，「好，謝謝你。那我可以喝點可樂嗎？」

「哦，好，但我沒買杯子。」

男子走回涼椅，從另一只塑膠袋抽出一個被壓扁的鋁箔包，他借了陳信瀚的水果刀，從中劃開，鋁箔包成了容器。男子倒了一些可樂，喝下，滿足地瞇起眼。

「你是新來的嗎？我看你很年輕。」男子問道。

「哦，不，我不是……」陳信瀚愣住，懂了男子的意思，「我只是路過而已。」

「我在這裡至少一年半了，沒有人這樣路過。」

定睛一看，男子並未如陳信瀚以為得年長，也許才四十歲多一些。

「如果我跟你說，我本來買了木炭是要做別的用途，你會嚇一跳嗎？」

男子搖頭，「我有什麼事情沒見過。有一位大哥，睡在這好幾年了，就在你現在的位置上，今年初二還初三，三更半夜被一群喝醉的高中生燒死了。」

陳信瀚莫名感受到周身一股熱氣，他下意識地挪動了坐姿。

男子咧嘴一笑，「不是想死嗎？還會怕啊？」

陳信瀚聽出了男子話語中的調侃，他沒有動氣，因為自己也覺得好笑。陳信瀚聳了聳肩，翻弄著烤架上的豬五花，「你這樣說也沒錯，但，誰不想死？」

「不會沒有退路的。你信嗎，我以前是個老闆。」

「做什麼的？」

「什麼也沒有做。」男子慢條斯理地剝開另一顆蒜頭，撕除薄膜，填入嘴裡。

陳信瀚注意到，男子的指縫很乾淨，他的動作甚至稱得上優雅。

姚秋香說過，從一個人飢餓時吃東西的動作，就足以判斷他的家庭教養。

「我換個方式說好了。本來我也以為我會做什麼。後來才發現，假的，都假的，德國的供應商、經濟部的證書，被卡在基隆海關的貨船，都是假的，我朋友一直都知道我想把老家的工廠做個轉型，也虧他用心良苦，為我量身打造了一場騙局。我相信他，所有的身家都拿去抵押，想說一次翻身，讓家族那些老古董永遠閉嘴。」

五花肉飽滿的香氣繚繞著鼻尖，陳信瀚夾起，再度一僵，他少了盤子，方才的香腸還有附贈的竹籤，他看了一眼積著薄薄血水的保麗龍盒，打不定主意。

怎麼會忘了買盤子這麼基本的東西呢？

追根究柢，按照原訂計畫，他根本不會把這些食物烤來吃。它們理應安安靜靜地佇立於地毯上，等候著誰的主動發現，連同床墊上一動不動的軀體。

男子看出了陳信瀚的煩惱，他撐著膝蓋站起來，走回長椅，回來時他手裡拿著一大卷衛生紙，「我只有這個，你自己看著辦吧，不要燙到手就好了。」

陳信瀚抽了一大段衛生紙，反覆摺疊，把肉片平放上去。他很節制地要求自己不要過問這卷衛生紙的來源。他有預感，一旦知情，他就保不住胃口了。

「你變成現在這樣，就是因為這件事嗎？」

「一半一半吧。我沒有全部賠進去，還剩一間小公寓。我媽、我弟住在那，我只有過年的時候會回去跟他們吃飯。也算是逃過一劫吧，之前這裡出事，如果我也在現場，說不定那些沒長眼睛的小朋友會連我一起燒死呢。」

陳信瀚觀察著男子，明明說著可怖的場景，神情倒是很輕鬆自若。

「你呢？你怎麼了？」

「我？」

對啊，男子指著一旁剩餘的木炭，陳信瀚這才恍然大悟。

若有人預言他即將在一座公園，對著一位陌生人交代自己的想法，他勢必會嗤之以鼻。不過，目前的情勢無疑地，一步步朝著那個方向發展。

「你的衣服看起來有點舊，但還算乾淨。你有洗澡的地方吧？」

「對。」陳信瀚摸了摸鼻子。

「你住家裡嗎？」

「大哥是被家人趕出來嗎？」

「他們沒有趕我，相反地，我媽跟我弟對我很好，時常要我搬回去，是我自己不要。我只要看到我媽，就覺得很愧疚，很對不起他們。是我搞砸了一切。」

「你一開始決定當……」，陳信瀚腦袋打結，該怎麼稱呼男子，遊民？街友？他支吾一陣，索性放棄，「我要問的是，不會覺得很痛苦嗎？」

「什麼蠢問題，當然會啊。有誰從小的時候會許願長大要成為流浪漢。這不是小時候父母時常恐嚇我們的話嗎？不認真讀書，長大就去撿角。」男子又下了一批豬五花，「不要看我這樣，我算是會念書的，要不是我爸突然走了，公司不能沒有人管，我差一點就要去讀研究所了。」

陳信瀚抱著膝蓋，不曉得該如何回應。男子有一部分的心聲，與自己的產生了重疊，他從未想過，自己有一天會成為水蛭，吸食著父母的供給度日。

「前幾天，的確會覺得死了算了，不過，人很有趣哦……。」

男子語氣微微上揚，若有似無地營造著神祕的氣息。

陳信瀚的好奇心澈底被勾起，他前傾身子，想聽得更仔細。

「我一下子就適應了。」

「一下子？」

「是啊，沒騙你，就是一下子。好啦，說一下子有點誇張，大概是一個禮拜吧。我以為一輩子都不能接受的生活，到了第七天或第八天，我睜開眼睛，已經很自在地走到那邊的洗手台，洗臉擦身體，好像在自己家，我也被自己的反應嚇到了。」

「不過，」陳信瀚指了自己腳下的位置，「也有無辜被燒死的倒楣鬼啊。」

「你怎麼不說很多大老闆，早餐吃一堆草，晚上去跑馬拉松，還是得癌症，沒多久就掛掉？」男子嘆了一口氣，「老實說，你我素昧平生，我不清楚你是怎樣的人。但，說到不想活了，我算是過來人。我剛剛說的案子，弄到最後一年，我又不是笨蛋，當然發現有些數字對不起來，但我不想承認，我比誰都希望我朋友繼續騙我，再騙個十年二十年，最好騙我一輩子。我那時住在七十幾坪的豪宅，開著三、四百萬的賓士，跟客戶吃一餐刷卡都好幾萬，但我很清楚，遲早會有人來沒收我眼前的一切。我那一年很害怕天黑，更害怕天亮，吃安眠藥配威士忌還是睡不著，我拜託醫生給我加藥，醫生說我再加下去很可能會暴斃，聽到這句話，我竟然鬆了一口氣。」

男子撇了撇嘴，「又扯遠了，我不是說，我很快就習慣睡公園嗎？不騙你。在這裡我一顆藥都不必吃，就睡得著了，不敢說睡得有多好，但比以前好很多。大概是該賠的都賠掉了，沒什麼好失去，就沒什麼好顧忌。」

陳信瀚的視線繞過男子，望向那張僅容兩人乘坐的長椅。

塑膠袋中有一床褐色的冬被，陳信瀚勾勒著男子縮起雙腳，把身體侷限在窄仄的空間，熟睡的模樣。

「你爸媽是做什麼的？」男子問。

「我爸在上市公司當高階主管，我媽是家庭主婦。」

陳信瀚的語氣沒有一絲起伏。換作是其他人，他不會如此坦承。

二十歲以前，陳信瀚無庸置疑是父母的驕傲，二十歲以後，一日比一日更趨向「家族的恥辱」。他不只一次聽見來訪的親友以氣音詢問姚秋香，從前的資優生究竟是怎麼了，其中也不乏付諸行動的親友。一日中午，陳信瀚被急躁的拍門聲吵醒，伴隨著婦人中氣十足的獅吼，陳信瀚，出來，大姑姑來看你了。陳信瀚硬著頭皮把門掀開一小縫，還來不及反應，陳秀芝的雙手雞爪似地撲過來，揪著陳信瀚的衣領，一路把他拖移到客廳，陳信瀚好不容易才站穩，陳秀芝上下掃他一眼，吐出長氣，扭過頭，瞅著姚秋香，目中深意不難翻譯，大致上是「看看妳的兒子活成什麼德性」。

姚秋香抓了抓自己的臉頰，沒敢回話。

陳秀芝很快地調整砲火，對準陳信瀚，「你要交出你的 Proposal。」

陳秀芝長年在知名食品公司擔任行銷主管，職場上的作風自然也融入日常對話。

「Proposal？什麼 Proposal？」

「你這樣糜爛、縮在家裡的日子要過到幾年幾月幾日，你現在，馬上，設一個 Action Plan。

我跟你爸商量好了，這段時間內，所有人會睜一隻眼、閉一隻眼，把你當成空氣，根本不存在。可是時間一到，你就得振作，找個工作，不然就是來我們公司報到，姑姑會安排一個位置給你。你那麼優秀，不用害怕。」

陳信瀚擱在大腿上的雙手悄悄地握起。情感上，他痛恨母親跟姑姑的自作主張；理智上，他又理解自己欠缺辯駁的立場，他閒賦在家的時間長得沒人會同情他。

任何客觀第三人都會認為，這樣對待他，沒有錯。

陳秀芝見姪子默然不語，逕自說下去，「你之前主管出了這麼大的事，我們很遺憾，也體諒你內心有陰影。只能說社會變了，人心變了，很多事沒辦法用過去的道理去解釋。但，姑姑不客氣地講一句，人家也只帶了你兩年，你的反應是不是太誇張了？」

「不要再說了。」陳信瀚直視地板，「讓我安靜一下好不好。」

「信瀚，你怎麼這樣跟大姑姑說話。」姚秋香急忙糾正。

「你們不懂到底發生了什麼事。」

「那好，信瀚，你說說看發生了什麼事。」

陳信瀚的額際抽動，陳秀芝的命令把他拉回那個淒慘的黃昏，更正確的說法是，他始終沒有遠離，闔上雙眼，腦中就能召喚出他跟黃宥湘的最後一面。

◈

五百多天，陳信瀚沒有一天停止逼問自己，為什麼他毫無作為，只是眼睜睜看著黃宥湘遠去？那日，六點前後，黃宥湘來跟陳信瀚打招呼，說自己差不多要回家了，陳信瀚放下清點到一半的物件，站起，轉身，想同黃宥湘閒話幾句，豈料就這麼撞見黃宥湘半副身軀給黑霧靜靜吞沒，陳信瀚卡卡地發出單音，湊不成半句話。黃宥湘走近，陳信瀚往後就要倒下，黃宥湘飛快地握住他的手腕，陳信瀚眼前閃逝一畫面，泛黃，且帶有古早影像的粗顆粒質感：黃宥湘倒地，胸膛汩汩地冒出鮮血，一名女子跪在她旁邊，掩面哭泣。

陳信瀚回過神來，另外兩名同事前來關心他的狀況，其中一人提醒他，長時間維持蹲姿又倏地站起，容易導致暫時性的低血壓。黃宥湘見有人接手，戴上安全帽，前去牽車，她俐落地跨上椅座，催動油門。陳信瀚喊住黃宥湘，黃宥湘歪著頭等候著陳信瀚的下一步，陳信瀚囁嚅半晌，擠出一絲苦笑，黃宥湘指了指手錶，說，有些攤販差不多要打烊了，有什麼事再傳訊息，禮拜一見。

黃宥湘雀躍地哼著歌，彎過轉角，消失於所有人的視線。

陳信瀚無比恐慌，也很疑惑。他急著聯絡上何青彥，想同他商量，自己的狀態是不是又「惡化」了，他從前只能看見黑霧，頭一次目擊額外的景象。偏偏何青彥赴日出差，人在三萬五千呎的高空上閉眼小憩，錯過了陳信瀚第一時間的呼救。

陳信瀚不斷默禱，是自己看走了眼，黃宥湘不會有事的。另一道聲音卻同時在他的胸口迴盪：你從來沒有出過差錯。陳信瀚心驚膽顫，冷汗濕透襯衫，第五次打給何青彥未果，他抱持著即使從此被黃宥湘瞧不起也無所謂的心態，撥電話給她，沒人接聽，他打了第二通、第三通，冷不防有插撥，是幾個鐘頭前提醒他小心暫時性低血壓的同事，陳信瀚手忙腳亂地接起，話筒另一端，對方顫聲問陳信瀚身邊有沒有電視，快轉到第五十三台。

陳信瀚左顧右盼，正前方是一間小吃攤，天花板懸掛著一台二十幾吋小電視，正播映著卡通，陳信瀚大步衝入，沒知會任何人，抄起一旁的遙控器，喃喃自語，五十三，五十三。猩紅色「夜間快報」四個字映入眼簾，伴隨著主播專業的直敘。三十三歲黃姓女子在自家社區被一名年輕女子刺傷多刀，目前已送到鄰近醫院搶救，據了解，警方正在釐清雙方的關係，但已有消息指出兇手很可能是黃姓女子婚姻的第三者。鏡頭一跳，滿頭灰白的管理員慌張地揮舞蠟黃的雙手，解釋兇手持有社區大門的鑰匙，個人絕無管理上的疏失。

手機自掌間滑落，直直墜地。

通話仍持續進行，「是宥湘對不對，那是宥湘的社區，看起來也像她。」

來不及了，宥湘已經遇害了，一切都太遲了。

自那天起，陳信瀚再也不能忘懷黃宥湘慘死一事。他尤其害怕睡著，黃宥湘的身影夾存在夢魘裡，先是找他搭話，讓他卸下心防，陳信瀚的心臟彷彿注飽了空氣，他激動地拉著她，提醒她千萬不能回家，她先生的情婦正守株待兔，準備要置她於死地。黃宥湘笑了笑，虛弱地搖頭，下一秒，黃宥湘已滿身浴血。陳信瀚驚醒，再也不能安睡，更遑論工作。幾個月過去，他瘦下十幾公斤，存款再也負擔不起房租，他跟姚秋香吐實，姚秋香立刻帶著丈夫，把兒子跟滿地紙箱、雜物一口氣扛回老家。

夫妻倆以為陳信瀚只消沉潑幾個月，很快就能重回正軌，孰料陳信瀚一日比一日更抗拒回到職場。陳忠武向來以為教養是專屬妻子的職責，見兒子頹廢至斯，他屢屢推促妻子出面跟兒子表明立場，姚秋香試了幾次，不見成效。

於是才有陳秀芝登堂入室、揪出陳信瀚這齣戲。

陳信瀚含著嘴唇，瞪著地面，一字不提。姚秋香於心不忍，請求陳秀芝緩和態度，陳秀芝反過來訓斥姚秋香，挑明陳信瀚走到這步田地，她為人母親，責任最大。斷了陳信瀚經濟，他勢必得走出房間，自力更生。陳信瀚趁著兩人語不投機的間隙，溜回房間，上了鎖。幾乎是同一秒，陳秀芝氣勢十足的咆哮滲透牆面，穿入陳信瀚耳朵，她說，她再也不會插手了，有人非得這樣寵子無方，她愛莫能助。話音初落，緊跟著鐵門被狠狠甩實的巨響，陳信瀚撫著胸口，很慶幸大姑姑總算離去。

才這麼想著，他聽到母親壓抑的哭聲。

嗚嗚地，不張揚。

陳信瀚倒在椅子，望向天花板，低訴，既然大家要他給出一個計畫，他何不順從所有人的心願？結束這一切，不要讓大家為了他的前途而浪費時間。包括他自己。他也不想再為自己浪費。

◈

「以上，報告完畢。」陳信瀚的目光從地面回到男子的臉上。

「那我呢，我身上有被黑霧跟著嗎？」男子緊張地問道。

「沒有。」

「你是本來就看得見嗎？」

「不是，我二十歲出了一場車禍，陷入短暫昏迷。醒來沒多久就看得到了。」

「你要怎麼證明你說的是真的？」

「你不信就算了。」

「別生氣，我很崇拜有特異功能的人，但，不是你這種，你這種根本不算特異功能，更像是詛咒。你這樣子人生很辛苦吧，我一個親戚有陰陽眼，我以前最痛恨跟他一起出門，他時常走到一半，停下來講一些讓我嚇得半死的話。印象最深的一次是他要我陪他去探勘路線，他做旅行業的，我們停在一個風景區，他突然一動也不動，指著一棵樹說，有個身體只剩下一半的人，應該是之前在這裡上吊，太久沒被發現，身體腐爛以後斷成兩截。我去問附近的管理員，還真被他說中。你看，光是提到這段回憶，雞皮疙瘩都跑出來了。」男子輕撫手臂，彷彿在安撫一頭受驚的小獸。

「你那個親戚，不怕嗎？」

「他說，起初會，後來他想了一下，反正都是人變成的，就沒什麼好怕了。」

「說得也對。」

陳信瀚想起一個小時前與他相撞的男孩。

還活著嗎？或是已經出事了。

「你有考慮跟你父母解釋嗎？」

「不，我目前只有跟一位朋友提過這件事，除了他以外，我誰也沒說，包括我父母，這太荒謬了，就算我父母相信，他們能做什麼？帶我去看醫生？」陳信瀚自嘲。

「至少他們會明白，你不是故意要縮在家裡。」

「太遲了，他們說不定更生氣，我為了逃避工作，可以想出這麼誇張的藉口。」

「那我有一個想法，你還是別考慮自殺了。換作我是你，也一定躲起來，能不出門就不出門。你懂我的意思嗎？我想說的是，你沒有錯。」

聞言，陳信瀚眼角一熱，他低頭撥動著烤架上的香腸，使勁忍住眼淚。

沒有人跟他說過這句話。

何青彥也一度說過，陳信瀚是大驚小怪了。

「這個社會根本不能接受一個人無所事事、沒有生產力。」

「你會看不起我嗎？」

「以前的話，也許會，現在，不會。」陳信瀚答得很誠實。

「這就對了。活在這世界上，只求心安理得，胸無大志並不傷人。有多少人被踐踏只為了成就一個人的野心，我當過老闆，我知道。」男子縮了縮脖子。

「我傷了我的父母。」

「你以為他們更希望看到你結束生命？」

一股熱氣沿著脖頸竄上陳信瀚的耳朵。

「看吧，你懂的。你待會乖乖回家，繼續家裡蹲就對了。你爸媽很生氣你不去工作，不過，我敢發誓，他們更不想看到兒子變成一具屍體。很難解釋的東西，不必解釋。現在網路很發達，很多在家也能賺錢的方法，你先去找，找不到再來燒炭也不遲。」

陳信瀚注視著咕嚕咕嚕灌著可樂的男子，一個朦朧的念想輕籠腦海。

曾經，他一點也不信服「命運自有安排」這句話，反而認定會把這句話掛在嘴邊的人，基本上放棄了對自己的信仰。但是此時此刻，他願意相信，在他打算一了百了的這一天，捷運上目睹了那個男孩，後續又在公園遇到這位男子，每一步都不像巧合，也許是冥冥之中有誰的戲弄，也或許是他的求生本能把他帶到此地。

究竟是想死，還是缺乏信心？

怎麼接受這項異能並且活下去？

手機響起，陳信瀚以為是焦急的父母，結果是何青彥。

「我今天排休，下午過去找你？」

「好啊，幾點？」

陳信瀚在心中換算著，他還來得及回家，佈置出不曾離開的樣子。

「大哥，我得回去了。」

「你剩下的這些還要嗎？我要拿去分朋友。自己吃得這麼爽，有點過意不去。」

「當然可以。」

陳信瀚拍了拍褲管上積累的炭灰，站起身子，尋找公園的出入口。往前走了幾步，他回頭，「大哥，你不是想要一個證明嗎？注意一下今晚的新聞，或明天一早的，應該會有一個高三學生的死訊，他姓許，言午許的那個許。」

◈

何青彥撕開包裝，把杏仁小魚乾撒入嘴裡。

「你在想什麼？」

陳信瀚登入《世界樹》。

「怎麼這樣問？」

「你剛才的表情很有趣，很嚴肅。我想到一年多前，你也有這個表情。」

「什麼時候？」

「我不是很確定，那天我好像休假，下午兩、三點來找你，你看起來跟平常不太一樣，很嚴肅，好像在想可怕的事情。喔，對了，那天還有另一件事，我印象很深，來找你之前，我打電話給你，聽到窸窸窣窣的聲音，你人好像在外面。」

何青彥聳肩失笑，搖了搖頭，「我想了一下，又覺得怎麼可能。」

遊戲讀取數據緩緩趨前，陳信瀚望著何青彥那張清秀好看的臉。

莫名地，他也想起了別的事情。

他跟何青彥是從什麼時候變得這麼要好呢？瞇起眼，想了一會，竟沒有絲毫頭緒，好像老早就認識這個人了，卻想不起是哪個階段的朋友。國小？國中？還是高中。

眼球後方漲痛了起來，似乎有什麼在轉移他的注意力。

車禍以後嗎？何青彥甚至成為唯一知道自己狀況的人，別的朋友呢？嚴格來說，何青彥不是唯一，他最早商量的對象是醫生。醫生的反應令他安心，也讓他無比失望。藏在厚重鏡片後，是一雙瀰漫沉重睡意的眼睛，醫生以呆板的語調訴說，斷層掃描上看不出異狀，很正常；二來，根據陳信瀚的陳述，「有些時候，看到黑霧跟著人走」，他很直觀的判斷是心理因素佔多數，手術或檢查達成的效果有限，若有必要他將知會精神科，但他也不反對求助宗教信仰。醫生離去，護理師給陳信瀚更換敷料，漫不經心地談到，不久前有個老先生也是這樣，纏綿病榻多時，偶爾會指著天花板，跟誰聊天似地說很久的話，直到深夜。家屬偷渡了一位道士進醫院，給老先生收驚，白米撒得滿地，他們事後花了不少功夫清除。

陳信瀚問，那有用嗎？臉蛋上滿是雀斑的護理師露出一抹曖昧的笑容，聳了聳肩說，沒隔幾天，老先生病情倏地惡化，一下子就走了。倒是那幾天睡得很好，安詳寧靜。

護理師的陳述讓陳信瀚陷入長考，幾個小時後，何青彥來看他，陳信瀚感覺自己心思格外脆弱，像是隨時就要滅頂，何青彥問他怎麼了，他順勢說了出來。

「車禍以後，我好像看得見一般人看不見的東西。」

與護理師相比，何青彥的反應更符合陳信瀚的預期。他嘖嘖稱奇，問得格外仔細，一度讓陳信瀚以為自己是研究生，接受口考委員的質疑。那霧是哪一種黑色？有透光嗎？哦，人的身體也會被霧氣掩蓋住，看起來不是很恐怖嗎？你常看見這景象？

那些被黑霧圍繞的人，有什麼特色嗎？

最後一個問題，把陳信瀚帶領到全新的境界。

第一次見到人體竄出了黑霧，陳信瀚拚了老命眨眼睛，連眨數次，黑霧依然緊咬著那個中年婦女不放，直到她小跑步進了電梯，陳信瀚再也看不見。

彼時陳信瀚才從昏迷中清醒沒幾天，不疑有他，視為車禍的短暫後遺症。

過了兩日，醫生建議陳信瀚走到醫院的便利商店，舒展筋骨，也讓身體接收刺激。姚秋香執意要陪同。陳信瀚在超商買了幾包餅乾、一杯拿鐵和一本厚如磚頭的推理小說。醫生說距離出院還有一段觀察期，他得為自己找些消遣。母子倆折返路上，經過一名坐在等候區的老人，陳信瀚眼角餘光瞄到老人身子周圍有些古怪，心念猶在擺盪，眼神老實地湊過去。陳信瀚打了一個哆嗦，如出一轍的黑霧攀在老人的背上，像是有生命似地嬉戲，時而膨脹，時而縮小，老人渾然不察，他的神容哀愁，旁邊立著一名不知是女兒還是媳婦的婦人，語氣激動，陳信瀚好不容易聽清楚婦人是在勸老人積極接受治療，不要就這樣放棄，老人沒有搭腔，他看著遠方，黑霧如同攀過山峰的清透雲氣，越過老人的肩頭，流淌到老人的胸前。

姚秋香搖了搖陳信瀚的臂膀，問他還好嗎。陳信瀚回過神來，見母親緊張地瞪著自己。他伸手指向那名老人，問，那個伯伯身上是什麼？姚秋香順著兒子的手指望向老人。不就是一條圍巾嗎。聞言，陳信瀚有些氣餒。姚秋香緊張地反問，換我問你，那伯伯身上的圍巾是什麼顏色。陳信瀚嘟噥，不情願母親把自己當笨蛋，綠色。

姚秋香深吐一口長氣，說，你答不出來，我叫醫生打開你的大腦再檢查一次。

陳信瀚心事重重地跟著姚秋香回到了病房，當晚，第三次體驗不請自來。

監督兒子喝完她煮的鱸魚湯，姚秋香終於甘願返家。九點，新買的小說翻了過半，陳信瀚走出病房，值班的護理師從櫃檯抬起頭來看著他，眼神透出疑問，陳信瀚苦笑，表示他需要走動，召喚睡意，太常倒在床上，到了夜晚神智反而特別清醒。護理師想了一會兒，點頭放行。

陳信瀚來到大廳。

窗外夜色壓襲，醫院內熱鬧如白晝，人潮來來去去。

批價區前站著幾列人龍，塑膠綠椅上也三三兩兩坐著等候的家屬，年齡跨幅極廣。陳信瀚找了個位置坐下，看著眼前晃動的人影，他尋思著自己是怎麼被送進醫院的？腦中只有零星幾幅景象，如照片般不連續，時間分隸。他記得自己從床上彈跳起，看著手機裡一排被按掉的窩囊鬧鐘。他記得陽光曬得他視線模糊。他記得小綠人的標誌加緊了腳步。

接下來的事，是母親告訴他的，母親也是聽目擊者轉述，陳信瀚被一台急著右轉的保時捷撞上，他與機車分離，像個被甩出的輪胎於半空轉了幾圈，重摔在地。幸運的是，安全帽吸收了大部分的撞擊，主要的傷害是左手腕骨折、大腿、膝蓋與半邊臉頰大面積的挫傷，頭部除了些微腦震盪的症狀，尚無大礙。陳信瀚明白自己的僥倖，不是每個人在遭遇那種程度的車禍，都能像他一樣短短天數就回復一定的移動能力。

他閉上眼，又沉入那本推理小說的情節，作者目前將嫌疑全力聚集在死者的伴侶身上，但書腰那句「不翻到最後一頁，絕對猜不穿結局」，又讓陳信瀚對於自己如此順從作者的描述，興起些許不甘。再次睜開眼，是聽見塑膠椅特有的咿呀聲，一名大學生模樣的女子在陳信瀚對面坐下，她緊抱著粉膚色的湯罐，垂著眼，烏黑的髮絲淌下，掩住半張臉，她不安地調整坐姿，疲態盡顯。灰暗的霧氣將她纖細如鳥的身體嚴實地包裹著。陳信瀚不禁抱疑，難道他腦中嵌堵著一顆醫生尚未檢驗出的血塊嗎？他別過眼，拖著身體回到自己的床上，靜候幻覺消失。

回到何青彥的問題，那些人有什麼特色嗎？

陳信瀚沒有頭緒，有男有女，有垂垂老矣的，也有同他一般青澀的年輕人。

何青彥安撫他，別再想了，說不準休養幾日就沒事了。

他的承諾並沒有實現，陳信瀚看見了，一次又一次，從醫院裡的陌生人至交情匪淺的親友。陳信瀚從中感受到他的生命就這麼一吋吋地逸脫了應有的軌道，再也不能抵達預期的目的地。按照現在的行進模式，最終他會在何處走下車廂？

陳信瀚也失去了判斷的準則。

一切都太新了，且沒有名字。

第二章
2u4-45;

第一章
2u4u 5;

第四章
4n45;

第三章
0 5;

第五章
2u4j3

LOGIN........

◈

遊戲順利登入，人物出現在央城，陳信瀚想了一會兒，才憶起自己昨天陪一位公會新進成員，前往教堂完成從牧羊人升職為聖職者的任務。

公會需要更多聖職者。

一款MMORPG遊戲，最典型的分工不脫打、坦、補。從字義上可以大致推敲他們的職責。「打」負責輸出攻擊，消耗怪物血量；「坦」承擔怪物的攻擊；「補」則按照現場隨機應變，可能是為玩家回血，也可能是上buff，協助玩家順暢地進行動作。

《世界樹》歷史悠久，一度風靡全台，其後越來越多遊戲問市，分散了玩家數量跟注意力。目前固定上線的玩家約莫落在一萬人上下。

陳信瀚在遊戲中的代號叫「東泉」，重建角色時，他手上正握著姚秋香從市場買回的水煎包，陳信瀚一口咬下，臉一皺，母親忘了加攤販附贈的東泉辣椒醬。

那可是那家水煎包的精華。簡直大意失荊州。

他索性在人物姓名欄輸入「東泉」二字。

今天該做些什麼好呢，下一秒，收到陌生帳號傳來的訊息。

牧塵：請問還有接蒐集碎片的任務嗎？

陳信瀚花上了他人無法理解的心思，去接受一項簡單的路徑：自遊戲獲利。

《世界樹》允許玩家私下交易、轉換手上的貨幣跟道具。八個月前，陳信瀚從怪物身上取得了一「盧恩符文」。《世界樹》中，所有怪物都可能掉落盧恩符文，機率自千分之一到百萬分之一不等。符文效果不一，價值有別。陳信瀚那日取得的符文是高階的「治癒」屬性，若將該符文透過「銘印」系統附在武器上，治癒相關的技能增加百分之三十。是炙手可熱的道具，市場價格長年居高不下。幾日後，一位熟識的玩家出價六千元向陳信瀚收購那紙治癒符文，陳信瀚頂著白花花陽光，從提款機抽出六張藍色大鈔，沒來由一股暈眩，他感受到了，一條隱密的甬道在兩個世界之間悄然形成。

從《世界樹》發出的訊號，從此現實也能接收。

反之亦然。

哪個方向讓人更加目眩神迷？

當陳信瀚下意識地使用了「現實」這個字眼，他連帶想起了一個人。

那個人曾拋出無數個問題。

誰說《世界樹》是一個虛擬的世界？裡面跟你互動、往來的角色，哪個不是有血有肉的人類？我們只是還沒有找到夠好的形容詞，描述這個存在已久的世界。

腦中走出那個人的身影之前，陳信瀚逼迫自己就此打住，他還沒準備好想起那個人。他曾經認為，那個人如蛆蟲依附在社會完好的骨架，坐享其成。

然而這幾年，他已澈底喪失鄙夷那個人的權力。

他也從人的一端，一步步退化成蛆蟲。

開啟了第一次交易，自然有第二次，陳信瀚很快地摸索出適合他的交易模式。他以類似「代工接單」的方式跟其他玩家來往。所得收入部分供生活所需，部分用來升級裝備，好去征服更困難、藏有珍稀素材的地圖。

自從尋死的念頭被公園裡偶遇的陌生人澆熄，陳信瀚的苦惱也轉換成，怎麼另闢路徑連結到「活下來」的結局？好比遊戲，若有強制存檔的設定，玩家該如何面對每一個失誤的選擇？陳信瀚想了好幾天，苦思不得。而那筆突如其來的交易，賜予他靈感，若他能夠停止仰賴父母的支應，達成經濟上部分獨立，那麼，以繭居方式久待家中，應該不若先前那樣罪無可逭，換句話說，他或許能換來片刻的心安理得。

這個說法他並未與人討論，也不確定陳忠武與姚秋香是否認同。

等父母問起了再來應對吧，要從懸崖往後撤一步，耗盡了他全數的勇氣。

東泉：你是？

牧塵：我朋友之前有找你幫忙，叫青耕，思想家。有印象嗎？

東泉：是他推薦你的嗎？

牧塵：對。他說你的收費合理，也很準時。

東泉：我還有在接。你是什麼職業？

牧塵：我跟我朋友一樣是思想家。

東泉：表示要對付的是夢魘科學家啊……。

東泉：夢魘科學家的傷害最高，打一下就十幾萬。

牧塵：但你是東泉，所有玩思想家的人都知道你。

東泉：好吧。何時？

牧塵：我今天休假，可以馬上開始嗎？

東泉：先把訂金匯到我的帳戶。一確定收到錢，就可以開始了。

《世界樹》有十三座城市。每一座城市均有其掌故。玩家共有兩次「轉世」考驗，升到一百等，系統會自動嵌入轉世任務。一旦達成任務全數內容，與鎮守央城的世界樹對話，就進入轉世，經驗值方能繼續累積。其後升到兩百等，系統這回植入「夢魘轉世任務」，從名稱即可知其難度，對多數玩家而言，這個任務是個充滿挫敗與徒勞的存在。但他們也樂於承認，夢魘轉世任務將《世界樹》的美術、音效、地圖與戰鬥模式的魅力延展到極致，再怎麼老練的玩家，也得提心吊膽。

其中，最棘手的項目是前往「黃昏圖書館」蒐集到十個碎片，如陳信瀚的角色「東泉」為例，取得十個「科學家碎片」，回到央城的赫瓦格密爾之泉，合成出「科學家之心」，再次回到世界樹面前，與之對話，世界樹將詢問是否願意接受那顆心。選擇答應，玩家正式進入第二次轉世，素質將得到大規模、全方面的強化，經驗值再次累積，通往遊戲最高等級：三百等，三百等是《世界樹》玩家一致的終極目標，唯有三百等玩家，才能裝備「上古神器」。有趣的是，曾有玩家好不容易合成出那顆心，出於試探，在世界樹前按下拒絕，心臟旋即粉碎，但那名玩家並不吃虧，他把此事寫成文章，聲名大噪。

陳信瀚一點也不羨慕那位玩家，他的知名度更盛。

東泉是改版更新夢魘轉世任務後，伺服器第一位轉世成科學家的玩家。

說起這項成就，不能忽略陳信瀚在《世界樹》最仰賴的兩位玩家，芬里厄跟達西。自公園歸來沒有多久，陳信瀚在《世界樹》結識芬里厄跟達西，三人等級接近，幾次組隊，察覺彼此頻率投契，從一百八十幾等練到兩百，一起領取夢魘轉世任務，浸泡在黃昏圖書館裡，鏖戰一個月，才湊齊足夠的碎片。這段期間，三人也發展出明確的分工與爐火純青的技術。

芬里厄是皇家禁衛，血條豐厚，他中間向其他玩家買來了極度珍稀的盧恩符文「矮人的祝福」，刻在鎧甲上，血條跟防禦力獲得巨幅加成，他擔任「坦」，走在最前線。陳信瀚很快地摸熟黃昏圖書館怪物的攻擊模式跟走位，他下達指令，告知芬里厄該進該撤。

達西是大主教，擔任「補師」，不常給予意見，多半是見機行事。整張黃昏圖書館地圖，一小時只會出現一隻夢魘怪物，找到它，把它擊倒，得到心臟碎片的機率也僅僅一成。其中，陳信瀚相對應的「夢魘科學家」，被玩家稱為「魔王中的魔王」，好幾次，這個三人小組被夢魘科學家的強技「核連鎖反應」給殲滅。

等芬里厄跟達西都湊齊十個碎片，陳信瀚的進度接連數天停留在四個，他建議兩人先行轉生，芬里厄跟達西紛紛拒絕，執意等東泉。一晚，三人到齊，達西提議，暫別殺入黃昏圖書館，先來擬定戰術，沙盤推演。芬里厄同意，他提出過往之所以被殲滅，多半是因黃昏圖書館聚集了大量高等怪物，他們三人習慣挨擠在一起行動，以免被驟然現身的怪物各個擊破，偏偏這習性遇上廣範圍、殺傷力強大的「核連鎖反應」，可以說是搭上「全滅」特快車。

三人沉默半晌，達西說，已有不少玩家觀察到，夢魘科學家只要施放完核連鎖反應，就會靜止不動三秒。前幾日，有玩家對那個階段的夢魘科學家施放「怪物觀察」，發現其魔法防禦力驟降到平常值的三分之一。聞言，陳信瀚開口了，他認為先前他們傾向碰運氣，賭夢魘科學家這一回合沒有施放核連鎖反應，卻未試過反其道而行：正面迎擊。芬里厄跟達西一愣，芬里厄笑著說，你跟達西的血量都撐不了，只有我的皇家禁衛，血量十萬，還能勉強活著。陳信瀚順著說下去，對，你還活著，你不要想著補血，趕緊用道具把我復活，讓我放「星殞術」——思想家的絕招，單體，攻擊力極高的魔法攻擊，搶在三秒鐘之內，夢魘科學家的魔法防禦力且未回復，或許能一擊秒殺。

耳機傳來達西的讚歎，似乎可行，來試吧。

事後證明，這方法有效，他們以一天一個碎片的頻率，完成了考驗。

當陳信瀚看到螢幕上，三個角色並肩站在蔥綠蓊鬱的世界樹前，安裝上失落已久的心臟。他情難自己，臉頰熱氣漫升。

◈

陳信瀚的同學們已接二連三地遺忘了他。

生日，跨年夜，他收到的問候逐年遞減。他不怪那些友人，率先改變的人是他。出院以後，陳信瀚返回校園，異象不僅未隨著他的康復而消逝，他反倒從熟識的臉孔一點一滴摸透了異象出現的規則。計算出答案的同時，他也被剝奪了與人為善的資格。每個人在他眼中，隨時都可能變形成一個等待援助的難民。單單從宿舍走到教室都能引發他無止盡的恐懼，他婉拒朋友課後的邀約，翹掉幾次分組討論，退出一個又一個人際小圈圈，只跟外校的何青彥維持交誼。畢業典禮當天，他編造了一個理由，勸退打算前來獻花給他的父母，獨自一人坐在宿舍衛浴間的馬桶，數著典禮結束的時間。

有一件事，陳信瀚壓在內心，沒有跟任何人說明，他時常懷疑自己是否早已死去。整個世界，只剩下姚秋香跟何青彥真心相信他還活著，其他人更寧願在心中緬懷那個死於輪下、前途無限璀璨的少年。

在遊戲裡重生，跟芬里厄跟達西成為夥伴。兩人對他的過去一無所知。三人的接觸永遠停留在雲端，所有的所有，都得感謝公園裡那位流浪漢。

陳信瀚坐直身體，輸入「恭喜我們都轉世了」，按下送出。

三人發想出的計畫，沒多久就隨著「第一位科學家的誕生」傳遍了伺服器。跟在陳信瀚後頭轉世的思想家，幾乎都是憑藉同一方法，擊敗原先讓人聞之色變的夢魘科學家。陳信瀚設立部落格，以豐富的圖文說明黃昏圖書館的攻略，瀏覽人數單月突破百萬。在遊戲裡單純地走動，也會有玩家特意親近，只為了與他的角色「東泉」合照，陳信瀚被一些玩家暱稱為「大神」。芬里厄曾經半正經半玩笑地說，大神，不覺得該為你申請專利嗎?使用者付費，一個人抽個一百，你早已是百萬富翁。

陳信瀚在意的是其他層面。他無比懷念受人敬仰的感覺，彷彿回到車禍以前，他那麼不假思索就能算出模擬考習題的答案。但芬里厄也讓他動起腦筋，知識有價，有些玩家哪怕詳讀攻略也複製不了相同的成果，他既然能把盧恩符文放上交易平台……沒道理他的技術不能。

陳信瀚走向廚房，再次回到何青彥面前，左手的馬克杯水量近九分滿，右手握著一罐運動飲料。接下來三個小時他都不能離開座位，得專心帶領「客戶」，他認為這樣稱呼他們，才能提醒自己背後所象徵的專業。陳信瀚接單數量不小，他已規劃出一套完整的流程，得先從床上抽出一顆抱枕，抵在背後，另一方面，人在注意力集中的狀況下，似乎口渴得特別快，同時備妥水與運動飲料是最舒適的作法。

手機叮地一聲，陌生帳戶轉入三千元，他詢問牧塵帳戶末五碼，得到對方肯定的回應。開工了，陳信瀚深深吸進一口氣，告知牧塵進入黃昏圖書館的注意事項。

一眨眼，過了三個鐘頭，牧塵樂不可支地道謝。

陳信瀚往後斜躺，掌心撐著後腦勺。

「你還記得火柴嗎？」何青彥看著陳信瀚的側臉，平靜地提問。

陳信瀚一愣，「怎麼突然提起這個人？」

「我常常想起他，你不會嗎？以二十歲認識的人來說，他很特別。」

「我不會。太久沒聯絡，幾乎忘光了。」

陳信瀚面色不改地說謊。

他每一天都會想起這人物。

認真計算，陳信瀚跟火柴相處不過兩年，從未建立嚴格意義的交情。不過，隨著年紀增長，小時候盤踞夢境的奇幻元素也逐漸被現實人物取代。火柴是其中一位他頻仍夢到的對象，背景往往是宿舍房間。夢中，他跟火柴沒有對話，陳信瀚安靜地拉來自己的椅子，坐在火柴旁邊，看著火柴目不轉睛地盯著螢幕，掌中的滑鼠就像是它們的命名來源般，高速且機靈地位移。他想著，眼前的火柴是活在哪裡呢？遊戲中的火柴，是火柴的阿凡達，還是說根本顛倒了，其實活在遊戲裡，凡人眼中所見的火柴才是阿凡達。

火柴的本名，陳信瀚早忘了，他更不記得有誰以本名稱呼火柴。

搬進大學宿舍的第一天，陳信瀚蹲在地上整理行李。前方出現一雙奇大的鞋子，低啞嗓音在他的頭頂迴旋，同學，可以跟你借個過嗎？陳信瀚抬起頭，視線走了一會，才對上說話者的雙眼。陳信瀚得到初步的視覺認知，對方很高，至少有一百八十，不，也許是一百八十五公分。雙頰跟下巴歪長了一堆青春痘，整張臉看起來像是泡爛的莓果。陳信瀚同情起未來的室友，他往旁邊挪了一步，讓出空間給他。

當晚，同寢四人自我介紹，火柴是最後一個，話語簡短，只說了兩件事，一，他就讀的高中，二，叫他火柴吧，他國小就長到一百七，之後一路沒停下，體重竟沒增加多少，身體不斷拉長拉瘦，像極了火柴。言迄，火柴伸出細直的手臂，果然像根火柴。

陳信瀚問，你高中就在T市讀書了嗎？火柴點頭，補充，我是T市人。陳信瀚又問，T市人抽得到學校的宿舍？火柴一臉古怪地看著陳信瀚，沒再回應，他面向桌子，把滑鼠跟鍵盤從紙盒裡一一取出。

待火柴下樓洗澡，另一位室友元澤走過來，說，火柴八成是把戶籍寄放外地親戚家之類的，很多人會這麼做。陳信瀚想，這不是佔用名額嗎？

他對火柴的觀感自然就壞了。

宿舍空間配置以三維來看，切分為四個象限，每一象限有緊貼著牆壁的上下鋪，下鋪是書桌書櫃，上鋪是床墊。四人的日常活動都在下半部完成，小憩、就寢時會移動到上半部。公私界線於焉形成，下半部如同客廳，個人舉手投足大致上都落於他人目光可及之處；上半部則是寢室，掛上蚊帳，隱私效果更佳。

火柴不知從哪裁來一塊布簾，黏附於上鋪床板，遮掩下半部。外人聽到敲打鍵盤與按擊滑鼠的聲響，具體動態則是一片模糊。那簾子彷彿一則聲明，宣示火柴並不情願被打擾的意志。

火柴，陳信瀚，元澤，還剩下一位幽靈室友，開學第二週跟一個學姊好上了，搬去與學姊同居，偶爾才回來宿舍放東西、小睡片刻。

元澤跟陳信瀚埋怨，有些室友融洽得夜夜滑麻將，怎麼他們這寢，一個形同蒸發，一個終日埋首電動。何青彥首度來看陳信瀚，巡了一眼環境，跟自己的宿舍做了條列式的對照，火柴正好翻開布簾走出，何青彥事後跟陳信瀚報告，火柴的主機、滑鼠跟螢幕都是頂尖配備。

火柴並不搭話，唯獨談到遊戲，他像是突然找到舌頭似地霍地侃侃而談。上了大學，陳信瀚不如預期中享受那種與人隨性親密的自由。班上幾位帶頭的同學，成天吆喝一起唱歌、騎車出遊，他參加了一兩次，感受到自己和那群年輕人隔著一層膜，他不喜歡大家漫不經心地議論時事，更討厭他們對未來的局勢故作胸有成竹。

大一結束，陳信瀚後知後覺，這是所謂的適應不良。這個認知讓他有些著慌，他以為放暑假回到老家兩個月，拉開與同儕的距離，就能改善他內心不斷沉積的陰鬱。殊不知，九月開學回到校園，他越來越常坐在宿舍鏽斑點點的椅子上，發起漫長的呆。他更沒算到，竟然是火柴，這個他過往頗有微詞的室友，解決了他的焦慮。

一日，火柴掀開簾子，兩人四目相交，陳信瀚嚇了一跳，一時啞口無言。反而是火柴開啟了對話，他問，你是不是也不喜歡大學？大家都很假，卻又裝得好像很真心。火柴一下子說中了陳信瀚不敢宣之於口的念頭，他別過頭，看著腳上脫膠的拖鞋，心想，這麼明顯嗎？火柴又問，你要不要跟我一起玩遊戲？陳信瀚直覺地感到不妥，嘴巴卻答了是。大二下學期，課餘時分，陳信瀚跟在火柴後頭於《世界樹》裡頭闖蕩。

是火柴教陳信瀚學會，遊戲是門藝術。

他時常看著火柴眼神高速跳動，飢渴地蒐集螢幕所呈現的所有訊息，與此同時，滑鼠的位移得追上他的判斷，以旁觀者而言。火柴的眼睛、大腦、手、訊息與訊息傳遞時間幾乎等於零，三者合而為一。火柴也是機智的，偌大的新地圖，他不用三兩下就摸熟，語意不清的任務，他也心有餘力，趁著眾人還摸不著頭緒，果斷拆解NPC話中的蛛絲馬跡，挖掘推進任務的關鍵字，陳信瀚尤其貪看火柴十根手指宛如彈奏樂器般敲擊著鍵盤，他熟稔熱鍵位置，牢記每一技能的冷卻時間、額外限制與加成效果，而人物流暢的動作與未曾消停的音樂特效是專屬火柴的樂曲。

是藝術。被嚴重低估的藝術。遊戲設計者在關卡裡埋藏了他們的心智，而玩家也透過闖關，鏡射出另一顆等量齊觀的複雜大腦。

這是陳信瀚觀察半年的結論。

陳信瀚也曾跟著火柴踏出校園，於捷運站附近窄巷，看似衛生條件不良的日式料理店吃晚餐，火柴顯然是該店的常客，老闆娘親切問候，今天也吃特製嗎。火柴說，對。陳信瀚舉手，那我也來一份特製。餐點送上來，陳信瀚雙眼發直，一大碗拉麵跟十五顆水餃。火柴在陳信瀚對面坐定，咬去衛生筷塑膠袋，以緩慢且幾乎是優雅的速度，不疾不徐地吃光了拉麵，碗底的湯喝得一滴不剩。陳信瀚剩下一半的水餃，火柴也自若地一顆一顆刷進自己盤裡吃掉。

陳信瀚問，難不成是體質問題嗎？你吃這麼多怎麼還是瘦得要命。

火柴臉上浮現了笑容。

遊戲有了進展，火柴也會笑，但那時的笑容多少摻點得意，跟因單純、為著什麼事好玩而笑，給人的心理感受不大相同。前者隱隱捎來威脅，後者會讓人也想付諸一笑。火柴一笑，臉上的坑疤須臾間弭平了，陳信瀚注意到火柴其實有清秀、好看的五官。火柴擦了擦嘴，徐徐解釋，自己一天就吃這一餐。

他已經建立一套縝密的秩序，十點多起床，先登入《世界樹》，那時大腦清醒程度約莫只有百分之三、四十，身體多數部位仍昏昏沉沉，適宜處理機械性的任務。到了下午，出門用餐，最遲五點回到宿舍，稍事小睡，醒來後簡單伸展筋骨，再次登入《世界樹》，那時身體狀態最佳，飽與餓、睏與醒的比例恰到好處，適合挑戰困難的長篇任務。到了晚上兩、三點，身體又一次陷入倦怠，神智還算清晰，他上論壇寫文章，回覆別人的問題。

火柴問了陳信瀚時間，陳信瀚答四點，火柴滿意地點頭，說了下去。他從街機、掌上型遊樂器一路玩到大型多人在線角色扮演，自有一套哲學。

他認為，遊戲之所以動人，在於它提供一個非日常的空間，玩家就像體育選手，只能憑靠先天體質、沒日沒夜的訓練、漫無邊際的模擬與校正、以及上場時的一些好運氣等等。火柴指著自己的腦袋說，大家都說打電動讓人癡呆、變笨，大錯特錯，多數的考驗來自這裡。感官受器接受螢幕的刺激，傳遞到大腦，形成畫面，大腦對畫面做出判斷、下指令，再經由神經傳遞至動器，手指的肌肉敲出相對應的鍵位。稍有閃失就完了，遊戲到後來容錯餘地越來越小，幾乎是零，也就是說，你只能完美。在這個前提下，火柴最輕視那些課金玩家，以現金購買神級裝備或是高等角色，破壞了遊戲的純真。不應該被視為玩家，而是等同作弊者。他們繞過遊戲的本質：玩家之間互相角逐個人心智的展示。課金玩家一踏上戰場就吃了禁藥，把輸贏都稀釋得毫無意義，也摧毀人類試圖從中追求的樂趣。

火柴的嘴唇誇張地拉扯，人們如果發現奧運金牌得主吃藥，將怎麼看待那場比賽？

陳信瀚鎖起眉頭，內心升起唐突的想法：在這個時候駁倒火柴，想必很過癮。

「這個時候說贏我，沒什麼意思。」

他的想法被火柴識破了。

「會有成就感。」

「這樣的成就感算不了什麼。」

「你怎麼這樣說？」

「現實中你早贏了我非常多了，扣除掉遊戲，我什麼也不是。」

「也沒必要這樣說話吧。」

「你誤會了，我並不覺得這樣很丟臉。」

「喔？」陳信瀚一臉不信。

「我是認真的，陳信瀚。對我來說。人生，才只是我閒暇時會關注的一場，可說是半廢棄的遊戲。我不是很有興趣知道，在這場無聊的遊戲裡我的表現如何又如何。不過，我也知道，你跟我不是同一種人。你很在意。有一天你會明白我在說什麼。」

火柴那像是被剝掉表情的臉，瞬間活了過來，有了生動的表演。

大二下學期過了一半，陳信瀚加入系上排球隊。他高中是個名聲不錯的球員，上大學有些疏於練習。體育課上，一位學長看準陳信瀚的球技，邀請他來系隊繞繞，再考慮是否加入。陳信瀚初始盛情難卻，到了中期，他倒是深深惋惜相見太晚。系隊營造出一種舒適的人際距離，成員有相同的興致與目標，也有自然不過的話題。後來，為了因應校際比賽，球隊提高訓練強度，整整一個月，陳信瀚都跟著隊員練到晚上十點半，場館關閉為止。跨上腳踏車，成員們會屏著氣息，等候隊長宣布宵夜去吃豆花還是永和豆漿。一行十幾個人魚貫、嘻笑進入餐館，陳信瀚清晰地感覺到，他在大學的第一年過得如此痛苦，正是因為缺少了「這個」。

歸屬感。相信自己可以跟著一群人，同時現身於一個場合。得到「這個」的他，也一天比一天對簾子後的火柴更加反感。這個情緒襲來兇猛且陌生，明明不久之前，他每個夜晚都跟著火柴在《世界樹》徘徊，同進同退。

陳信瀚不願把自己認作惡人，拖到校際比賽跟慶功宴結束，他才正視自己對火柴的惡意，並釐清了頭緒：他其實是不知道如何跟火柴道別。他不想玩了。

現實中，他早就以行動做了表態：跟著球隊度過原本他跟火柴度過的夜晚。一回到宿舍，陳信瀚簡單洗去打球的汗臭，旋即倒頭就睡，四、五點再摸黑起床寫作業或準備考試，那正是火柴預備就寢的時間。陳信瀚心中的刺是：火柴從來沒過問，他還要不要把遊戲玩下去。他陪著陳信瀚創造的角色，就這麼被封存在某個時間點，停止長進，連同一大串半途而廢的任務。

陳信瀚漫漶地想起火柴早就做出了預言：你跟我不一樣。

又過了一年，火柴預言的下半段實現了。

他被退學了。

陳信瀚曾在通識課堂遇到跟火柴同科系的同學，聽到火柴的本名，那個同學哦了一聲，眼中閃過介於尷尬和促狹之間的古怪眼神。事後看著火柴收拾行李，陳信瀚從元澤口中獲取部分的訊息：火柴過於耽溺遊戲，沒有記取第一次被二一的教訓，他這學期又被二一了，根據規則，他得離開這所學校。

火柴沒有申請任何的救濟，他失去了一般人求之不得的學籍。

微涼的雨日，火柴的父母駕駛著歐系進口車進入校園，火柴校園生活的累積很有限，幾個紙箱就足以填裝他在宿舍的全數家當。陳信瀚在垃圾桶看見了那塊幾乎象徵著火柴個性的布簾。火柴的母親掛著金色細框眼鏡，散發古早知識份子的氣質，陳信瀚打撈記憶，火柴是否曾經談及家人？不，一次也沒有。

婦人坐在火柴的座位上，抱著脫下的一團外套，寒著臉瞪著他跟元澤。屋內的氣流無端往婦人的方向沉降，形成壓抑的核，陳信瀚周圍的空氣轉眼間稀薄了。

婦人抿嘴，指著火柴的位置，悶聲問，他平常就是在這打電動，沒去上課，對嗎？陳信瀚看了元澤一眼，以幾不可察的力道點了點頭。婦人又問，他平常沒有去上課，你們沒有說什麼嗎？陳信瀚被問得發傻，吐不出話。

一滴淚水從婦人的左眼流了出來，她沒吭聲，視線在陳信瀚跟元澤之間跳換，霍地站起身，拎起提包，轉身離去。沒多久火柴滿身熱汗地走進來，見著兩位室友難堪地瞪著自己，他也沒說什麼，兀自把桌上裝滿原文書籍的紙箱疊起，不知是受到重量的牽制，還是火柴本身姿勢不良，他的背圓得厲害。

火柴一步步下樓，陳信瀚望著他那細長的背影，詢問自己，是否該追下樓梯，至少說聲再見，或者對不起。但他心底清澈，這兩句話火柴都不需要。

婦人的那滴眼淚，在陳信瀚心中形成了可怕的形象，他的心土被種下了罪惡感。無論多晚回到宿舍，他都能隔著布簾隱約想像火柴的輪廓，含胸如遠古穴居的人類，雙眼跟隨著螢幕，如祖先緊盯著營火。有時，火柴走出洞穴，兩人眼神遇上，陳信瀚感覺得出來，火柴期待他回去，回到那個眼睛耳朵都忙不暇給的世界。

他自認沒有做錯事。

遊戲最終不就是得登出嗎？

◈

「我那時去你的宿舍探望你，對他記憶很深刻。」何青彥沉吟半晌，斟酌著語言，「在我眼中，能夠考上那所學校的人，不是天才就是怪物。看到火柴那樣打電動，我也不緊張，莫名地認為火柴就像你，看起來沒有特別努力或辛苦，不過考試成績一出來就是穩居前幾名，你們是同一種人，怎麼樣都不會摔下來的人。」

何青彥的描述方式讓陳信瀚有些不自在。

他分不明白，造成不適的是何青彥語中的「你們」和「我們」是否劃分出界線，還是另一個他寧願繼續苟且的問題：他摔下來了嗎？

螢幕上一則訊息切入，解救了陳信瀚。是夕梨。

夕梨：小泉，在嗎？想請你幫我一個忙。

夕梨：我知道這很突然，但我最近遇到了一些事，不適合在遊戲裡講。

夕梨：請你跟我見面。我可以去找你。

讀到最末一行，陳信瀚想起兒時穿過社區大樓，無預警地從天掉落一塊掌心大粉色瓷磚，他被砸得天旋地轉，撓了撓頭髮，豔紅的血，心跳跟呼吸加速。

他又被砸中了。

聯繫兩個世界的甬道，是否趁他深夜熟睡之際悄悄地拓寬，這次穿梭其中的不僅僅是貨幣、記憶跟經驗，而是他朝思暮想的少女。

而他心中有數，洞穴的開啟是不可逆的。

東泉：非得見面說嗎？

夕梨：我真的覺得這是見面才能談的，請答應我。（哭臉）

東泉：妳這樣……我很為難。

夕梨：即使這麼為難，還是希望小泉不要拒絕。

東泉：沒有別的選項嗎？

夕梨：你只有兩個選項，見我一面，以及，見我一面。

風暴的起源就是來自這則看似無足輕重的訊息。

再來一次，他還是會不假思索地回應夕梨。

是夕梨啊。

陳信瀚不認為目前的狀態適合喜歡人。

但所謂「喜歡」，之所以迷人，在於它從來只問有沒有，不問適不適合。

陳信瀚有過兩段感情紀錄。一次是高中，他很迷戀坐在前面的女孩，女孩有一雙圓滾滾的眼睛和兔子似地可愛門牙，同學們管她叫兔子，兔子髮梢的香氣跟細白的脖子常讓陳信瀚眼花撩亂。可惜兔子讀書很不靈光，老師曾當著全班的面前詢問兔子，妳要不要乾脆轉到普通班。兔子的臉撲地漲紅，怯生生地搖頭，老師沒再過問。

後來所有學生只要看著那女孩，心中就自動地把那個問題又複習了一次，並生出同情與幾分的哀戚。陳信瀚沒有告訴任何人他的感情，只有打排球時偶爾袒護兔子的技術，或改兔子考卷刻意放水，給兔子算高了分數。高三暑假，陳信瀚在榜單上找著了兔子，他告訴自己，從今而後要把這個女生忘了。

第二次是排球系隊，一個學妹屢屢讓陳信瀚想到兔子，但學妹比兔子更好，學妹跟他在同一個科系，他不必顧慮兩人水平是否相同。一次吃完宵夜，學妹喚住了他，問他要不要續攤，兩人在學妹八坪大的雅房裡很小心，不發出太多聲音地做愛。學妹跟人合租一間三房公寓，隔間輕薄，隔壁女孩跟人講電話，陳信瀚一邊擺動，一邊把年輕女孩的戀愛心事聽得一清二楚。

後來陳信瀚時常在學妹的房間過夜，不是每次都有發生關係，有時也就一起熬夜看恐怖片。

他問過學妹，兩人算是在交往嗎？學妹沒有正面回答，問他要再來一罐可樂嗎，她買了一箱。事後，陳信瀚千方百計想找出學妹愛過自己的證據，好讓他自圓其說，為什麼他出了嚴重車禍，竟只能在隊長送來的卡片一隅找著學妹的慰問。陳信瀚告知隊長，醫生說復健至少得持續半年，隊長點了點頭，惋惜地說，這樣下一次比賽就註定沒有你了。臨走之前，隊長想起什麼似地，搔著頭髮，看向窗外說，喔，對了，我跟學妹在一起了。

而在確認自己眼睛看見了異象，陳信瀚更是不能喜歡上誰。

彷彿罹患一種罕有人知的惡疾。他得時時閉著，以免隨意的眼神掀開了祕密，何青彥的反應更是讓他進一步感知到，若暴露了這個身分，下場有二，一是不信，二是被視為噩耗的代表。而後者，比前者更讓人退避三舍。陳信瀚自問，若他喜歡的女生擁有這麼一雙眼睛，他是否會像當年對待兔子那般，在事情發生之前搶先劃上句點。

這樣的眼珠，彷彿死神意志的延伸，與死神挨得這麼近，沒有生者不畏懼。哪怕這雙眼珠什麼也沒有看見，沉默地嵌在空空的眼眶裡，也令人感覺不祥。

這也是為什麼察覺自己喜歡上夕梨，陳信瀚既惱怒又覺得快樂，也許從第一次在耳機聽到夕梨的聲音，他就恍恍惚惚地喜歡上這個女孩。

◈

自從三人成功征服黃昏圖書館，迴響熱烈，芬里厄動了別的心思。

一日，他找來陳信瀚跟達西，表示他想重新改造〈幻絕中堂〉這個不上不下的公會，更直白地說，他想試一試公會戰。《世界樹》有六張「祕境」地圖，必須持有「貓的腳步聲」、「女人的鬍鬚」、「山的根」、「魚的呼吸」、「熊的肌腱」、「鳥的唾液」任一項道具，方能開啟通向祕境的地下道。

只有一個方法能取得這些道具：禮拜三晚上八點到九點半的公會戰。祕境裡有大量特殊、不存在於一般地圖的魔物，它們不僅會掉落稀有的盧恩符文，還會掉落上古神器的原始物料。芬里厄主張，既然在遊戲裡投入了這麼多時間，追求公會戰勝出也是情理之內。

他草擬一份名單，是分布於中型公會的頂級玩家。芬里厄且跟其中幾位玩家探詢意向，得到不少正面回應，若要容納這些成員，得汰換〈幻絕中堂〉三分之一的成員。芬里厄的言論條地澆熄陳信瀚的熱血，他替夕梨緊張，夕梨是交際導向的玩家，陳信瀚好幾次提議要陪夕梨把她的主教角色練上去，夕梨也只是敷衍了事，表明自己更喜歡在遊戲裡找人聊天。幾日後，芬里厄公佈名單，夕梨竟被留了下來，陳信瀚思來想去，最合理的解釋是，夕梨是〈幻絕中堂〉的元老級成員，芬里厄也算是顧念舊情吧。

東泉：不找妳的男朋友嗎？

夕梨：他也不完全是我的男朋友，小泉，你在生氣嗎？

東泉：我沒有生氣。

夕梨：你明明就有，為什麼不肯承認呢？

也是從聲音，陳信瀚聽出了夕梨心有所屬。

夕梨悶不作聲的時間拉長了。若有人找她問事，她的回應倒也即時，只是句子簡短，掩藏不住少女的嘆息。陳信瀚趁著深夜眾人睡去，問起夕梨。夕梨安靜了好半晌，久到陳信瀚以為夕梨悄悄離開了對話，這才聽到夕梨濕稠的聲音，彷彿從水裡吐出的氣泡。她輕聲問，小泉，一個人在意你，是不是再怎麼忙，都會找時間跟你說話？

陳信瀚內心一沉，溫柔又體貼的夕梨，有了情感的煩惱。

他應該回答這個問題嗎？說得太深，夕梨是否會發現自己也在思索這個問題？琢磨良久，陳信瀚技巧地轉移了話題，是妳的同學嗎？夕梨說，不是。

陳信瀚沒再問下去，一個名字浮於腦海。

黃。

若〈幻絕中堂〉有位階的概念，核心自然是芬里厄，他跟達西並列第二。黃，或許是公會第三人。陳信瀚曾跟芬里厄、達西一起數算，每一成員為《世界樹》投入的金錢，結論是，黃跟芬里厄至少都砸進數百萬。陳信瀚不能克制對黃的嫉妒，他以為，黃喜歡夕梨。陳信瀚仔細觀察過黃在《世界樹》的作息，大約八、九點上線，第一個動作就是找夕梨，若夕梨不在線上，黃就顯得意興闌珊。

黃對夕梨別有用心，不言自明。

還有一件事讓陳信瀚很是戒備：黃相當神祕。

黃宣稱聲帶因兒時一場疾病而毀損，發音咬字有障礙。群組內他多半以文字回應，縱然接上語音，也沒見他使用麥克風。黃更不交代自己的私生活。陳信瀚只能從黃零星的回答，建立這個人的模糊輪廓。他猜想過，黃很符合富二代的習性：用錢無度，且對於假日的到來，不像上班族敏感。大家在群組內抱怨收假症候群，黃從未迴響，似乎無話可說。

至於年紀，黃守得很嚴。按理說，這是多數玩家最願意吐露的資訊，黃卻始終以「最高機密」二字因應。唯獨一回，一個成員分享自己搶到知名歌手的演唱會門票，黃才道出自己朋友在唱片公司工作，固定配到四張公關票。陳信瀚恍然大悟，黃的年紀，也許不是他最早預估的二十幾歲，約莫落在三十後段、四十出頭之間。一個人的音樂品味往往形塑於青春期，換句話說，從一個人喜愛的歌手逆推出生年代，十之八九不會出錯。想到這，陳信瀚更難忍受黃對夕梨的一往情深。

黃說不定是足以當夕梨父親的年紀了。

陳信瀚注視著夕梨的訊息，怒氣如被風撥亂的雲朵，一下子變得又細又輕。

若這句話是用說的，夕梨的聲音該有多麼委屈。

而他也會如此時般窩囊，口是心非地說，「沒有，我才沒有生你的氣。」

「後天星期六你沒安排活動吧，陪我去見一位網友如何？」

陳信瀚自電腦轉過頭，詢問何青彥。

何青彥的雙眼閃爍著幸災樂禍的光芒。

「你說的網友，是夕梨吧？」

「你怎麼知道？」

「如果不是她，誰能讓你走出房間？」

「好吧，」陳信瀚索性吐實，他急著解決另一樁心事，「找你去另有原因。可以的話，我希望在夕梨的面前，你自稱是陳信瀚。也就是說，請你以我的名字出席。」

「為什麼？」

「因為……」陳信瀚的語氣落入下風，「我告訴夕梨，我是一位傳產的業務啊。」

何青彥躊躇了兩秒，「你，你冒充成我？」

「對，不好意思。」

陳信瀚注視著擱在鍵盤上的肥腴雙手，祈求何青彥別追問。

何青彥深吐一口氣，「有必要我親自出場？」

聽起來他暫時沒有要追究。

「可能有。」

「你很了解我的工作。再說，夕梨只是個女大學生。」

言下之意是，要在夕梨面前營造出傳產業務的形象不是難事。

「好吧，看來我得告訴你另一件事。」

「之前夕梨說，她想看我的長相。我交出了你的照片。」

下一秒，笑容自何青彥的嘴角凝結，如濕暖的霧氣襲上冰冷的鏡面。

第四章
2u4n45;

第一章
2u4u 5;

第二章
2u4-45;

第三章
2u4n0 5;

第五章
2u4j3

LOGIN.........

◈

陳信瀚孤坐房間，回想何青彥臨別的一連串舉止。

手攀上門把，回頭望了陳信瀚一眼，嘴唇動了動，又像是突然忍住，把即將說出口的什麼嚥回肚內。偏偏那多望的一眼早已取代語言，發揮了效果。

陳信瀚想過，火柴退學以後過著怎樣的生活？

他有考上其他間大學嗎？還是說他早已撤退至一個不需要額外拉起簾子的世界？

之所以想起火柴，背後緊跟著陳信瀚最深層的恐懼：你是不是走到比火柴還遠的地方？你的父母也像火柴的母親，以飽含怨恨的眼神，注視著你的一事無成。

姚秋香沒有收回對兒子的善意。日復一日，她呼喚陳信瀚出來吃晚餐，陳信瀚也不好婉拒，他若有似無地察覺到，共進晚餐是母親守持的底線。然而，隨著日子長成了歲月，陳信瀚也頻繁地在話語和話語的間隙，捕捉到父母對他的捕捉，他們也想從陳信瀚的舉止，揣摩他的思緒，從中推敲：他有再次出外工作的打算嗎？兒子退避社會的日子，可有終點與盡頭？難道他盤算這樣若無其事地活下去？

假若有人開口破壞了表面上的和平，也許三個人還能從沒完沒了的猜忌中釋放，讓陳信瀚既慶幸又痛恨的是，所有人都在假裝沒看見房間裡的白色大象。

午夜是父母睡下的時分，也是陳信瀚的活動時間。

不製造噪音的前提下，可以說他跟父母交換了房子的使用範圍。父母退居至小小的主臥室，而他可以自由地在客廳、書房甚至陽台走動，或者打開冰箱。姚秋香會定期補充陳信瀚喜歡的乳製品和茶凍，微波可食的雞排、披薩等等。

被父母帶回老家以後，許多人企圖打開他的房門，走進，說上一兩句話。共處一室的情境，橫亙著他與對方的沉默，接著，空間搖晃起細緻的波紋，紋路隨著對方語氣的急促、憤怒擴大，形成劇烈的擾動。待那些人離去，有好幾個鐘頭，陳信瀚依然能感受到他們所留下的不滿。他一度以為，只要閉口不言，就能守住內心的房門，但很快他就意識到此舉十分勞而無功，即使只是傾聽，一旦聽清楚對方在說什麼，胸口的房門自然會開啟，縱容對方走進來，恣意地踢翻裡頭的收藏，或隨意變更擺設的位置。

必須澈底戒掉渴望與別人說話、讓人理解的癮。

把自己關起來才能保護自己。

若不做他想，專注於當下，空氣裡的波紋也會回應他的召喚，一點一滴地恢復靜謐，如密林古潭般安詳，接著，心底房門也重拾生命，一寸寸地往內收斂，直至完全緊閉。他可以小心翼翼地把散亂的物件安放回原處。這些訓練，陳信瀚事後認定是他減少做惡夢的關鍵，他得停止審判自己，這件事唯有澈底孤絕才做得到。

夕梨的存在讓這個狀態綻開了一條縫，帶來了強烈、刺眼的光線。他來不及反應，幾乎目盲，只能潦草套上他人的皮囊，與夕梨說話。身分，一經指認，再也褪不下。

網路上任何身分都是經得起捏造的。

只要有心，就能創建一個與現實世界的自我截然不同的阿凡達。這是所有使用者都不避諱承認的現象：網路上，一個人的形象主要由他給予的資訊拼黏而成，在任一個環節巧加修飾，或以略過不提來間接達成目的，對方的想像力會加入，遂行你的心願，這是施騙的訣竅之一：得讓對方也參與，他才會完全淪陷。

◈

兩人比約定的時間提早一個小時抵達咖啡廳。

陳信瀚很慶幸，何青彥先前在他的邀請下短暫接觸過《世界樹》，甚至也曾在〈幻絕中堂〉待上幾個月，對於公會有基本認識。這大幅增加了取信於夕梨的機率。

剩下十分鐘，陳信瀚再次重申作戰計畫：縱然何青彥有把握自己能夠將陳信瀚的聲腔模仿得三、五成相似，為防夜長夢多，還是減少發言，讓夕梨表明來意即可；二，若夕梨提起了「黃」，務必要追問下去，最好能釐清夕梨跟黃的關係。

何青彥納悶問，黃是誰啊？陳信瀚不大情願地攪拌咖啡，說，一個怪人。

說完，陳信瀚趴在桌上，何青彥納悶地伸手搖他，問，「怎麼了？」

陳信瀚悶聲回答，「太久沒有出來了，我好像在害怕呢。」

看到夕梨的第一眼，陳信瀚內心朦朧的情感，像是被日光描過，明亮而有光。

夕梨比照片好看多了。精緻的五官鑲在雪白臉蛋，頭頂馬尾以巨大的藍色蝴蝶結固定著，襯托她小巧的臉型。牛仔短褲掩不住修長白皙的腿，因著燈光的照耀，微微反射牛奶表面般的光澤，夕梨的肌膚裡幾乎不見黃調，整個人像只脆弱的瓷娃娃。

夕梨拉開椅子，在何青彥面前坐下來。

「太好了，小泉跟照片長得幾乎一模一樣，我原本還有些擔心。」

陳信瀚低頭啜了一口熱咖啡。

他能夠感受到，何青彥正以似笑非笑的眼神戳著他的腦袋瓜。

何青彥遵照著陳信瀚擬定的計畫，指了桌上的菜單，示意夕梨點餐。

夕梨思忖了一會兒，要了熱巧克力，何青彥這才開口，「我去點吧，這餐我請妳，妳吃過了嗎？要加點一塊蛋糕嗎？」夕梨搖頭，露出虛弱的微笑，說了聲謝謝。

不消幾秒鐘，夕梨的青春氣息褪逝，取而代之的是愁容滿面。

陳信瀚調整手機位置，遮掩自己的目光。夕梨的眼神沿著何青彥的額頭、顴骨、下巴延伸，好幾秒才收回。她眉頭蹙起，一手托腮，一手指尖在桌面勾勒著不規則的線條，畫到一半，她轉頭望向另一側明淨的落地窗，眼神閃過一絲掙扎。

陳信瀚注意到夕梨的手微微一握。

夕梨該是十分緊張吧。她那樣瘦弱，若何青彥有意傷害她，她也無處可逃。為什麼要讓自己暴露於未知的環境呢？不擔心自己遇到壞人嗎？

陳信瀚的胸中鼓脹著自己也不明所以的緊張。

何青彥放下托盤，盤中有馬克杯盛裝的熱巧克力，還有一塊草莓鮮奶油蛋糕。他把蛋糕推至夕梨前面。夕梨歪著頭，等待何青彥的說明。

何青彥微微一笑，「店員說熱巧克力搭配蛋糕有折扣。」

夕梨不假思索地把頂端完整的草莓摘了下來，遞到何青彥面前，「那小泉也吃。」蔥白的手腕，鮮紅的草莓，紫藍色的脈動送出了年輕女子的幽香，佐以理直氣壯的口吻。

何青彥吁出一口長氣，暗示這意外追加的戲份，他無福消受。

他以手指取過草莓，扔入嘴中，忍俊不住呵呵笑了兩聲。

夕梨手裡的塑膠叉子遲遲沒有落下。「小泉在笑什麼？」

「沒什麼，只是想起一些既好笑又可惜的事。」

這句話當然是在挖苦陳信瀚。

何青彥清了清嗓子，「既然見到面了，就請好好說吧，究竟是怎麼了。」

夕梨抬起頭，眼珠成了玻璃般緩速流動的液體，定睛一看，上頭泛起薄薄的眼淚，夕梨眨了眨眼，搖頭，「假設我說實話，小泉會生氣嗎？」

「要看情況。但，不是很嚴重的事，應該不至於吧。」

「把小泉找出來，沒有任何事喔，就只是很想要見小泉一面而已。」

陳信瀚和何青彥的身子不約而同扳直，五官表情也凝重了起來。

夕梨說了下去，語速湍急，彷彿不這樣做，她就會擱淺在緘默與訴說之中，兩不著落。「我最近考慮退出《世界樹》了，想說把遊戲裡的好朋友找出來，至少面對面聊一次天，一年多以來，小泉聽我講了好多心事。我在現實裡不曉得為什麼，缺乏交朋友的運氣，所以我很珍惜跟小泉的友情，是真的哦。」

夕梨以濕潤的眼神緊鎖著何青彥的雙眸，「非常謝謝你，因為一些事情，再過幾天我就要移動到一個新環境，從頭來過。可能也不太會上線了。也就是說，與小泉見這一次，是開始，也是結束。很抱歉我這麼自私……」夕梨眨了眨眼，呼吸急促，「可是，小泉，我好慶幸我們有見面，跟網路完全不一樣。」

何青彥著慌了，他伸手爬梳額前髮絲，趁勢瞪了陳信瀚一眼。

陳信瀚放下杯子，輕敲桌面兩下，起身穿過整齊的桌次，拉開大門走到咖啡廳外，這是他們擬定的暗號。若有緊急事變就藉故離開，重新商討對策。

何青彥看著夕梨，精緻的臉如今像是糖霜般，不堪輕撫，隨時都能融入空氣。

「你說這個謊該怎麼圓呢，陳信瀚，我不可能再演下去了。」

何青彥面紅耳赤，語氣急躁，「我不清楚你們兩個人在遊戲裡聊了多少，可是，你有感覺到吧，她剛才的說話方式，很真心，那不是想演就能演出來的。你去跟她坦白。說聲對不起、你才是真正的小泉，我的戲份就到這了，這超過了一開始我們說好的，我辦不到。被她這樣看著，我都快覺得自己是詐欺犯了。」

「沒有你想得那麼簡單。」陳信瀚支吾一會，好不容易吐出這句話。

「哪裡複雜？還是說，你覺得她等一下要跟你借錢？」

何青彥恍然大悟似地，「是吧，這也有可能，仔細一想，她的話有些莫名其妙。」

「我不是要你把人家想成這樣。」

「也不能怪我，網路認識的人，保持點戒心是好的。」

陳信瀚瞅著何青彥，思緒紛陳。他漸漸不願忍受別人把網路形容為一個奇異且危險的次元，彷彿網路不過是現實的贗品、是次一等的地下空間，在這其中，人跟人之間的感情交流永遠見不得光。陳信瀚保存了跟夕梨的對話紀錄，數不清多少夜晚，他一則一則從頭讀起，彷彿讀一本書，這本書擁有自己的意識，會突破，也會停滯不前。但有一件事不容錯辨，書中的兩位主人公真心誠意、對彼此付出關愛。

何青彥見陳信瀚不發一語，深吸一口氣，「你忘記你表哥的事情嗎？」

「我表哥？」

何青彥抹了抹臉，緊閉雙眼，再睜開時已有幾分倦怠。

「之前，有一次聊天，聊到線上遊戲之類的吧，你突然提到你表哥，」何青彥頓了頓，見陳信瀚依舊滿臉困惑，聳了聳肩，無奈地說了下去，「你小五還小六的時候，你表哥叫你陪他玩一款剛出來的線上遊戲。你玩沒幾天，發現你表哥不只玩女角，還交了一個網公。你表哥要你在遊戲裡叫他姐，叫那個網公姐夫，你想起來了沒？」

「我想起來了。」

「我不是說你表哥是壞人哦，只是，說這不算詐騙嗎？好像哪裡怪怪的，現在夕梨大費周章把你約出來，說了一些不知所云的話，我忍不住把夕梨跟你表哥想在一起，」何青彥歪著頭，似乎苦於不知從何澄清自身考量，「我明白，夕梨看起來很無辜，又那麼年輕，不像在演戲，哎，我也有些混亂了，你也可以說我太疑神疑鬼，不過，謹慎一點不是壞事。」

「我不確定夕梨有沒有陰謀，可是，看起來我更像壞人吧。」見何青彥收斂笑容，陳信瀚扯出苦笑，「我借用了你的身分，偽裝成一個工作穩定、長得不錯的年輕人。我是真的在詐騙，還連累你加入這騙局。你是我的朋友，自然會袒護我，替我擔心、著急，但假設你根本不認識我這個人，你怎麼想？人家是未經世事、青春洋溢的大學生，而我呢，五官身材就是網路上典型的肥宅，長期無業，蹲在家裡打電動，讓父母傷透腦筋。怎麼看我都更像那個圖謀不軌的人吧。」

「你說的也沒錯。那好吧。我該怎麼做呢？」

「還是得麻煩你先回到咖啡廳，跟她道別。後續我來接手，不管她真正的目的是什麼，我都會跟她坦承一切。也許她會嚇到逃走，你也不必擔心我被她騙走什麼了。」

陳信瀚輕手輕腳地拉開椅子坐下。

夕梨盯著手機螢幕，纖細的手指在螢幕上游移，憂心忡忡。

電話此時響起，夕梨左顧右盼，輕手接起，喂了一聲。她的聲音遠比方才和何青彥交談時還要輕細，像是好不容易擠出來的微弱顫音。她對著話筒交代自己會趕緊回電，對方似乎不太滿意這個答案，夕梨連說好幾次對不起。陳信瀚不禁好奇這通電話的發話者是誰，為什麼夕梨語氣如此卑微，一副急於討好對方的模樣？

他靈光一動，想到夕梨前段時日的戀愛煩惱。該不會夕梨之所以要退出遊戲，是對方的主意吧？這不無可能。陳信瀚跟夕梨在網路聊天的次數很頻繁，對方希望他從夕梨的世界消失，也算人之常情。才這麼想，就覺得夕梨扶著手機、輕聲細語的模樣多了幾縷小女孩的弱嬌。陳信瀚心情一壞，這時，做足心理建設的何青彥也回到夕梨面前，夕梨倉促地收了線，換上含蓄的笑容。神情似在詢問，何青彥怎麼去了那麼久。

何青彥吞吞吐吐地表示他很感謝夕梨，對他說了這個決定，他很不捨日後在遊戲裡再也遇不到夕梨，但若夕梨下定決心，他願意獻上百分百的祝福。

話語未落，何青彥的眼神往陳信瀚的方向飄移，陳信瀚點頭示意。

夕梨握緊馬克杯，似乎想從中獲得些許支持。

「我還得跟你講一件事。」

陳信瀚跟何青彥不約而同地吸進一口氣。

夕梨的真面目就要在此揭曉了嗎？

「我一直在騙你，」夕梨的身子輕輕顫抖，「說我是一個大學生，那是假的。我高中畢業就沒有再讀上去了。我說過，我的家庭很複雜，不像正常人的家庭那麼幸福。我高三被我爸爸跟他老婆逼到離家出走，學校也愛去不去，差點畢不了業。我有去考大學，只是沒去報到而已，我不懂，像我這種人，讀書有意義嗎。

「白天，我沒上線，你們以為我在上課，其實我在打工，我得養活自己。我想找個時間跟大家坦承這件事，可是，假裝久了，我好像也欺騙了自己，我跟其他人沒什麼兩樣，大家在讀書，我也在讀書。小泉，之前我被其他工讀生欺負，跟你說室友對我不好，你要我趕快去找舍監、看能不能換到別的房間去，還拚命勸我，要趁著大學學會保護自己的權益，否則出了社會只會更辛苦。我聽了很感動也很難過，你處處為我著想，我卻對你說了這麼多謊。我想趁著今天見面，把真相都告訴你。謝謝你，我從小就很容易被別人討厭或排擠，你是我遇過最善良的好人。無論如何，請不要忘記我。」

不曉得是不是心理因素導致的錯覺，夕梨每說一句，臉上血色就淡去一分。

一切就像，她的訴說會讓她變得稀薄。

何青彥站在騎樓，目送夕梨往車站的方向走去。

荏弱的身影，虛浮的腳步，旁觀者無一不是心生憐惜。

陳信瀚走到何青彥的身邊，順著何青彥的視線延伸，落在夕梨身上。

「你還懷疑她圖謀不軌嗎？」

「我要收回我說過的話，她好慘，我突然……變得很同情她。」

「你先回家吧。」

「你要去跟她相認了嗎？」

「對。」

「不需要我陪著你嗎？我可以等你處理好。」

「謝謝你，但這樣我會有壓力。」

「好吧，那我走了，再保持聯絡。」

夕梨的腳步拖延，燈號剩餘的秒數十分充裕，她仍停下腳步。

陳信瀚停下來，繫緊鞋帶，好讓自己順理成章跟夕梨一同迎接燈號變換。兩人的距離只剩下不到十公尺。陳信瀚心情忐忑，他別過頭，看著對向起步的人潮。

鈴聲再度響起，夕梨擱了一會兒才接起。

燈號轉綠，夕梨小步前進。

「喂。嗯。我要回去了。我買了一些衣服。你要聽她的聲音？她已經走了。她的家人把她載走了。我當然沒有跟她說，我沒有跟任何人講。」

從語氣判斷，夕梨說話的對象，跟咖啡廳裡的是同一人。

夕梨掛上電話，手機收回口袋，她左右張望；陳信瀚緩了腳步，低下頭，迴避夕梨可能掃過來的目光。再兩個街區就是車站，燈號僅餘十秒，夕梨倏地跑了起來。陳信瀚措手不及，若他也加速，無疑是暴露跟蹤的行跡。他目視著夕梨流星似地踩著斑馬線大步向前，衣擺隨著肢體翻起，坦裸出細白的腰肢。

若不是親耳聽聞夕梨訴說自身的哀愁，她跟大街上肆意歡笑的少女並無二致。

夕梨一個急轉彎，隱沒於摩肩接踵的人群。

陳信瀚陷入猶豫，此時似乎不宜現身？不妨就先這樣錯過吧。

選在今日拆穿了自己的面具，夕梨也許會難以承受。陳信瀚揉了揉臉，企圖集中精神，耳邊無端響起一道聲音，你是不是又想逃回房間了？

這樣的你，配得上夕梨的真誠嗎？

夕梨竭力坦白，你卻只顧著保全自己可憐的尊嚴。你太懦弱了。陳信瀚在心底發出慘笑，想起迴盪在他心中不下數千回的話語。

必須戒掉渴望與別人說話、讓人理解的癮。

把自己關起來才能保護自己。

這些認知既令他感到慰藉，也讓他深信自己不堪一擊。

你得做出改變了，陳信瀚。

在這個可憐的少女面前，像個成年人吧。

陳信瀚努力要追上夕梨的腳步。他打定主意，他必須致歉、懺悔，若夕梨一時半刻不肯原諒他，他就道歉到夕梨心中沒有陰影為止。陳信瀚氣喘吁吁來到售票口，他穿越閘門，伸手隔開擁擠的人群，爭取前進的路線，好不容易在對面月台覓得夕梨，同一時間，嘹亮的鳴笛聲、列車滾輪摩擦軌道的刺耳咿嘎，先後鑽入他的耳朵。列車員伸臂指揮民眾站在安全線外，夕梨望了一眼手上的車票，又抬頭看著駛入車站的列車，往前站了一步，即將停靠的列車顯然即為她的車次。

陳信瀚衝入地下道，在閃溢昏黃燈光的地下道狂奔，復大步拾級而上，夕梨抬起腳，即將踏入車廂。陳信瀚的膝蓋不耐身體重壓泛起陣陣劇痛，他的內心卻輕盈飛起，剩下十公尺；他想不起上一次自己成功追上一件事是什麼時候。

陳信瀚昂起臉，臉上的喜悅被沖散得支離破碎。

異象又出現了。

幾綹黑色雲氣從夕梨的頭髮穿出，徐徐於凌空中張舞、蹁躚，又倏地打起圈。陳信瀚眨眼，想眨掉那雲，偏偏雲氣好似靈蛇，蜿蜒繞回夕梨，沒入胸口，又從背側穿出，如此幾回，盤踞在夕梨的胸口，哪兒也不去。

車廂內，人人自若地滑著手機，交談、假寐，或對著眼前的椅背發愣。

夕梨又拿出了手機，她在跟誰說話？

車門關閉。

列車一節節往前推進，拓寬陳信瀚與夕梨的距離，二公尺，三公尺……陳信瀚的雙眼飢渴地捕捉著夕梨的身影，想驗證方才只是一時恍惚的錯覺。

期望如一張大網接住了現實，卻反遭現實狠狠撐破。

急促的心跳輾壓著耳膜，耳朵內側沿著臉的下緣焚起了劇烈的疼痛，陳信瀚咬牙咬得太用力了，他聽到自己停不下來的喃喃自語，為什麼要離開房間呢？

看哪，你又受傷了。

在遊戲裡，只要按下道具，就可以瞬間、安全地回到重生點。

陳信瀚把臉埋進掌心，試圖擋住從體內竄出，一陣又一陣的尖叫聲。

他想回到重生點。

他想重生。

他想刪掉今日出門的紀錄。

◈

冰涼的可樂罐貼上陳信瀚的額頭，他彈坐起來，怒不可遏地瞪著何青彥。

「做什麼？」陳信瀚沒好氣地悶哼。

「你這樣一臉眼神死地躺在床上能解決問題嗎？不然這樣，你現在聯絡她。」

「我看了語音群，她沒有上線。」

「你打她手機。」

「你怎麼會覺得我有她的手機號碼？現在只有詐騙跟車貸信貸會打手機。」

「《世界樹》呢，你快登上去看看。」

「我找到她，又能說什麼？難道我要跟她說，她也許就快要……」

陳信瀚驀地噤了聲，那個字，他說不出口。

想法是魂魄，一旦賦予了聲音的形體，彷彿就會擁有生命，活了過來。

「你沒有出錯過不是嗎？」

這句話刺痛了陳信瀚。電腦的搜尋紀錄，無聲躺著一年多前，與他撞個滿懷的高中生的死訊。許姓高中生為了趕上英文週考，闖越馬路，迎面公車煞車不及，直接撞上，高中生當場頭殼開花，腦漿塗地，隨後由救護車送往鄰近的醫院，半小時內即宣告不治。新聞頁面貼心附上鄰近監視器的畫面，青春脆弱的肉身迎上好幾噸的車頭，像團棉花被拋飛出去。陳信瀚倒帶重播了好幾次，如同孩提玩弄著電燈開關。亮，不亮。

上一秒，人在。下一秒，人不在。

為什麼搜尋這則新聞？陳信瀚沒有定見。他可能幻想著，蟄伏房間、不與人群接觸，會治癒他的「缺陷」。哪怕一次也好，他多麼渴望——看走了眼。

陳信瀚坐回電腦前，連上《世界樹》。

他的角色佇立在圖書館門口，陳信瀚開啟公會頁面，夕梨的人物在線上。陳信瀚使用回城券，移動到公會駐點。夕梨在櫻花樹下坐著，花瓣紛飛，她的角色一動也不動。

何青彥指著螢幕問，「她這是掛在網路上還怎樣？你不跟她打個招呼？」

陳信瀚點擊「煙火」，火樹銀花在兩人的角色頭頂綻放。

這是兩人的默契。聽到煙火的音效，就是另一方在找。

「她可能還沒到家。」

「好吧，我們也別浪費時間。來好好討論一件事，這次有點怪……好像有哪裡跟之前不太一樣……。」何青彥指腹壓著太陽穴。

「哪裡不一樣？」

「夕梨在咖啡廳的時候，你什麼都沒看到，對吧？」

「對。」陳信瀚不自覺屏住了呼吸，他也領教到何青彥的意有所指。

「之後你一個人去找她，你那時看到夕梨，她身上也沒有那個，對吧。」

以「異象」而言，何青彥像個盲人般什麼也看不到，他逕自以「那個」稱之。

「對。那時也沒有。」陳信瀚把話接了過來，「過馬路那邊她臨時加快腳步，我跟她分散了，到了火車站，我看到她在對面，那時、應該，也沒有，接著我穿過地下道……然後我爬上樓梯，那個出現了。」

「本來沒有，過了一段時間，突然出現。奇怪，這種情形之前發生過嗎？」

沉默如蟄，鉗住了陳信瀚。

回答這個問題的前提是，他得一一在心中唱名目睹過的對象。陳信瀚腦中閃過好幾張畫面，在醫院跟親友僵持不下的老人，抱著湯罐孤孤淒淒的女子，以及他回到校園，眉飛色舞地解說登山計畫的學長，學長兩天後在斷稜處滑了一跤，墜入崖底，於深山一分一秒失去了體溫。還有講台上講述衍生性金融產品的教授，教授的死因至今眾說紛紜，一名學長透露，教授死於一碗冬至湯圓，他囫圇吞下，被活活噎死，吸塵器隆隆作響蓋過教授虛弱的呼救，師母自責非常，眾人決定彌蓋真相。

學長的死，教授的死，同學們寫的悼文在社群河道上漂流，供人拾用，哭上一哭，陳信瀚一篇都沒有點進去。他熬夜研究死亡，機率、成因、城鄉的分佈，清晨他做出結論，死亡無所不在。人們常因颱風、地震、飛機失事，格外迷戀那些僥倖逃過一劫的人的故事，然而那些人僅佔一小部分。每一年，數萬人死於疾病，數千人亡於意外。人們既明白人終將一死，且隨時隨地都可能發生，卻又能在近乎澈底忽略這件事的狀態下，翻身下床，洗臉刷牙，提著沉甸甸的背包，在搖晃的車廂裡閉眼複習即將到來的簡報，或與陌生人相遇，建立一段相見恨晚的情誼，或按照計畫買房，生孩子。

為什麼他們做得到？陳信瀚有了定見：他們看不見。人存在，不是一，就是零，他們知道這件事，但他們不會目睹一成為零的過程，就像他們看不到有誰把手擱在電燈開關上，隨時就要收走光明的瞬間。所以，他們可以心無旁騖地活下去。

陳信瀚跟學長僅見過兩次，交情不深。至於教授，他記得教授等待學生回答問題，那雙慈祥瞇起的長眼，彷彿在說服，時間的流經不是要事，說出自己的想法才是。很難想像一位曾任政府要職的老人還能保有那樣的眼睛。那天，陳信瀚看到了，他再三確認，自己就是看到了。

他的經驗已經足夠讓他把這些雲霧與死亡想在一塊，他在教室逗留了一會，教授心臟不好，上完課得休息一會，才有體力往走廊移動。他低頭整理散亂的講義。陳信瀚看著烏黑的氣息在教授的身上時而攪動，時而伏低。教授感應到他的視線。抬臉問，同學，怎麼了嗎？陳信瀚不語。教授又問，是想問研究所的事嗎？要找我寫推薦函？直接說沒有關係。陳信瀚搖了搖頭，舉起手臂，跟教授說再見。走回宿舍的路上下起了小雨，陳信瀚沿著騎樓躲雨，猜想，是心臟吧，既然如此，沒什麼好說的，教授活過了豐盛的一生。他如此說服自己，以至於當他得知教授是被噎死的，一個念頭牢牢攫住了他的心臟：不能這樣下去，否則他遲早要發瘋的。

陳信瀚展開練習，低頭，視野侷限在眼前三十平方公分的小方格。想像他的眼睛是盲人掌中指引的手杖，在地面來回逡巡，絕不冒失抬起。手傷痊癒，他也沒回到系隊。旁人好心問候，他置若未聞。他更是打定主意不再升學，校園人情稠密，在這麼小的池子生活，他會被六度分隔理論所交織的人際網絡活活勒死。

畢業後，陳信瀚因國、高中時氣胸各發作一次，第二次接受微創手術，取得免役資格。何青彥受他囑託，給他找了一份做二休二的大夜班。公司嚴禁員工偷閒聊天，上廁所的次數亦有所規範。底薪差強人意、但加上夜班獎金還算體面。陳信瀚言明自己不考研究所，家中鬧了一波革命，陳忠武氣急敗壞地把存摺簿摔到陳信瀚臉上，宣稱自己老早就存了兒子的留學基金，陳信瀚憑什麼辜負他的苦心安排。整整一年，父子倆宛若寇讎，直到陳信瀚按月上繳一半收入給姚秋香，父子倆才在家裡頭唯一的女人督促下，說上幾句話。

姚秋香也不認同陳信瀚最高學歷停在大學，她軟磨硬泡，想逼兒子說出不願出國留學的原因。陳信瀚好不容易以體驗真實社會為由，打發了姚秋香。姚秋香勉為其難地退讓，她說給陳信瀚兩年期限，最遲二十四歲得回到正軌上。

聽到「正軌」二字，陳信瀚深感荒謬，然而他已經疲乏得不想再跟姚秋香理論。兩年，至少他給自己爭取到兩年，可以安分地躲起，不給太多人抓到。陳信瀚一度以為，盯緊眼前川流不息的輸送帶，順順地把日子過下去也不錯——直到黃宥湘的慘劇降臨。

回憶穿過層層皺摺，漂於腦海。

「那天中午，黃宥湘找我，她拿了一顆黃色的水果要我試試看。果肉像淡黃色的果凍，吃起來很黏。黃宥湘老家是種水果的，她有時會帶一些還在開發的品種給大家試口味，請大家發表意見。我邊吃邊說了幾句，那時，她身上沒有。」

「到了下班，她來跟你打招呼，你看到了那個，對吧。」

「對。」

想到被黑霧裹住的黃宥湘，腦袋登時跳出觸電般的刺疼。

彷彿有誰竭力阻撓他撬開潘朵拉的盒子。

「我想先確認一個棘手的問題。」何青彥換上雍穆的神情，「你想要了解你的能力嗎？我明白，你根本就不想要擁有這個詭異的能力，想擺脫它，偏偏這又不像智齒，說拔就拔。退一步講，要找誰幫你處理，我們也毫無概念，對吧。如今，可以說只剩下兩個選擇。」何青彥右手比了一個「二」的姿勢，向前延伸至陳信瀚的鼻梁一公分處，「一是我們什麼也不做，等夕梨的消息，二是，來分析看看吧。目前為止你看過的案例，嗯……案例不是很理想的說詞，但我暫時想不到其他的。」

「分析？」

「對，分析。我不能確定分析有沒有用，以及更根本的問題，這是可以被分析的嗎？或許根本沒有法則，只是一場上帝對你開的玩笑。總之，我是個局外人，什麼也看不到，從頭到尾也只是聽你的轉述。老實說，我想過你是不是車禍撞傷了頭腦，出現了妄想，但你也一再證明了，你看見的，不管那是什麼，都與一個人的生死，更精確地說，是死亡，有關。有沒有一個可能性是，那些黑霧同時攜帶了更多的訊息，過去都被你忽略了。就我所知，黃宥湘那次，你不只看見了那個，不是嗎？」

陳信瀚抬眼看著壁上時鐘。

指針規律地往前推進，只為了它是時針，前進是它的設定。

人的設定怎麼就特別複雜？

「我懂你的意思了，那次我還看見了她的死法。」

若將眼前線索悉數置換成遊戲的思路。角色觸發了一項新任務，勢必得先分析 NPC 所給予的信息，進而謀劃下一步該前往哪張地圖，尋找出相對應的角色，好獲取進階的信息。

如此反覆，以一把又一把鑰匙開啟橫堵前方的大門。

等在後面的到底是什麼？得憑藉個人的探索。

遊戲裡，每一個角色都得採取行動，否則只能從重複的戰場提取稀少的刺激，看著停滯不前的進度與等級，有朝一日，後知後覺，自己竟在遊戲中複製了現實的平庸。有些人索性雙手一攤，轉身走回現實。再怎麼樣，現實裡諸多折磨，有其對價。苦讀換取成績，忍受老闆惡罵換取薪水，為主管頂罪換取升遷。

「沒錯，你還看見了她的死法，」何青彥士氣一振，用力點頭，「你前主管的案例，我現在想一想，有兩個方面值得討論，一是那個出現的時間點，不介意的話，稱為信號好了，你看得見一個人的死亡信號，先暫時這樣稱呼。總而言之，你前主管的信號，跟夕梨的可以歸於同一類，跟你見面後隔了一段時間才出現。」

「是這樣沒錯。」

「再來，第二個討論，你不只看見信號，可能還看得見原因。」

何青彥掌心緊貼胸口，整理到這地步，無以名狀的壓力在心口淤積。

「只有黃宥湘那次，我有看到原因，這樣算數嗎？」

「先專心想，黃宥湘跟其他的案例最大的差別在哪？」

「我跟她交情最深。」

「好，這可以列入考慮，你和那個人的關係會影響信號的內容。還有呢？」

「嗯，還有……黃宥湘是被人殺死的。我在醫院看到的那些人，學長，教授，他們不是生病，就是墜落山谷，或被食物噎死，後者有一個共同點。」

何青彥不安地更換坐姿的重心，「後面那些人的死因，都沒有外人介入。」

「假設，信號突然出現，表示……」

陳信瀚跟何青彥面面相覷，在對方的眼中，他們同時讀出了恐懼。

第四章
2u4n45;

第一章
2u4u 5;

第二章
2u4-45;

第三章
0 5;

第五章
2u4j3

LOGIN.........

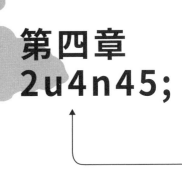

◈

電腦傳出「煙火」的音效。

陳信瀚回到螢幕前，夕梨的人物繞著東泉轉圈，這是夕梨常用的撒嬌技巧。

陳信瀚喉頭滾動，他嚥下不斷湧出的口水，雙手置於鍵盤。

夕梨：嗨。

東泉：你回到家了？

耳朵裡跑出進水似的嗡嗡鳴音，陳信瀚緊張得暈頭轉向。

夕梨還活著。

不，危機也許不是解除了，而是尚未發生。

他非但不應感到慶幸，反而要畏懼，這一次他也許要眼睜睜送走第二個人。

懦弱的你，又想著逃走的方式了，對吧。

反正你有黃宥湘的經驗了。慣犯。陳信瀚內心的雜音如此說道。

夕梨：對，幾分鐘前才到家。謝謝小泉招待的熱巧克力，飽到現在呢。

東泉：妳現在是一個人在家嗎？

夕梨：是啊，怎麼了？

東泉：想說妳的身體狀況，最好身邊有人陪伴，妳的臉色很蒼白。

夕梨：小泉，你沒有生我的氣吧？

東泉：生什麼氣？

夕梨：我說了謊啊。

東泉：沒事。妳有苦衷，我明白，再說了，也許哪天妳還是會上大學啊。

夕梨：你有感到失望嗎？

東泉：沒有，我可以理解。

東泉：可是，我想問，告別遊戲的決定……與妳喜歡的那個人有關係嗎？

夕梨：說沒有，你信嗎？

東泉：那就是有了。

夕梨：不是你想像的那樣，應該說，有受到影響沒錯，但，主要還是我自己的決定。
夕梨：我好像始終活在一場幻覺裡，是他讓我睜開眼睛。
東泉：睜開眼睛就不能玩遊戲了嗎？
夕梨：遊戲只是一部分。
夕梨：最重要的是，想面對更真實的自己。
東泉：現在的妳不真實嗎？
夕梨：也不是真不真實的問題，是沒有被認同，就會很痛苦的感覺。
東泉：他不認同妳玩遊戲？
夕梨：怎麼說小泉都不會懂的，請原諒我不能再說下去了。
東泉：妳跟他常見面嗎？
夕梨：小泉的問題怎麼一下子變得那麼多呢？
東泉：我想確認妳跟他在一起是快樂的。
夕梨：是快樂的。
東泉：我不相信，今天，我不小心偷看到妳跟他講電話的樣子了，妳看起來很壓抑。
夕梨：小泉想太多了，我沒有很壓抑。
東泉：所以妳今天確實是在跟那個人講電話了。

夕梨：小泉是在吃醋嗎？

東泉：不，妳先聽我說，我來告訴妳一個會讓男人更在意妳的方法。

「怎麼會成了戀愛教學？現在不是要專心救她嗎？」何青彥有些摸不清楚狀況。

「我懷疑，夕梨的交往對象是個危險人物。」

陳信瀚簡短交代了下午他兩次目睹夕梨接起電話的情形。

「所以，你覺得這個男生有可能對夕梨做出什麼事？」

「我不知道，我甚至不清楚這樣做有什麼意義……太多未知數了。」

「這個女生在你心中有多重要？」

「非常重要。這一年多以來，最常跟我說話的人是她。」

「那好，你就想，接下來的每一步，不是為了自己，都是為了她。你前主管的事讓你後悔夠久了，我不覺得你想要同樣的事發生在這個女生身上。你比我聰明，你來告訴我。假設這是遊戲，公主就快被惡龍擄走，你會怎麼做？」

夕梨：讓男人更在意我？

東泉：妳很想得到對方的認同，我有說錯嗎？

夕梨：或許吧。

夕梨：小泉從哪裡看出來的？有那麼明顯？

東泉：我比妳早幾年出社會，很多事一眼就看透了。

夕梨：好吧，告訴你也無所謂。

夕梨：每一次跟他聊天，說不上為什麼，總覺得自己很笨拙。

東泉：那我教妳一件事，妳現在把手機關掉，至少二十四個小時，讓他聯絡不到你。

夕梨：這樣做，只會讓對方更不喜歡我吧。

東泉：相信我一次。

夕梨：不行，我怕他生氣。

東泉：他會生氣，可是，妳在他心目中的地位也會上升。

夕梨：為什麼？

東泉：妳不了解男人，越是按照他們的意思做，他們只會越看不起妳。

夕梨：他也說過類似的話，他說，我是一個缺乏中心思想、人云亦云的人。

東泉：無論他說什麼，妳都只會點頭，看起來很崇拜他的樣子吧。

夕梨：你有看過我們相處的情形？

東泉：沒有，就像我說的，年紀大了，很多事一眼就能看透。

夕梨：那他說得很正確，我很膚淺，很好看透，我還能怎麼做？
夕梨：也許什麼也不能做？他也說過，人的本質是不會變的。
東泉：你們什麼時候會碰面？
夕梨：很快……。
東泉：先傳訊息跟他說，妳累了，今晚先取消。
夕梨：有必要這樣？
東泉：妳不想讓他更在意妳？把妳當一回事？
夕梨：好吧……我傳出訊息了。
東泉：接著，關掉電話，他會一直打電話來，妳也絕對會心軟。
夕梨：小泉，你會通靈嗎？他打來了。
東泉：他知道妳人在哪裡嗎？
夕梨：不知道，都是我去找他，他說我住的地方太偏僻了。
夕梨：第二通了，還是不要接嗎？
東泉：對，關掉手機吧。

陳信瀚仰倒在椅背，把糾結、僵痛的肩頸一吋吋展開。

夕梨所在之處是安全的，只要她不揭露，對方一時半刻也尋無門路。他得繼續敦促夕梨維持與那個人斷絕通訊的狀態，同時為他跟何青彥爭取時間，商量更周延的對策。

陳信瀚揉了揉臉頰，夕梨像個傀儡，沒有人控制，她就軟倒無方。如今線頭是由陳信瀚緊緊掌握，陳信瀚注視掌心，他首度介入了事件，這會帶來什麼影響？若這是一場遊戲，最大的不利是操作時數太短，他還來不及歸納出遊戲設計者的思維。

這也是很多玩家追求的目標：浸淫於遊戲，一步步還原設計者製作遊戲的思路，有些頂級玩家，甚至能從中預言遊戲未來的走向。

眼前情況曖昧不明。若那些「信號」出於陳信瀚個人的幻覺，從前的事件只是一系列匪夷所思的巧合，依循這些信號，又是否會讓他跌入更不堪的夢境？

直接告訴夕梨，她短時間內很可能死去，又會創造出怎樣的效果？

問題如蕁麻疹，不發則已，一發作，周身無一處安寧。

東泉：來解任務如何？妳前幾天說要找時間跑完「巴德爾的噩耗」，對吧？

「巴德爾的噩耗」是進入黃昏圖書館的前置任務。兩百等才能觸發。夕梨向來對於打怪升等興致索然，眾人調侃許久，她才在上個禮拜升到兩百等，黃當下提議要陪夕梨走完「巴德爾的噩耗」，夕梨婉拒了，理由是：她若完成了「巴德爾的噩耗」，遲早會有人執意把她帶入黃昏圖書館，她不想一下子把遊戲難度提升得這麼高。

夕梨：好啊，離開以前，看一眼你們朝思暮想的黃昏圖書館，好像不錯。

東泉：答應我，這段時間，專心解任務，不要去想那個人。

夕梨：小泉，聽你的，會有用吧？

夕梨：我也想讓他對我刮目相看一次。

遊戲說明：在「巴德爾的噩耗」，玩家接受了奧丁之妻芙瑞嘉的囑託前往冥府。通過由美麗少女茂思歌絲所守護的橋，穿過大門，進入亡者的殿堂。玩家會在裡頭看見巴德爾與他的妻子坐在桌首，膚色慘白、毫無活人的生機。同時玩家也會見到洛基的女兒海爾，一半完好，一半死軀，一眼湖水綠，一眼黯淡凹陷。掌管死人之境的海爾提出要求，只要有一個生物沒有為了巴德爾的死而哭，巴德爾就得永遠留在冥界。海爾的歌謠提醒玩家飛快啟程前往七個城鎮，找出特定的物件，蒐集他們的聲音。

夕梨：我看完遊戲說明了，好有趣，所以要先去冥府嗎？

陳信瀚暗暗懊悔，情急之下，他挑了一個特別繁瑣的任務，好確保接下來三、四個小時，他跟夕梨有一條明確主線，可以填充彼此的徬徨，卻漏忘了這任務多數時間都得周旋在幽暗無光的冥府，路上怪物亦多是醜怪或斷肢的陰魂。

在夕梨前景未明的此時，造訪冥府讓陳信瀚深感不吉利。然而夕梨似乎很是興奮，陳信瀚捨不得敗壞她的興致，索性把心一橫，陪伴夕梨讀取訊息。

若夕梨會死，且死因同黃宥湘，來自人為的介入，撇除極為罕見的無動機殺人，會對夕梨動手的傢伙，應藏身於她的生活圈。陳信瀚目前瞄準了夕梨的感情對象，卻也不能排除別有對夕梨心存殺機的人選。

東泉：妳平常都跟誰玩啊？我是說現實。

夕梨：現實？我只有一個好朋友。

東泉：只有一個嗎？

夕梨：我說過了，我沒有什麼交朋友的才華，高中時還被班上同學霸凌了。

東泉：霸凌？

夕梨：我也不懂哪樣才算霸凌？反正，有女生聯合起來孤立我，也不讓別人跟我說話。

東泉：為什麼會這樣？

夕梨：這種問題，問被欺負的人，很不對吧。知道的話又怎麼會被欺負呢。

東泉：也對。

東泉：你那個朋友是個怎樣的人？

夕梨：是個很正直的好人喔，很會讀書，體育也不錯，人緣更是好到不行。

夕梨：我們很有緣分，國中同班兩年，後來又進了同一所高中。

東泉：是女生嗎？

夕梨：是女生。

夕梨：被霸凌的那幾個月，我下課就躲去她的班上，她會收留我，說話安慰我。

東泉：她知道妳住的地方嗎？

夕梨：知道，這地方是她媽媽幫我找的，她偶爾會拿一些食物跟東西過來。

東泉：今晚她會過去嗎？

夕梨：不會，她最近在準備德文考試，她說德文很難。

夕梨：小泉，巴德爾救得回來嗎？

東泉：妳待會跟海爾說話，就會知道結果了。

夕梨：你有沒有想過，《世界樹》的故事都很奇怪？

東泉：哪裡奇怪？

夕梨：都沒有好的結局，上個禮拜，我跟黃一起解的「阿斯嘉特城牆來源」也是。

東泉：那次結局不好嗎，城牆完成了啊。

夕梨：對，可是，為神打造城牆的巨人也被殺死了啊，你忘了嗎？

東泉：那是因為巨人想攻擊神，神不得不反擊啊。

夕梨：是神先作弊了啊，巨人生氣也是合理的吧。

東泉：巨人還不是隱瞞了自己是巨人的身分，根本不值得同情。

夕梨：我只是要說這遊戲的故事都好奇怪，應該說，殘忍，很多人物都會死去。

東泉：遊戲的故事，一半以上是從北歐神話來的。

夕梨：所以呢？

東泉：北歐神話是出了名的殘忍啊，預言裡，多數的神祇都會死於最後的戰爭。

夕梨：為什麼不參考希臘神話，之前上歷史課，老師說過，他們很歡樂，跟人很像。

東泉：我也不知道，或許是希臘神話太多人知道了，玩起來不新鮮。

夕梨：我猜海爾不會讓我帶走巴德爾。

東泉：為什麼？

夕梨：你都說多數的神祇會死於最後的戰爭了，巴德爾遲早會死吧。

夕梨：巴德爾好可憐，他什麼壞事也沒做，卻得與眾神分開。
夕梨：今天到這裡為止吧。
東泉：啊？怎麼了？
夕梨：有點愛睏，為了今天去找你，我昨天失眠了。
東泉：剩下的流程怎麼辦？
夕梨：起床再說吧，我知道海爾跟芙瑞嘉在哪裡，我自己去回報任務。
東泉：明天，換我去找妳，如何？
夕梨：哈哈小泉你好奇怪，見面那麼冷淡，在網路上又變成另一個人？
東泉：冷淡？有嗎？
夕梨：可以告訴我原因嗎？為什麼明天也想跟我見面？

「你想要去看她身上的信號還在不在吧？」何青彥說。
「對，這是最好的方法。」
「如果還在呢？」
陳信瀚頓了一下，眼神飄動，「那也是沒辦法的事，我可能會走過去……。」
「走過去？」

「黃宥湘那次，她走過來拉住我，她的信號，有一部分穿過了我，然後——」

「你看見她的死狀，對吧。」

「不只這樣，我還看到了、那個、那個……」

「兇手。」何青彥接著說完，像是很明白朋友不能再承受更多。

「對，」陳信瀚有些氣餒，「沒錯，我還看見了兇手。」

「所以，你在想著，這次去找夕梨，說不定可以……」

陳信瀚沒有應答，他直接以行動說明了他的下一步計畫。

東泉：對，明天，我有重要的事情要跟妳說。

夕梨：不能現在說嗎？弄得我很好奇。

東泉：不能，這件事要當面說才可以，就像今天這樣。

夕梨：好吧。

東泉：我去妳住的地方找妳？

夕梨：明天？這麼急？明天我可能有事。

東泉：妳該不會想去見那個人吧。

夕梨：不好說……。

東泉：為什麼要這麼傻呢。

夕梨：今天拒絕他一次了，明天也不行嗎？

東泉：對，明天也拒絕他。

夕梨：為了要讓他更在意我，我也得這麼痛苦？這樣做真的有用嗎？

東泉：再說一次，明天也不行。

夕梨：為什麼？

東泉：明天先讓我去找妳吧？妳至少答應我，先跟我談完，再去見他。

夕梨：你如果不說你要跟我談什麼，我不會答應。

東泉：好吧。

東泉：我好像知道，把妳弄成這樣患得患失的人是誰。

夕梨：你不可能知道。

夕梨：除非是他告訴你的。

東泉：如果妳想要知道他跟我說什麼，明天見面再談。

夕梨：好吧。

夕梨給了一個地址，陳信瀚扔進搜尋，是一家評價不錯的美式漢堡店。

早上十點半。陳信瀚猜想，夕梨之所以約這個時間點，很有可能是她跟「那個人」預定在下午見面，也就是說，夕梨打定主意，明天無論如何都要見到對方。

說是明天，時針劃過十二點，他們實際上討論的是「今天」。

在火車月台上目送夕梨的身影隨著車廂遠去，是下午五點左右的事。

七個小時過去，夕梨還活著。

夕梨：我偷查了一下，果然巴德爾註定要死的。

東泉：妳去找海爾回報，他會跟妳講解原因。

東泉：在黃昏圖書館之前設定「巴德爾的噩耗」這個任務，是有意義的。

東泉：巴德爾是「光」的象徵，他既然死去，黃昏就不遠了。

夕梨：但巴德爾很幸福。

東泉：他永遠被困在冥府，怎麼算幸福？

夕梨：所有的神都害怕他死去，而等到他死去，所有的神也真的很傷心。

夕梨：對我來說，這就是幸福。

夕梨下線了。

陳信瀚肩膀一垂，他伸手按了按眼皮，眼球後方痛得難以言喻。

何青彥等不及發問，「你知道夕梨要去見誰？」

「我只是亂猜的，不過，從夕梨的反應，我好像猜中了。」

「是誰？」

「就是我要你特別注意的黃。我從來沒喜歡過這個人。」

陳信瀚說得斷斷續續，像是自己還在推敲，也像是那些想法仍在凌空中漂流，他得藉著言說的過程賦予那些推測血肉與骨架：「我之前有認真研究了一下，多數的他殺案件，兇手都是認識的人，動機不出情、財、仇三個。」

何青彥點了點頭，「合理，雖然這幾年出現了莫名其妙在路上砍殺陌生人的案子，不過，終究還是少數吧。不然也不會每次都引起這麼大的關注。」

「怎麼看，夕梨都是一個很孤獨的年輕人，沒什麼往來的對象。一般來說，她這個年紀的女生，不是整天跟朋友膩在一起嗎？夕梨卻習慣什麼事情都從網路上找答案。」

「她說，現實裡她只有一個朋友。我嚇了一跳。我沒有很關心以前班上女生的小團體是怎麼運作的，不過，像夕梨這麼漂亮的女生，應該要很受歡迎。」

「這個之後再討論，當務之急是，找出夕梨到底要去見誰。我問她，現實中跟誰玩在一起，她只說一個女生，沒有把這個男的算進去。這有很多解釋空間，像是，她更傾向把對方理解為類似戀人的關係，或她不認為她跟那個人，適合用玩在一起這個詞來形容。我跟夕梨幾乎天天都會講到話，我感覺她跟那個人大概是這半年走得很近。她的個性變了很多。以前滿愛說話，這半年，更認真說應該是這幾個月，她越來越安靜，難得說話，也心事重重。找我私聊的頻率變高了，問的都是感情的問題，不過，我如果問她是不是戀愛了，她也不會直接說是還不是。聽起來，好像是一段她也不曉得該怎麼辨的關係。」

「你觀察得真深刻。」

「我喜歡夕梨，這很明顯吧，自然會在意這些細節。」

「那你看到她……」何青彥戛然止住，沒往下說，眼神透出憂悒。

陳信瀚別過頭，不想領受何青彥的同情。

「我沒有懷疑過夕梨不是大學生，這個年代，讀完高中沒升大學的人反而是少數。所以，我始終認為，讓她這麼苦惱的對象，八成是在學校認識的。我們都讀過大學，那種環境，比起讀書更像是為了談戀愛。直到今天我才知道夕梨不是大學生。那麼，有趣的問題來了，她的對象是從哪裡來的？」

「網路吧，就算我跟夕梨很不熟，但好像沒有其他選項了。」

「我也是這樣認為。大概就跟今天差不多，夕梨跟那個人在網路上聊得很愉快，約出來見面，有些火花，就發展出……不知怎麼定義的關係。」

「你為什麼認為是黃？」

「夕梨待在《世界樹》的時間很長，很少人會接受女朋友花這麼多時間在一款自己沒有興趣的遊戲吧？再來，說不上為什麼，從下午見到她，我就覺得……」

「覺得什麼？」

「沒事，我好像太累了，思緒混亂。」

「明天我也跟你一起去吧。」

「跟客戶沒約嗎？」

「沒有。」

「你也很擔心夕梨吧？」

「不，不是。」何青彥不假思索地否定，「夕梨的狀況確實讓人緊張沒錯，但我跟她沒什麼交情，今天也只是稍微認識了這個人。我擔心的是你。」

「我，我有什麼好擔心的？」

「黃宥湘那次，你受到了很大的刺激不是嗎？如果你又……」

何青彥又打住了。

這個夜晚，他的停頓多到讓陳信瀚煩躁了起來。

陳信瀚低下頭，緊盯腳尖，他沒有精神再去追究這股煩躁是為了什麼。他輕輕闔上眼，火柴的身影映於眼前。方才跟何青彥的一來一往，讓他有一時半刻，被拉回從前在校園的愉快回憶，趴在課桌椅上，以最快的速度完成考試，分數還贏過絕大多數的同學。

大腦處理考試跟遊戲的區域是重疊的吧，從題目中蒐集信息，按序組織成有邏輯且合乎法則的敘事，排除混淆視聽的選項，從中揀選出最可靠的答案。他懷念這種體內腎上腺素噴發的感覺，火柴的見解一天比一天更能說服他，遊戲，與遊戲外的世界，兩者之間的界線是妄想的產物，是人類對陌生事物所發想的偏見。

何青彥的話語宛如拔掉這個世界的插頭，所有排演隨著螢幕一黑而失去生命。

他想起幾個鐘頭前，在月台上悲泣的自己。

東泉征服了一層又一層艱困的地圖。

陳信瀚卻被視為是一個離開房間都可能導致精神崩潰的傢伙。

這個認知是他一手促成的。

「我想要自己一個人去。」

彷彿有什麼硬物堵在喉頭，陳信瀚伸手揉了揉脖子，想舒緩這錯覺。

「謝謝你，但有些事，還是得自己來。」

「那就這樣吧，我等你的消息。」

◈

何青彥起身離去，就著微敞的門縫，陳信瀚聽到母親的殷勤招呼，表示冰箱內有朋友送來的進口櫻桃，不介意的話，她分裝一小盒給何青彥帶回去。何青彥先是婉拒，最終難擋姚秋香的執著，連聲謝謝地收下。姚秋香提醒夜深了，路上小心。

鐵門帶上，偌大的屋子消融於電視節目的嘈雜交談，與交織其中的乾硬笑聲。

他以前怎麼沒注意到，母親跟何青彥說話時，竟有些低聲下氣。

溫熱的液體從鼻腔湧出，濡濕了嘴唇。陳信瀚用手背一抹，鮮血襯托了手紋。

一滴，兩滴，啪嗒墜落到米白色的衣服，像怒張的紅花。

陳信瀚反覆以衛生紙填滿鼻孔，過了三十分鐘，抽出來的衛生紙終於是混著鼻涕的淡粉紅色。整天下來太激動了吧，他想。換上乾淨衣物，陳信瀚關掉螢幕，倒在床上。他以為自己會被接二連三跳出的思緒弄得輾轉反側，沒料到再次睜開眼，房間洋溢著手機鈴聲。有幾秒鐘，陳信瀚半夢半醒，聽著七、八年前的流行音樂，以為自己還是個大學生，睡在宿舍，準備翹掉早上八點的課程。直到敲門聲伴隨著姚秋香不安的詢問跑入耳朵，陳信瀚才澈底醒轉，他按掉手機，喊了回去，沒事。

門外再度歸於寧靜。

陳信瀚撐著床沿坐起身，回味著一閃而逝的錯覺。

如今想來，十八歲到二十歲，日子都是春天。

那時，睜開眼睛是有意義的，得把自己移動至另一個空間，坐下，聽另一個人說話，把握下課十分鐘，繞去福利社買一份中冰奶跟饅頭夾蛋，組合價三十元。日子滿是規矩與行程，雖然有時也困惑，自己身處人生哪一階段，但困惑很少凝結成徬徨，學期行事曆自然會讓人卸下緊張，不必思考鐘頭跟鐘頭之間得以怎樣的生活來填充。不若現在，螢幕一暗，音效一啞，世界萬籟俱寂，他就身不由己地設想一些可怕的念頭。

不。

不能再沉浸在這些自我毀滅的思緒，至少今天不能。

陳信瀚把房門往上一提才轉動門鎖，他不想驚動到父母。

昨日他出了門，必然引起父母的注意。

就在陳信瀚即將觸摸到浴室的門鎖，父親低沉的嗓音傳入耳裡，陳信瀚恍然想起今日是星期天，陳忠武唯一不會出門慢跑、而是待在家慢慢享受熱咖啡跟報紙的日子。

「照欽那邊在問，廠內現在有缺作業員，妳問兒子要不要去幫忙。」

「信瀚去那邊可以做什麼？」姚秋香放低音量。

「照欽說，他會親自教信瀚。信瀚很聰明，一定很快就能上手，幾個流程而已。那些越南來的、語言不通，待個幾天，看老鳥示範，現在也有模有樣。」

「你有想過兒子想不想去嗎？」

「我跟妳講，就是希望妳去跟他談，他想不想去不重要，他該去。」

「為什麼你不自己去跟他談？」

「我跟他無話可說。」

「什麼叫做無話可說，陳忠武，他是你的兒子。」

「妳是真的這樣認為嗎？」

陳信瀚後退了兩小步，把自己藏回房間。

寒氣沿著脊椎上沁，他也沒有信心母親會站在他這邊。

「我當然是這樣想。」

「那妳說，一個人有手有腳，學歷不錯，怎麼活成這樣？整天、整天只會把自己鎖在房間裡，沒日沒夜地打電動。他若還有羞恥心，怎麼忍受這樣的生活？」

「我說過，現在的小孩有自己的壓力，要理解代替責備——」

「理解，我沒有理解他嗎？」陳忠武語氣急促，「不然這幾年，我怎麼走過來？妳說要去體諒他跟我們不同年代，有不同問題，那將心比心，他有體諒我們嗎？我跟他一樣年紀的時候，要賺錢養活自己、還要拿錢回家，給弟弟妹妹讀書。我不要求他做到像我這樣，為爸媽分憂解勞，但請他獨立，為自己的生活負責，有很過分嗎？」

「再給他一些時間，信瀚會想明白的。」

「還要給他多少時間？信瀚今天這樣，也是我們教育失敗吧。他敢這樣虛度人生，就是因為他不需要、也不認為自己有責任要負擔什麼。房貸我們早就繳清了，水電瓦斯、管理費，他自己用最多的網路，帳單一來，我們也習慣直接拿去繳掉。」

姚秋香再次沉默。

陳信瀚大口吞進的空氣不敷抵達四肢的盡頭，指頭冰冷無比。

理智上，他模擬過，父母就他的現狀進行討論；情感上，他沒算到這一刻的衝擊如此劇烈，他彷彿一頭肉牲被剝盡了皮掛在店鋪上，任人評論他的斤兩輕重。

「妳還好，待在家裡，不會聽到別人說什麼，就算有，也只是一下子。」

陳忠武再次開口，語氣多上幾分怨恨，「我不一樣，我有工作。每一次被問到，總經理，你兒子在哪裡高就，我就巴不得眼前有個地洞讓我跳進去。活到快六十歲，照理說要準備退休，安享晚年，沒想到現在連面子保不保得住都成了問題。」

「你沒有回答他們的義務。」

「說這種話，除了要耍嘴皮子，有什麼意義？妳有心面對問題嗎？反正，我決定了，時間一到，不是他搬走，就是我搬走。」

「你現在又在說什麼傻話。」

「妳才是執迷不悟，妳都沒發現，我根本沒有班要加，卻在公司越待越晚。為什麼？想到回家看到自己的兒子，不是在睡覺就是打電動，我就寧願待在公司。」

「這樣就能合理化你要拋棄我跟信瀚的事實嗎？」

「有必要說得這麼難聽？我只是需要一個喘氣的空間。妳想想，我幾歲了，一輩子為了家庭辛苦認真奮鬥，晚年還得看別人的臉色過活？」

「那我呢？我就不需要喘氣？」

姚秋香再也不顧矜持地放聲低泣，「對，你沒說錯，我沒有工作，沒有所謂的職場，但這不表示我的壓力比你的小。你爸、你媽，你姊，三天兩頭打電話到家裡，問信瀚出去工作了沒，我說沒有，他們就唉聲嘆氣，一下問我該怎麼辦，是不是被什麼跟到，要去廟裡找人化解？一下又說是我過度溺愛，不會教養小孩。」

姚秋香像是看透了身後已無退讓餘地，吸了吸鼻子，一個字、一個字咬出聲來，「陳忠武，你真的很自私，你只顧到你的感受，有沒有想過我的？孩子這樣，我到底該帶他去收驚，還是去找工作？去看醫生？喔不，也許我應該像你一樣，一句無話可說來打發，這樣就不算過度溺愛了吧？信瀚是我一個人的責任嗎？他姓陳還是姓姚？」

「這些，妳之前怎麼不說？」

「我要怎麼說？」姚秋香一再地吸氣，「家裡的氣氛已經夠糟了，還可以更糟嗎？我如果說出來，是不是我們三個乾脆原地解散算了？我好像也要生病了，精神快分裂，你爸媽跟你姊說一套，我去聽講座，老師說的又是另一套，每個人都覺得自己是對的，我到底該信誰？」

「那好，老師說什麼？」

「老師說……小孩會這樣，是對社會缺乏信心，我們該做的，是給他信心。若你真心誠意希望信瀚好起來，先從一件事做起，不要跟著外人一起看不起他們。」

「我沒有看不起他。」

「你有，我也有，沒什麼好否認。老師說，我們表面上不說，一些動作也會透露出我們真實的想法。先將心比心，假如我們是信瀚，在外面得不到信心，回到家又覺得父母鄙視自己，會有什麼感覺？是不是越躲越深？我覺得，老師好像有說中，信瀚以前偶爾還會坐在客廳，陪我們看電視，現在只敢趁我們睡覺時跑出來。」

姚秋香的語氣趨於平淡，更加凸顯了她的哀莫。

「那老師有沒有說，下一步我們該怎麼做？」

陳忠武似是被妻子異常的反應震懾到，話語少了原本的氣焰。

「跟他說話，不要把他當成透明的。問他今天過得好不好。」

「他又沒出門，哪來的好不好。」

「兒子不是有在玩遊戲嗎？遊戲裡也會有好跟不好的時候吧……。」

「這樣做真的有用嗎？」

「陳忠武，你還沒跨出第一步，就在問會不會抵達終點。」

姚秋香嘆了一口長氣，宣告她的忍耐已完全耗盡。

陳信瀚躲回房間，坐了十來分鐘，才又輕手輕腳推開門。

廚房裡，姚秋香正哼著歌聲，蔡琴的《最後一夜》。跟母親長期待在一個屋簷下，陳信瀚也捉摸到母親的部分習慣，她常以唱歌來轉換心情。

父親出門了。

陳信瀚在房間內沒有錯過父親甩門而出的巨響。

移至廚房，姚秋香揀洗著籃中的菜葉。

「我要出門，大概下午以前會回家。」

「去哪？」姚秋香昂起臉，眼眶腫脹，鼻子綿延至雙頰的泛紅一覽無遺。

「去找一個朋友。」

「青彥？」

「不是。以前認識的朋友有事找我。」

「跟什麼有關？工作？」

姚秋香沒有停下手上動作，圓起的肩膀卻沒有為主人藏住心事。

若回答「不是」，母親會在他離去以後，不勝寂寞地把《最後一夜》唱完嗎？

「還不確定，見了面才知道。」

「這樣啊，那我蒸個饅頭、給你煎兩顆蛋好嗎？很快。」

姚秋香的雙手往圍裙上一揩，轉身扶上冰箱把手。

「不用了，我得出門了。我怕時間趕不上。」

「好吧，身上還有錢嗎？」

「有，媽，不用擔心，我最近在遊戲裡賣了一些道具，有賺幾萬塊。」

「那你快出門吧，不要讓人家等。」

陳信瀚杵著，嘴唇動了動，千言萬語在他的胸坎迴盪。

他很想告訴母親，他非常抱歉。不過，又一次地，他選擇悶不吭聲。

他尚未找到合適的語言，描述他所看見的世界。

「那我走了。」

陳信瀚坐在玄關，才要把腳板塞入鞋子，姚秋香又追趕出來，「你今天會回來吧？」

「會。」

「晚餐會煮你愛吃的醬油蒸蛋，你一定要回來。」

姚秋香慎重地瞅著兒子，臉上閃現莫名堅毅的神情，也揉合著害怕遭拒的脆弱。

「我會的，謝謝媽。」

◈

列車上，陳信瀚慶幸自己被安排在靠窗的位置，且旁邊是空的。

昨日有何青彥作陪，他可以把注意力都集中在何青彥身上，今日獨有他一人，從抵達車站，買票，進入閘門，每個步驟都讓他眼皮狂跳。

另一方面，他歸咎一早偷聽了父母的對話，大幅削弱了他的精神。

他太小看社會的約束力了。

減少跟父母的互動、盡可能地支付個人開銷，父母終究會接受他的生活模式，這個想法果然太天真了。流言蜚語自外下滲，成了怨懟的養分。父親沒多久即將退休，職場同儕的言語再也發揮不了作用。陳信瀚心懷芥蒂的，是祖父母施加在母親的壓力。七個孫輩，祖父母向來對陳信瀚最慷慨，也屢屢許諾，陳信瀚他日出國進修，生活費他們願意張羅一半，想到祖父急著找母親問罪的模樣，陳信瀚怔忡了起來。

他將掌心貼上車窗，對著窗中倒影，自問：難道在別人眼中，你跟以前的你，是不同的兩個人嗎？若答案為是，那麼，你又是誰？

陳信瀚發了一則訊息給夕梨，告知自己在路上。

一分鐘不到，夕梨回訊，表示她也起床了，正在苦惱早餐要吃什麼。

陳信瀚側頭抵著窗面，夕梨語末附上的笑臉，讓他嘴角隨之勾起了淺淺的圓弧。夕梨還活著。他的能力失靈了嗎？還是說，只要他介入，可以逆轉原本的死路？

陳信瀚為之精神一振，夕梨的可愛反應，驅散了稍早的陰霾。

鐵軌傳導的震動形成某種規律的節奏，滾動成徐長的睡意，陳信瀚不知不覺，一隻腳跨入黑甜的夢鄉，夢才揭開序幕，有人輕點肩頭。

「先生，不好意思，你好像坐到我的位置了。」

陳信瀚渾渾噩噩睜開眼，年紀五十上下的婦人緊張地瞅著他，陳信瀚掏出票根，想了幾秒，轉頭看向窗外，塑膠看板斗大的字體標示了站名，他到站了。

陳信瀚霍地起身，趕在車門關閉前一秒，雙腳降落於月台。

車站外，一輛老舊、車門鈑金凹陷的計程車在陳信瀚面前停下。陳信瀚壓抑著不情願，坐入車內，駕駛出奇年輕，陳信瀚報上地址，對方點了點頭示意收到。

夕梨居住的H市，市容相當凌亂。道路狹窄不說，路邊滿是併排、隨意停放的車輛。一旁公車駕駛不耐地連按喇叭，試圖驅逐一輛跨越雙黃線的機車。

另一輛機車從計程車與公車間的夾縫呼嘯鑽出，後方的少女身軀給濃重的黑霧縈繞，車身靈活穿梭於紊亂的車陣，少女環抱著前座男子，身體隨著車身扭晃而擺動。

「這種騎法真是不要命啊。」司機淡然地說道。

陳信瀚沒有說話。

「小女孩年紀輕輕，不懂事，飆車仔出了車禍，永遠是後座死得最慘。」

陳信瀚撫摸著脖子，不意外摸到一小片結實的雞皮疙瘩。

◆

走進漢堡店，環視四周，夕梨還沒來，陳信瀚跟服務生要了角落的四人座。

坐定以後，陳信瀚抽來紙巾，擦拭掌心滲出的汗水。

也許他不應該斷然拒絕何青彥的提議，他過於高估自己的能力了。

漢堡店座落巷道轉角，鄰路兩面是大面積落地窗，為整體空間提供寬敞透亮的視覺效果，對面是頗具盛名的麻辣火鍋店。陳信瀚查到的網路食記，不只一篇提及漢堡店外觀相對低調，招牌一點也不起眼，建議以火鍋店作為目標。

神遊到一半，夕梨已站在火鍋店的騎樓，等著紅綠燈。她套著寬鬆的粉紫色針織毛衣，下半身是白色牛仔短褲，腳踩白色涼鞋，小巧的腳踝格外引人注目。

這身打扮，是為了那個男人吧。

陳信瀚倏地瞇起眼，腦中警鈴大作，一名高瘦、戴著鴨舌帽的男子迅雷不及掩耳地出現在夕梨背後，他伸手拉住夕梨，夕梨臉色一變，用力掙扎甩掉，她轉過身，雙手叉腰，男子後退兩步。陳信瀚的視角無從辨認夕梨的神情，只能看到男子換上和善的臉色，嘴唇動得飛快，夕梨不耐地揮手，搖了搖頭，男子笑了笑，不知又說了什麼，夕梨貌似有所動搖，她左手梳理瀏海，視線下垂，一副若有所思貌。

男子靜靜地看著夕梨，沒有再更進一步。

隔著十來公尺，陳信瀚仍能讀出男子的舉止並無惡意，弔詭的是，直覺也告訴他，這個男人並非陳信瀚提防的對象，男子跟夕梨的互動更像親友，雙方的行為都有少許無可奈何的成分。夕梨不曾提過自己有哥哥，男子也不在夕梨供出的朋友名單內。

夕梨再次轉身面向十字路口，往前踩了一步，男子攔住了她，顯然不願放棄。

夕梨閉上眼，咬緊嘴唇，看似忍耐。

陳信瀚採取行動，他站起，大步邁過斑馬線，在他跟夕梨的距離縮短至約莫十公尺，陳信瀚瞪圓了眼。

信號，信號還在，不僅如此，還比昨日黃昏更加醒目。

他緩下腳步，宛遭電擊，腦子一片白茫茫。

他並沒有誤判。

整晚的努力付諸東流。

半晌，刺耳的喇叭聲自四面八方淹來，陳信瀚後知後覺，自己呆立在馬路正中央，一位駕駛拍打車門，爆出粗口，要陳信瀚自馬路滾開。

陳信瀚拾起沉重的腳步，一步又一步來到夕梨與男子跟前。

夕梨往男子的方向退了幾步，以狐疑的眼神看著陳信瀚，彷彿以為陳信瀚來者不善。

陳信瀚心中一涼，他跟夕梨的初次相認，不該是這樣的。

他得趕快扭轉夕梨對他的印象。

「夕、夕梨，妳需要幫忙嗎？」

「你是誰？為什麼知道我遊戲裡的名字？」

「瑞安，這個人是誰啊？」男子也跟著打量起陳信瀚。

瑞安，這個是夕梨的本名嗎？男子與夕梨在現實中認識？

陳信瀚本能地想自這尷尬的處境中逃離，但掩蓋著夕梨大半身軀的黑霧又絆住了他的腳步，他不能就這樣拋下夕梨不管。

陳信瀚咬著牙解釋，「我……我是東泉。」

夕梨逕自打斷，「你少說謊，我知道東泉的長相，你是誰？你也在公會吧？」

「我是東泉，昨晚我們一起解了巴德爾任務。」

「這是整人遊戲嗎？你跟東泉一起來的吧，快叫他出來。」

陳信瀚閉了閉眼，臉上青一陣，白一陣；下一秒，他解鎖手機，打開其中一本相簿。

裡頭儲存了東泉跟夕梨在《世界樹》的合照，也是陳信瀚極為珍視的資產。

「妳看。」

夕梨本來不肯接過，但陳信瀚愁苦的臉說服了她，她接了過去，刷起螢幕。

男子默不吭聲地等候，詭異的安靜籠罩著三人。

「我昨天看到的，明明是這個人。」

夕梨拿出自己的手機，滑到何青彥的生活照。

「那是我朋友。」

「什麼意思？」

「我是東泉，我拿朋友的照片當成自己的大頭貼。」

「為什麼要這樣，你覺得很好玩？」

「這還用問，因為他的朋友比他好看太多了啊。」男子一臉吊兒郎當地說道。

夕梨哀傷地瞅著陳信瀚，「是這樣子的嗎？你覺得我會在意？」

「我、我不是故意的。」

過往，若聽到這樣的辯解，陳信瀚必然感到不齒。

人，無法接受心中同時有兩種顏色，而「不是故意的」此一說法，讓受害者不能專心地處理本身受害的基礎事實，還得分神處理內心蔓生的矛盾與不安。

既然對方不是故意的，堅持追究的我，是否太苛刻了？

不是故意的又如何，傷害不會因此而縮小幾分。

既然他明白這一切，為什麼要對夕梨提出這種狡猾的說法？就不能給夕梨一個理所當然、厭惡自己的空間嗎？腦中竄出可怕的念頭：父親沒說錯，陳信瀚，你是個欠缺羞恥心的人吧。幾個鐘頭前也是這樣，明知母親為了自己承擔父親的砲火，依然吝於給予母親一兩句安慰。

「照片就算了，昨天見面，你還叫你朋友來？我覺得好丟臉，我跟一個陌生人說了那麼多祕密，像個白痴——我還為了騙你我是大學生而感到羞愧，沒想到……」

「瑞安妳看，這就是我說的，網路很危險。」

夕梨轉身面向男子，「振翔哥，你先安靜好嗎？我在處理我自己的事情，跟你有什麼關係？我對陽陽很失望，她怎麼可以沒經過我的同意，就把我的住址給你。」

「妳不要怪陽陽，我拜託她好幾次，她都不肯，是後來妳出事了，她很害怕，才勉為其難地告訴我。我是大人，我有經驗，我知道該怎麼做。」

「有什麼差別？不尊重就是不尊重。你有從我口中聽到需要你的幫忙嗎？再說了，上當一次不夠嗎？誰敢保證你不會像之前那樣說消失就消失？」

「我沒有消失，是導演突然決定刪減……。」

「你們這個決定，有沒有考慮過我的感受？你們突然出現，說要記錄我的生活，答應之後會帶我上節目，走紅地毯，這些承諾算什麼？」

男子臉色灰敗地看著夕梨，嘴巴緊抿，像是深諳自己再無辯駁餘地。

「我好不容易鼓起勇氣答應你們，還把你們帶去以前跟媽媽住過的地方，你們問什麼，我都很認真在回答，我相信你們，」淚液在夕梨雪白的臉頰上迤出濕涼的痕跡。「我以為你們是真的懂那種從小就沒有媽媽的感受，才把家裡的事全部都說給你們聽，你們有想過我這樣做，被我爸那邊的人看到，說不定會把我打死嗎？」

「瑞安，對不起，我們那時確實考慮得太少了。」

「不是考慮得太少，是根本沒有考慮，」夕梨以指腹倉促地抹掉眼淚，「你們拍到一半，說走就走，導演只傳了一個訊息說對不起，有別的機會再找我。要不是陽陽幫我查到新聞，我連自己被拋棄了都不知道……。」

「那不是拋棄，」男子深深吸進一口氣，「拍片很複雜，牽涉很多層面，導演有他的考量，我不能代表他。可是，這幾年，我一有空也會約妳出來，關心妳啊。」

「你只是想減輕自己的罪惡感吧。」

夕梨面紅耳赤地吼了回來，看起來備受委屈，又不願被輕率同情。

「開口閉口網路很危險，現實就很安全嗎？我家的狀況是現實，振翔哥跟導演也是現實，然後呢？現實帶給我這麼多痛苦，把什麼都歸咎到網路，只是不敢去面對，人才是最危險的，任何空間只要有了人，就會造成傷害。」

夕梨的眼神在陳信瀚與男子之間跳動，「我受夠了大家表面上裝成一副好好先生、為我著想的樣子，實際上全都是騙子。」

夕梨向後退了幾步，腳尖點地，拔腿欲跑的姿勢。

陳信瀚急忙上前，「夕梨，先冷靜好嗎？我有一件很重要的事情得告訴妳。」

不要逃走，再三步的距離，我就能讀得更清楚。

夕梨面無表情地搖頭，「我不在意，多重要的事我都不在意。東泉，我對你好失望，真的好失望。你不要再靠過來了，信不信我大喊變態？」

陳信瀚渾身一僵。

夕梨衝向路肩，她奮力揮手，一台簇新的計程車罔視後方喇叭狂響，蠻橫地切入。她二話不說拉開車門，鑽了進去，砰地一聲把門關上。

夕梨撇頭送來滿溢嫌惡的一眼，這眼神，解消了陳信瀚攔阻夕梨的動力。

鬼魅的信號依舊在夕梨的周身繾綣、滾動。下一秒，車子揚長而去。陳信瀚胸口緊抽，僅存的理智提醒他拿起手機，拍下計程車的車牌號碼。

「看來我們兩個都沒戲唱了。」

男子的嘆息拉回陳信瀚的注意力。

「你知道她住在哪裡？」

男子挑眉，「你要幹嘛？」

「告訴我夕梨的住址，有些事快要來不及了。」

「來不及什麼？」男子輕扯嘴角，拉開嘲諷的弧線，「你好像不是個好人哦？」

「從夕梨的反應，我們是半斤八兩吧。」陳信瀚淡淡地反擊。

「好吧，現在人跑啦，我該回去工作了。」

「等一下。」

男子身上有自己求之不得的資訊。陳信瀚從口袋摸出皮夾，抽出身分證，好聲好氣說道，「我先自我介紹，我叫陳信瀚。我之前確實拿朋友的照片騙了夕梨，不過，請你相信接下來我說的話。」

「那要看你說什麼了。」

「我認為，夕梨目前可能跟有暴力傾向的人在談戀愛。」

為了換取男子的嚴肅以待，陳信瀚刻意稍稍誇大了事實。

「你為什麼會認識瑞安？」

「我們玩同一款遊戲，夕梨是她在遊戲裡的代稱。」

「那你知不知道，夕梨在那個遊戲裡好像認識了一個奇怪的人？」

賓果，看來男子對夕梨的處境並非一無所知。

「對，我知道。這正是我要跟你說的。」

「瑞安的朋友跟我說，自從認識了那個人，瑞安就變得陰陽怪氣。」

「瑞安，」陳信瀚沉吟半晌，咀嚼著這兩個字帶來的感覺，「是她的本名嗎？」

「我可以相信你嗎？」男子苦笑，「你好像是個善於說謊的人呢。」

「我也只說了一個謊而已。」

「那個謊幾乎代表一切，不是嗎？身分都可以騙了，還有什麼不能？」

「容我澄清一下，我只隱瞞了長相。長相只佔身分的一小部分吧。」

也許男子對他的評價是正確的，陳信瀚有些驚愕自己竟能臉不紅、氣不喘地說謊。

不只長相，他還竊取了何青彥的職業。

「好吧，」男子面露掙扎，「你先說，你對瑞安的事了解多少？」

除了信號，陳信瀚一五一十、全盤托出截至當下他所掌握的大小事證。男子的臉部表情隨著陳信瀚交代的情節而起伏，一下眉頭深鎖，一下又瞪大雙眼。陳信瀚躊躇了一會兒，為了增加言詞的可信度，他說出自己知情夕梨高中曾經遭遇霸凌。

「沒想到瑞安這麼寂寞，你們只是遊戲裡認識的網友，她連這都告訴你了。」

陳信瀚壓下糾正男子的衝動。

男子說反了，正因為是遊戲裡認識的網友，才能無話不談。

「公平起見，換我問你是她的誰了。」

「哦，我嗎？」男子張大了眼，似是沒預料一眨眼自己成了話題核心，「好吧，我沒做虧心事，也沒有什麼好隱瞞的。」男子話中帶刺，遞上名片的手勢倒很客氣。

正面寫著王振翔跟聯絡方式。

翻過來是一行藍字，「不拍會死工作室」，字體跟版面都是罕見形式，顯然經過精心設計。沒有職稱。

王振翔似乎看出陳信瀚的顧慮，他指著名片背面那行小字，「這家公司是兩年前我跟幾個影視產業的朋友合開的，沒有很大，加上員工不到十個人。」

「所以你是一位導演？還是攝影師？」

王振翔隨性、俐落的打扮讓陳信瀚如此認定。

「不是，我主要的工作內容是製作協調，這個職位很難跟外人解釋，我簡單說一下，一部電視劇或電影的完成，背後有好幾個團隊的心血，團隊跟團隊之間，不一定能了解彼此的苦衷，這時候就需要人出面當潤滑劑。你可以把我想成里長伯，得主持公道，排解糾紛，有時也得掃地丟垃圾，或者關心便當好不好吃。」

「你跟夕梨為什麼會認識？」

「既然我們都很想摸清楚彼此的底細，不介意的話，我們移駕到咖啡廳吧。」

◈

王振翔咕嚕咕嚕地將店員倒滿的冰水一飲而盡，暢快地放下杯子。

陳信瀚仍不放棄聯絡夕梨，打了第三次，夕梨封鎖了他。

「請容許我在這吃午餐，待會還要趕回去開會。」

陳信瀚心不在焉地點頭，滿心滿眼盡是如何讓王振翔吐出夕梨住址的念頭。

「我的外甥女陽陽，是瑞安的國中同學。她介紹我們認識的。」

「為什麼，夕梨，不，瑞安，對你這麼生氣？」

夕梨這名字，還是保留在《世界樹》好了。陳信瀚如此想著。

「呵呵，」王振翔撓著後腦勺，尷尬地笑了幾聲，「我長話短說好了，五年多前，我跟一個導演朋友打算拍一支紀錄片，主題很單純，就是幾個青少年從十五歲到二十二歲，青春期到出社會的生命歷程。」

見陳信瀚沒有打斷，王振翔興致盎然地說了下去，「雖然你看起來不像是會看劇的人，不過，我猜你聽過我跟導演合作的上一部戲，《死亡是首妳獨唱的歌》。」

陳信瀚坐直身子，他看過這齣戲。

短短六集，節奏果斷。主角是一位三十幾歲，在公立高中任教的女老師。故事始於女老師班上，一位平凡無奇的女學生從校園頂樓一躍而下。女老師受輿論所使，不得不深入調查、進而理解了女學生的生命故事。角色塑造成功，兩位主角各有其魅力與迴響。跟丈夫貌合神離、承受父母惡言的女老師；在教育制度裡失去信心，唯獨在合唱團練唱時才稍稍展露自我的女學生。引起廣泛共鳴。飾演女老師與女學生的演員該年度奪下不少獎項。很多劇評稱這齣戲對青春展開的哀悼跟傷亡，不落俗套，手法清奇，是兩千年以後的佳作。

某個夜晚，飽受失眠所苦的陳信瀚點入一篇文章〈影響你最深的電視劇〉，這齣戲獲得壓倒性的推薦。陳信瀚找到網路連結，一口氣追到天色大亮。

「從你的反應，我猜你聽過？」

「聽過。」

「那你喜歡嗎？」

「還可以。」

「抱歉，職業病一個不小心就發作了。總之，為了寫那部戲的劇本，我們透過學校老師，還有社工牽線，訪問了一些高風險家庭的青少年。」王振翔沉吟幾秒，斟酌要透露到何等程度，「《死亡是首妳獨唱的歌》那年入圍很多獎，我們找了其中幾個青少年一起走紅毯，我走紅毯那麼多年，第一次那麼感動。跟導演有了靈感，要拍一支紀錄片，找幾個十五歲左右的少年少女，從他們國三拍到去工作，看可不可以帶出什麼故事。陽陽推薦了瑞安給我。」

服務生送上美式早餐拼盤，煎得焦脆的培根散發出肥腴的肉香。

王振翔從小圓鐵桶取出叉子，大口吞入熱呼呼的炒蛋，他看起來餓壞了。

「你要不要打個電話給瑞安？」

王振翔昂首，「現在？她不會接的。不要看她外表這麼可愛，脾氣很大的。」

「你不是很擔心她嗎？」

「對啊，不然我何必放下工作，一早在她家門口堵人？」

陳信瀚心浮氣躁地捋了捋頭髮，他跟王振翔的擔心不在同個水平上。

王振翔以為自己還有大把時光去說服夕梨，他看見的可是最後一顆沙粒即將溜過沙漏的細頸。轉念一想，此時，若旁邊站著一位第三者，該是很能諒解王振翔的反應，陳信瀚急切緊迫的面貌，任誰看了都會覺得可疑。

這條支線暫時到此，他得走另一條線來推動劇情。

夕梨坐上的計程車，陳信瀚手上握有車牌號碼，該如何利用這項資訊呢？陳信瀚注意到車頂燈顯示著車隊名稱，這是一輛有靠行的計程車。陳信翰搜尋客服專線，打了過去，話筒一端是細柔軟糯的女聲，陳信瀚想了兩秒，表示自己的手機遺忘在計程車上。客服詢問陳信瀚是否記得車牌，陳信瀚從善如流地回答。

不過一分鐘，陳信瀚已取得駕駛的手機號碼，如此水到渠成，如有神助。

他確認了一下時間，夕梨離去大約過了半小時，若夕梨還在車上，致電給司機只會造成反效果。陳信瀚放下手機，打算再等個十分鐘。

等等，若夕梨是被計程車司機所謀害？

不，不太可能。這毋寧是幾十年前的犯罪模式，如今處處是監視器，夕梨手上還握有手機，隨時能發出求救訊號。冷靜，陳信瀚給自己喊話，你太慌亂了，這樣不行。

王振翔粗魯地以虎口抹掉嘴邊番茄醬，「欸，有必要這麼急嗎？」

「你不懂。」陳信瀚喪氣地說道。「可能要來不及了。」

「來不及什麼？」

「如果我告訴你，你會幫我嗎？」

「要看你怎麼說服我囉，我們都不是小孩了，這種要求哪能隨便答應。」

「我覺得瑞安要去見的人，會對她不利，甚至會殺死她。」

「殺死她？」王振翔的手倏地越過桌面，牢抓著陳信瀚的手腕，「你知道什麼？」

「先放手，這跟我沒有關係。」

王振翔鬆開了箝制，臉上依然刻劃著對陳信瀚的不信與懷疑。

陳信瀚輕輕轉動疼痛的手腕。

「你相信陰陽眼嗎？」

「相信。我身邊就有人是。」

「那太好了，」陳信瀚如釋重負，「你就當成我有陰陽眼。」

「你看到什麼？瑞安被鬼跟著？」

「不是，以最好理解的方式來說就是，我看見瑞安快死了。」

王振翔搖了搖頭，莫可奈何地低笑，「陳先生，你明白自己在說什麼嗎？」

「你以為我喜歡這樣一副故弄玄虛的樣子？我是真的看得到！」

「那你看，我呢？我有沒有？」

「如果有的話，我不可能坐在這跟你說話。心理壓力會很大。」

「認真？」

「對。」

「好吧。」王振翔撫摸臉頰，貌似半信半疑，「你如何證明？」

「我很難在一時半刻證明我有這項能力，不過，再這樣拖延下去，瑞安也許會成為第一個例子。你不如先相信我，再來判斷我說的是真是假如何？」

「現在你要做什麼？」

「你先等一下。」

陳信瀚撥打司機的電話，沒幾秒就接通了。

背景有嘩啦啦水聲，對方似乎正在洗手。沙啞的聲音傳來，你好。陳信瀚趕緊表明自己是方才那位乘客的哥哥，妹妹為了細故跟家裡鬧彆扭，放話要去投靠網友。司機支支吾吾地問，所以呢。語氣含著深怕惹禍上身的疑懼。陳信瀚無計可施，極盡加油添醋之能事，把該名網友形容成有強暴前科的惡徒，司機這才慢吞吞地道出夕梨下車的地址。

高鐵站。

「若搭上高鐵，趕過去也來不及了。」陳信瀚倒回椅背。

「你真的很善於說謊呢，我還不知道你從事什麼工作？」王振翔滿臉驚奇。

「這個晚點再提，你知道她可能去哪裡嗎？」

「瑞安有說，下午要去M市找人，我猜就是我們在想的那個人。」

「M市這範圍太大了……她有說是哪一區嗎？」

「沒有。要不是我的外甥女說溜嘴，瑞安不太願意說跟這個男生有關的事情。」

「你的外甥女會知道嗎？」

「我可以問她，不過，我還是覺得哪裡有點怪。」

「哪裡怪？」

「我並不認識你，你說的話也很荒謬，但現在你一直在發號施令。」

陳信瀚的眼珠骨碌碌地轉動。

王振翔手上的信息太少了。《世界樹》的玩家信任東泉的指示，出自他們聽過這號人物的「戰績」，陳信瀚本人沒有這個東西。他連一張名片都發不出來。

「那我們去醫院一趟，我可以告訴你，哪些人沒救了，再過一個晚上，了不起幾天就會死去。這樣你就願意幫我了吧？」

王振翔歪著頭，愣了幾秒，吃了一半的漢堡，瑩黃蛋汁無聲地滴下，沾染了盤面。

陳信瀚鼻頭又是一暖，他使勁擰著鼻梁，想抑制鮮血湧出。

「你還好嗎？」

陳信瀚抓了大把衛生紙覆蓋住鼻子，喉頭有血滴滑落。

「我得了癌症，沒有辦法拖太久。」他把染紅的衛生紙送到王振翔面前，「我們這種人，違反了自然法則，很快會被老天收走。請你相信我，我沒有要對夕梨做什麼。我們在遊戲裡感情很好……我只是不想看她遇到危險。」

「好吧，」王振翔雙手一攤，「你等一下。我問就是了。」

◈

沒多久，陳信瀚跟王振翔歸納出幾項資訊。

陽陽證實了夕梨談感情的對象，是《世界樹》的玩家沒錯。

半年前，雙方第一次碰面，夕梨指定了相同的地點：陳信瀚和王振翔身處的美式漢堡店。

遺憾的是，陽陽對這位男子的認識遠低於陳信瀚的預期。

她甚至無法確定男子是否就住在M市。

「奇怪，明明是最好的朋友，陽陽好像什麼也不知道。」王振翔說道。

陳信瀚在心中大聲嘆息，王振翔還沒打算修改個人的偏見嗎？

正是交情過於篤切，才讓陽陽成了不能囑託的對象。這道理，跟幾分鐘前王振翔執拗地認定瑞安不會對網友傾訴個人心事，是同一件事。

王振翔真是個健全的人啊。陳信瀚說不明白這評價是純粹描述，抑或帶著妒羨。

但他們也並非一無所獲，夕梨接起陽陽的來電，告知自己人在車上，列車即將進站，聲音夾帶茲茲雜訊。陽陽按照王振翔指示詢問瑞安行程，瑞安淡淡答道這回見面很隨性，四兩撥千斤地阻止陽陽深探。她旋即冷哼一聲，埋怨起「東泉」，電話的最後三分鐘，夕梨主導發言，以寥寥數語道盡兩人「意外相認」的過程。

夕梨下了結論：自己著實蠢得可以，竟長期依賴騙子給予的人生建議。

陽陽才要說話，夕梨開啟另一話題，這一次東泉是對的。凌晨三四點，她終於接起電話，男方質問夕梨為何放他鴿子，夕梨故作鎮定，回應她不小心睡著了。男方又問，夕梨方才在哪？夕梨又答：當然是在家睡覺。

男子靜默好半晌，換上前所未聞的和藹語氣，表明在他聯絡不上夕梨的數個鐘頭，做了深刻的檢討，平常是否對夕梨太嚴苛，要求過高了？他最新的感想是，夕梨始終朝著他欣賞的方向改善自身，是他求好心切才沒有看見。

夕梨興奮地跟陽陽解釋，她昨晚其實是和東泉玩在一塊，她在遊戲中暫時隱藏了自己的角色，所有玩家都搜尋不到她，包括男子。夕梨似乎很欣賞自己的巧妙佈局，她再三強調，她好久、好久沒有這麼開心了，夕梨一句接著一句，陽陽苦尋不著插話的空檔，套不出夕梨究竟要跟對方在何時、何處碰面。

訊號突地中斷。

陽陽又撥打了兩、三通，夕梨未接。

一分鐘後，陽陽收到夕梨的訊息，她去忙了。請陽陽別再向大人告密。

這句話效果卓絕，陽陽跟王振翔回報後續情形的第二通電話，聲音聽起來遠沒有第一通乾脆，她嘆息連連，描述得拖泥帶水。

她問王振翔，舅舅，我們在做對的事沒錯吧。我覺得自己像個叛徒。

「你說這個陽陽……是你的外甥女？」

「對，怎麼了，」王振翔瞄了陳信瀚一眼，看出他的意圖，「哦，不，我不可能把她的聯絡方式給你。目前情勢未明。把我的外甥女牽扯進來，我姐會殺了我。」

陳信瀚思忖半晌，解鈴還須繫鈴人，「請你也打電話給瑞安看看，拜託你了。」

陳信瀚未曾如此低聲下氣。

王振翔聳了聳肩，抓起手機，鈴聲反覆了五六回，「跟你說了她不會接。」

「沒有別的方法了嗎？」

「有一個人的電話，不管是什麼時候，瑞安注意到了，一定會接。」

「是誰？」

「她的祖母。不過，我只知道對方住哪，沒有她的聯絡方式。」

「那她的祖母住哪？」

王振翔吐出一個距離美式漢堡店至少三個小時車程的地名。

「不，太慢了。」陳信瀚不假思索地否決。

得想出其他更有效率的方法。換成從另一方下手呢？搜索到黃的聯絡方式，對黃提出警告，也能挽救夕梨吧？但，這樣做至少有兩個風險，一，時間寶貴，若對方不是黃，他是否來得及拉回主線，重新盤整線索？二，黃極度注重隱私，扣除夕梨，他想不到公會裡頭還有誰對黃的背景略知一二。陳信瀚掙扎一番，先放棄第一個選項，太消極了，這麼想只會坐困愁城；至於第二個選項，與其泛泛空想，不如登入遊戲，問上一輪，說不定會得到意想不到的答案。

「打這上面的電話，就能找到你吧。」陳信瀚轉著王振翔的卡片。

「你接下來要做什麼？」

「你不給我陽陽的號碼，我只能用自己的方法了。」

陳信瀚簡單說明了他的計畫。

王振翔看了一眼手錶，「我得回去開會了。請你也給我你的聯絡方式。」

「為什麼？」

王振翔扯開一抹無奈的微笑，「可以理解為，某程度上我是信了你吧。」

「你願意相信我？」

「我到現在還是很懷疑你是不是在假鬼假怪，但，我不是沒遇過這樣的事情。」

陳信瀚突兀地打斷，「什麼意思？」

「你才什麼意思。這麼大聲是要嚇死誰？」

「說得更仔細一點。」陳信瀚伸手緊扣王振翔的手肘，瞪圓眼瞪著他。

「你反應不要這麼誇張，很可怕。」王振翔縮了縮脖子，抽回手臂。

「沒辦法，我快要被這個能力逼到受不了了。」

才這麼說，溫熱的鮮血又自鼻腔湧出。

陳信瀚抓來更大把的衛生紙。彷彿有煙花接二連三地爆炸，眼前一片眩瞑，耳朵蓄滿後遺的轟鳴。若有人告知再過三秒他就要昏厥倒地，陳信瀚也不會抗拒。問題是，為什麼，這不是他第一次目睹「信號」，卻是絕無僅有的一次，身體反應如此暴烈。

「好、好，別激動，如果你非知道不可，我會說。但不是今天，我的會議快開始了，再不趕過去會有人揍扁我。」王振翔端詳了陳信瀚好長一會兒，又說，「我只能先告訴你，你不是唯一一個，我小時候認識的那個叔叔，他也是。他也感受得到。」

王振翔看了手機一眼，望向窗外，「我的車來了。保持聯絡。我的工作讓我見過不少大場面，直覺告訴我，我們還會再碰面。」

「那麼夕梨……」

「我會請陽陽聯絡她，好像也只能做到這了。你也別把瑞安想得太簡單。」

王振翔揮了揮手上的鴨舌帽，嘴角扯出疲倦的苦笑，起身離去。

王振翔一走出咖啡廳，陳信瀚立即接到何青彥打來的電話。

陳信瀚氣餒地說明了原委，包括夕梨怒不可遏地跳上了計程車，只為了甩脫他。陳信瀚坦承了自己的錯誤，何青彥是對的，他一錯又錯，貿然出現在夕梨面前更是差勁的決策。若非如此，也許他還有機會，能好聲好氣地勸退夕梨。

何青彥安靜半晌，問，「夕梨身上的信號消失了嗎？」

這問題如長針直直穿入陳信瀚心臟內側，「沒有，好像還……更明顯了。」

「不如先撤。你要回家了嗎？」

「我想繼續待在這，夕梨約這裡，這裡應該離她的住處不遠。」

「你要等夕梨？」

「對，這次我會很謹慎，不會再激怒她，只要靠得夠近，也許我會看到更多。」

另一段冗長的沉默，何青彥幽幽開口：「我很不想這樣潑你冷水，可是，你要不要想一下，你過去看見的那些人，他們後來活了多久？不到一天。了不起兩天，你就會從各式各樣的管道得知他們走了。你再想一下，我為什麼要逼你回來？」

「我懂了，不必再說下去了。」

陳信瀚終止了通話。

服務生提著玻璃壺逐桌添水，來到陳信瀚這桌，她側頭看著桌上幾團暈紅的紙花。

「先生，你還好嗎？」

「我沒事。」話語未落，更多熱液湧出。陳信瀚熟練地抽取衛生紙，「結帳吧。」

第五章

2u4j35;

LOGIN.........

◈

陳信瀚跟姚秋香點頭招呼，沒有在客廳稍加停留，三兩步走回房間，落上鎖，倒在床上，被自厭的情緒吞沒。他痛恨何青彥輕而易舉就瓦解了他堆疊出的信心。

何青彥沒說錯。目前為止，沒有出過差錯，準確率是百分百。

是他一廂情願，以為若夕梨能活過昨夜，就能再欺騙死神一天。

今日見到夕梨，陳信瀚確認死神鐮刀節節逼近，投入再多心血也可能只是蚍蜉撼樹。

命運似乎有它的頑強本事，竭力扭轉，也只是徒勞的拖延。

只能這樣子了嗎？

彷彿夕梨對巴德爾的評語：他什麼壞事也沒做，卻得與眾神分開。

也像極了黃宥湘。

出軌的人是她的丈夫，她卻成了被問罪的人。

那天，騎上機車以後，黃宥湘獨自經歷了什麼？陳信瀚對於整起命案的了解，停留在小吃攤電視螢幕上那幾十秒鐘的剪裁：拉起的黃色封鎖線，面色沉重頻繁進出的警員、為自己開脫的保全、臉紅脖子粗的目擊者母女……等等，這對母女說了什麼？陳信瀚摁壓勃勃跳動的太陽穴，眼前景色時而膨脹模糊，時而縮斂清晰。

該死，他太排斥回憶了。

陳信瀚坐回電腦前，打開搜尋，輸入黃宥湘居住的社區，停了兩秒，趁自己還未回心轉意，敲入「命案」二字。數百筆搜尋結果跳了出來。

陳信瀚點開其中一則，下一瞬，他渾身僵直、不得動彈。

報導頁面最上方是黃宥湘跟丈夫的婚紗照，黃宥湘的臉頰貼著丈夫的背部，雙手前伸環抱，視線低垂，綻放靦腆微笑，男方五官經過馬賽克後製，讀不到表情，只知他輕撫妻子手指的動作還算自然。照片下方貼著一行小字：黃姓女子曾於臉書上傳恩愛婚紗照。視線上挪，標題為〈不倫戀談判破局，蛇蠍小三狠刺正宮〉。

瀏覽數逼近十萬。

陳信瀚不禁攥緊拳頭，這一點也不公平，這麼多人讀過黃宥湘的人生，知悉她所面臨的致命挫敗，但他們並不認識這個人，不明白黃宥湘不僅僅是一名受害者。

人在網路上行走的足跡對時間澈底免疫，不會受到侵蝕、風化、褪色，一百年後，這十萬名讀者骨頭都化成灰了，這則報導還是一個字元、一個字元，完好無傷。

弔詭的是，陳信瀚必須仰賴報導的鉅細彌遺，重建黃宥湘生前最後一小時。

那天，黃宥湘前往黃昏市場採買晚餐食材，逗留了半小時，市場路口監視器有她進出的清楚影像。十幾分鐘後，她抵達社區，跟保全寒暄，簽收包裹，步向中庭。黃宥湘居住的社區高達三百多戶，公設多元，E棟前方設置兒童遊戲區。兇手坐在鞦韆上，一等到黃宥湘，沒有猶豫，上前攀談，兩女交涉的過程也完整收錄在兒童遊戲區的監視器，警方表示，冥冥中似有神祕力量牽引，案發一個禮拜前應住戶要求，管委會於兒童遊戲區架設監視器。

從黃宥湘茫然的反應可知，這是她跟兇手第一次碰面，兇手背對著鏡頭，無從判斷她的表情，黃宥湘後退一大步，急忙要走，兇手拉住黃宥湘，猛然一跪，黃宥湘搖了搖頭，奮力甩開、轉身，下一秒，兇手從外套內側摸出一把小刀，往黃宥湘背後一陣狂刺，直到刀柄斷裂，與刀身澈底分離。

除了物證，陳信瀚也讀到目擊者母女的證詞，她們原先在中庭等候外送，被遊戲區的爭執聲吸引，走過去就見到女子拖著黃宥湘，嚷嚷著一句話，她們聽了兩、三次才聽明白女子說的是「妳不放手，我怎麼放手」，母女倆一頭霧水，黃宥湘明明沒抓著女子，緊接著，母女倆被後續的突發事變嚇得魂飛魄散，女子冷不防殺紅了眼，她們不敢貿然阻止，也不知從何撤退，眼睜睜看著女子把黃宥湘當成布娃娃似地戳了又戳，等她們雙雙回過神來，黃宥湘斜躺在紅綠相間的橡膠鋪面，女子雙眼無神，傻坐在地。

陳信瀚再點進另一則以黃宥湘丈夫為主角的報導。男子告知警方，自己跟兇手本是業務往來的對象，地下情持續了大概兩年，後期女子頻頻瘋鬧，要求他跟黃宥湘離婚、公開兩人的戀情，讓他頗感壓力。黃宥湘受害當日，下午兩點，兩人在一家咖啡廳起了齟齬，女子拿出一紙訂單，笑說自己跑去銀樓訂製了兩人的婚戒，男子驚覺女友精神有異，他當場提出分手，不顧女子威脅，憤而離席。三點半前後，女子來電詢問，分手是否只是玩笑，男子餘怒未消，刻意謊稱他已跟黃宥湘攤牌，黃宥湘坦言只要丈夫跟女子澈底斷絕關係，她願意既往不咎。

男子不待女友追問，以開會為由，逕自掛斷電話。他事後非常懊悔，自己不該這樣刺激女友，他沒預料到女友會因此去找妻子對質，甚至親手殺人。

陳信瀚的目光在這一段描述停下，散落於腦中的零星念頭眨眼間組織成迴路。

那一天，中午到黃昏，信號從無到有。若嵌入黃宥湘丈夫的說詞，下午兩點，女子依然懷抱著與心上人共結連理的綺想。三點半，女子心願破碎。五點多，女子潛入黃宥湘夫婦居住的社區，保全說，女子持有感應鑰，他沒有阻止的理由。

女子坐在遊戲區的鞦韆等候多時，報導中有一幅翻攝監視器的畫面，女子安然自若地滑手機，雙腿伸直撐地，住戶陸續經過，沒人對她的存在心生質疑。他們事後受訪，沒什麼印象，社區這麼多戶，人來人往，年輕女生在鞦韆上滑手機不足為奇。

誰可以想見她的腦中醞釀著駭人的計畫。

這段時間，霧氣悄悄地襲上了黃宥湘，滾動，纏繞，翻騰……從無而有。

依此類推，夕梨是否也有近似的處境，那個人對她的想法，正午還是大晴天，到了下午，高溫逼得水氣一點一滴自地表蒸逸，雲色漸濃，有了鑲邊。

雨遲早會落下的吧？

雨會落下的。

◆

重讀黃宥湘的報導，就像是一步步涉入深潭，水深及肩，隨時能滅頂。黃宥湘的告別式，陳信瀚有出席，他那時已向公司提出辭呈，有些同事見到他，還特地問起了原因。人們低語、哀泣，互相擁抱，黃宥湘的姊姊哀戚地說，她打了兩通電話，提醒妹妹要預約中醫回診，黃宥湘沒接，她擱了一會兒再打，接起的已是警察。她心知肚明，黃宥湘接起了也難逃一死，但她多麼渴望，至少在妹妹遇害之前，能跟她說上幾句。

陳信瀚打了個哆嗦，他怎麼會遺忘這段？

他的滿腔罪惡，不也因黃宥湘姊姊這席告白而獲得赦免嗎？黃宥湘不會接起電話的，任何人的都不會，她一心趕著回家，卸下那兩大袋時蔬、肉品跟果物。

她註定得去迎接她的命運。

鈴聲打斷了陳信瀚的思考，來電顯示是一組陌生的號碼，他接起，原來是王振翔。

「跟你說一聲，瑞安上線了。」

「上線，什麼意思？」

「你們不是有一起玩遊戲嗎？我外甥女剛剛打給瑞安，是遊戲的音效。她封鎖了你的電話，不過，遊戲裡沒有封鎖這功能吧？你要不要試著去找……『夕梨』呢？」

電鈴聲穿透了牆壁。

陳信瀚呆愣幾秒，意會到來者何人，不由得翻了個白眼。

何青彥熟門熟路地拉來椅子坐下，手上提著順道買的手搖飲。古早味紅茶是給陳信瀚的，他自己就著吸管呼嚕呼嚕地吸著混合葡萄果凍的芝士奶蓋茶。

「我媽就這樣讓你進來我家？」陳信瀚壓著嗓子問。

「對。」何青彥瞄了陳信瀚一眼，「你爸不在家？」

何青彥的問題立即把陳信瀚的思緒拽回下午的糾紛，想到陳忠武一句句尖銳的逼問，陳信瀚搖了搖頭，想甩脫腹部微微攣起的不適，「先別跟我提到他。」

「哦——好吧，目前情形是？」

「我先登入《世界樹》，待會再跟你解釋清楚。」

「這時還玩遊戲？」

「現在也只能玩遊戲了。」

陳信瀚試了好幾張地圖，數不清是第五張或第六張，他找到了夕梨。

夕梨似乎也同時在她的螢幕裡見著了東泉，她按下瞬間移動的道具，人物身影霍地消失。

陳信瀚來不及喪氣，他必須趕在夕梨在遊戲裡也封鎖他之前發出訊息。

東泉：別生氣了。

夕梨：我不跟騙子說話。

東泉：要怎麼要做妳才會原諒我？

夕梨：你不懂這有多傷吧，我怎麼可以假裝什麼事都沒有發生。

東泉：這樣好了，送妳后冠當賠禮。拜託，原諒我吧。

夕梨：你知道后冠現在多少嗎？

后冠是「詩歌與酒任務」的限定道具。玩家的任務是將蜂蜜酒帶回阿斯嘉。蜂蜜酒由巨人瑟頓的女兒貢拉絲護衛著。貢拉絲集美貌、勇氣跟才德於一身，唯一的破綻在於她不曾領教過甜言蜜語，是以，與貢拉絲交涉，玩家最好一路選擇最軟性的對話內容，好讓貢拉絲卸下心防。有萬分之一的機率貢拉絲會將自己珍愛的頭冠摘下，擱置一旁，玩家可以趁機竊取。「詩歌與酒」整體流程十來個小時，貢拉絲交出頭冠的機率又微乎其微，后冠價值因而長年居高不下，說是《世界樹》裡的柏金包也不為過。

東泉：如果妳真的很喜歡的話，我就買給妳。

夕梨：寧願花好幾萬買后冠送我，也不要起初就說實話？這樣做人對嗎？

眼前一黑，陳信瀚閉了閉眼，再次睜眼，一張衛生紙在眼前拂動。

「喏，拿去。」何青彥說道。

「我又流鼻血了嗎？」陳信瀚抹過鼻下，指腹明明一片乾燥。

「你不是流鼻血。」何青彥很是驚奇，「你是哭了，要我說得這麼白嗎？」

陳信瀚遲疑地撫過雙頰，何青彥所言不假，他是哭了。

怎麼會這樣？是回憶起黃宥湘？還是唯恐夕梨不久於世？

不，最深沉、且無法語之他人的痛苦莫過於……想到車禍以後的自己，再也沒有一天安寧，眼中人類再也沒有「活著」，只剩下「尚未死去」的形式。

陳信瀚吸了吸鼻子，再次與夕梨交涉。

東泉：妳回到家了嗎？

夕梨：短時間內不要跟我說話。

東泉：我可以跟妳說一百萬次對不起，先回答我，妳回到家了嗎？

夕梨：為什麼這麼在意我回家了沒？

東泉：想確認妳是安全的。

夕梨：你憑什麼？

夕梨：為什麼要騙我？為什麼要拿朋友的照片假裝是自己？

東泉：我說實話，妳也回答我的問題，這樣好嗎？

夕梨：不能保證，但是會考慮。

東泉：妳可以接受答案是因為喜歡妳嗎？

東泉：我喜歡妳很久了。

東泉：但我在現實中只是一個沒有穩定工作的家裡蹲，好像沒有喜歡別人的資格。

空氣形成膠般的濃稠，何青彥狀似不忍地別過頭。

陳信瀚感激好友的體貼，他就像一口氣褪盡皮囊，只剩下坦白的心臟。

夕梨：為什麼喜歡我？

東泉：喜歡一個人哪有什麼理由？不就是喜歡嗎？

夕梨：跟我說一個理由。

東泉：非得這樣？好吧，要說的話，我們一起度過很多時間吧……。

夕梨：度過很多時間？

東泉：這幾年最常跟我聊天的人就是妳。

夕梨：如果是另一個女生很常跟你聊天，你也會喜歡上她嗎？

東泉：或許會。

東泉：可是，那個女生並不存在啊，這一年多，跟我說話的人只有妳。

夕梨：我把你當成無話不談的好朋友，你知道吧。

東泉：我知道。

夕梨：這樣你還是喜歡？

東泉：喜歡一個人，與他喜不喜歡你，是兩回事。

夕梨：好吧，我回到家了，你滿意了？

東泉：這幾天妳可以去借住妳那位朋友家嗎？

夕梨：為什麼？

東泉：妳照做就是了。
夕梨：為什麼？
東泉：我說出來，妳也不會相信。
夕梨：你好好說的話，我會相信，但你不可以再說謊了，不然我發誓再也不理你。
東泉：好，我說，妳相信算命嗎？
夕梨：我沒有算過，可是我知道很多人相信。
東泉：我看得出一個人近期內的命運。
夕梨：從哪裡？臉？還是手？
東泉：嗯……最接近的答案，算臉吧，妳別急著決定要不要相信，聽我說。
夕梨：好，那你說，我的臉有什麼。
東泉：妳近期會遇到危險，很嚴重的危險，有人想傷害妳。
夕梨：不就是你嗎？
東泉：對不起。
夕梨：我開玩笑的，我很記仇吧，呵呵。
東泉：騙妳是我不對。
夕梨：你看得出是誰想傷害我嗎？

東泉：得更近一些才看得出來，只是今天我沒有機會，妳很生氣。
夕梨：我生氣是很正常的。
東泉：是，所以妳願意相信我一次，去住朋友家，暫時不要獨自一人嗎？
夕梨：我考慮一下。睏了，晚安，明天再說吧。
夕梨下線了。
陳信瀚深吁一口氣，像是一口氣被抽乾了全副精力。

◈

陳信瀚曾在網路上讀過一篇文章，有人吸毒後被幻覺所囿，憤而挖出自身的眼珠。如今他能體會那個人的癲狂，若眼睛所回報的內容，徒增心靈扭曲，那何苦留著眼睛？
房間內靜謐得只有冷氣風扇吹拂的低頻音律。
何青彥的手在凌空中畫出一個弧，輕輕地落在陳信瀚的肩頭。
「才不過兩天，卻好像經過了兩個禮拜。」陳信瀚悶聲說道。
「你盡力補救了。」
「不，我沒有，我搞砸了。她對我的態度變了。不是很相信我，不再把我的意見當一回事。

我想過，有朝一日我會跟她告白，但不是以這樣的形式。」

「這樣說也許你會很不服氣，但，我認為，沒有人可以改變其他人的人生。你懂嗎？包括現在的一切，說不定都是註定好的，你註定對她說謊，她註定在今天停止信任你。你註定要提醒她，她也註定要對你半信半疑，哎，怎麼說……」何青彥站起身，不安地踱步，「啊……我想到了，這全部，就像是遊戲任務。看起來你好像有參與，實際上，是這樣子嗎？以巴德爾來說，表面上，昨天晚上你跟夕梨跑來跑去，對話、解謎、選擇路線，做了很多事，好像決定了什麼，對吧？不過，認真去想，玩家有參與到什麼嗎？結局是封閉的，不管做了什麼，巴德爾會死就是會死。關鍵的幾場對話，系統根本不讓你選擇，你只能一直按下一頁、下一頁。夕梨目前還沒去做任務的最後回報，所以，在她的遊戲裡，巴德爾好像還沒死，可是，你是解完任務的人，你知道巴德爾的結局。不然我們就此打住，不再登入《世界樹》，不再跟你今天遇到的人聯絡，夕梨也許會永遠活在你的心目中。」

何青彥說出了他認為的最佳解。

「怎麼可以把遊戲跟人生放在一起比喻？未免太不尊重……。」

陳信瀚一時失語，他要說什麼？

不尊重遊戲，還是不尊重人生？遊戲跟人生，孰者才是另一方的贗品？

「你明明懂了我的意思，」何青彥再次坐下，「說不上為什麼，我的想法突然有些悲觀，大概是你跟夕梨提到算命。」

「算命？我只是隨口說說，總不可能跟她說，我看見她快死了。」

「我有沒有跟你說過，我最近也去算命？本來是想算工作，對方竟什麼都說了。」

「你沒有說過。」

「算出來的結果不太妙，我才沒有說吧。」

「算命師說了什麼？」

「時候到了，我再告訴你。」何青彥修長的手指扶著前額，眉心折起，看起來很是疲憊，「我要說的是，你盡力了，包括黃宥湘那次，你也是盡力了，就算最差、最差的情形發生，明天，你一打開電腦，看到夕梨的新聞，都不要再像上一次那樣怨恨自己了。我是真心誠意這樣想。再過兩、三年，我們差不多要三十了，你不覺得，年紀越大，越是明白我們什麼也不能改變嗎？小時候以為自己只要很認真，很努力，連天上的星星都能摘到，出了社會才明白，光是讓自己可以好好活著，就耗盡全身力氣。我這些話聽起來好像很消極，換個角度想，不也表示我們都從責任中解脫、可以放過自己了？話先說到這，晚安了。」

何青彥一走，陳信瀚熄了房間的燈。

窗外的街燈一眨一眨地亮著。他本想吞下兩顆安眠藥，麻木自己的感官，好安穩睡去，腳步卻自作主張地把他帶往客廳。姚秋香一手握著電視遙控器，一手放在腹部上，神情黯淡。見到兒子在自己身旁坐下，她眉宇輕輕抬起。
「爸沒有回來？」
「好像跑去你叔叔那邊喝酒了。你餓嗎？」
陳信瀚並不感覺到飢餓，但母親像是不能再承受更多拒絕，他點了點頭。
二十分鐘後，陳信瀚跟姚秋香移到餐桌。
陳信瀚數了數盤中的菜餚，每一道都是自己特別鍾情的。
母親也許早算出父親今晚不會回家。
姚秋香勺了一匙蒸蛋，鋪在冒著蒸氣的米飯上，遞給兒子。
「今天談得順利嗎？」
陳信瀚愣住，才想起自己出門前的說詞，「還可以吧。」
姚秋香輕放下筷子，「不要做出讓爸媽難過的事情喔。」
「媽在說什麼傻話？」
「是傻話嗎？剛才，你不是坐在客廳的沙發上，看著我嗎？」
「怎麼了？」
姚秋香搖了搖頭，「不知道，說不上來，好久沒有看到你坐在沙發上了。」
「有嗎？」陳信瀚努力回想。

「對啊，你越來越常縮在自己的房間，吃飯也只是隨便吞幾口，就急急忙忙跑回去，以前還會跟我們一起看個電視，聊個天的，為什麼變了呢？跟我們相處有壓力嗎？」

陳信瀚沒想過母親對自己的觀察如此入微。

姚秋香拋出另一個更難以招架的問題。

「早上，你聽到我跟你爸說了什麼吧？我有看見你。」

陳信瀚從飯碗抬起頭，直視母親的雙眼，喉結因吞嚥口水的動作而滑移。

「我有一部分是故意說給你聽的，你看，」姚秋香伸手掀起一部分髮絲，「這裡長滿了白頭髮，我怎麼染，都比不上它們長出來的速度。最重要的是，把頭髮染黑好像也是在自欺欺人，醫生說我煩惱太多了。」

姚秋香放下筷子，臉上浮現憂傷的笑容。

「小瀚，我現在說這些，是不是會讓你想要跑回自己的房間？」

「不會。」陳信瀚答得很心虛。

「你今天出去，我擔心了好久，怕不是去跟別人談工作，而是像我朋友的兒子，偷偷做了傻事。想打電話給你，又怕造成你更大的壓力。整個下午我什麼事都做不了，胡思亂想，等你回家，是後來想起來答應了要做蒸蛋，才找到事情做。」

「你回來，一句話也沒說就走去房間。沒多久，青彥也來了，門關著，我很想偷聽你們說話，又想到我去上的課，每個老師都強調要尊重小孩的隱私。那些專家什麼也不懂，不懂做母親的，一輩子有這麼多煩惱跟擔憂。我其實還是有站在房間外面，聽了一下下，但偷聽也沒用，你們說的話，我一句也不懂。接著青彥走了，你跑出來坐在我前面。我嚇一跳，這幾年，你不說，但我感覺得到你在跟我們保持距離，我很難過，但也告訴自己要釋懷，孩子大了，有自己的想法很正常。所以，你難得離我這麼近、看著我，加上今天你跟青彥後來好像吵架了，我會害怕，你是不是在想什麼……。」

「我沒有、我沒有在想那種事。」

「真的嗎？」

「真的。」陳信瀚說得斬釘截鐵。

「那──好吧，我就放心了。」姚秋香夾起一塊茄子送入嘴中，緩緩地咀嚼著，她別過頭，拚命捏著自己的鼻梁，這是她阻止淚水流下的方式。「小瀚，千萬不要做出傻事。我跟爸爸雖然還沒弄懂你的狀況，可是，給我們時間，也給自己一些時間。我在網路上看到一篇文章，很有名的精神科醫師寫的，他說，現代的人要過了三十歲才會抵達成熟、找到目標跟方向，你才二十七，還很年輕……不要急著給人生下定論。」

「媽……我……」

「很謝謝你今天聽媽媽說了這麼久。不說了，趁熱吃。」

回到房間，陳信瀚思緒浮想聯翩。

這是怎樣的一天？

身邊的人像是被啟動了什麼開關似地，接二連三對他釋放出意義深長的信息。按照何青彥所說，人生如同遊戲，背後有一位深藏不露的設計者，親手擘劃一切，那麼，陳信瀚倒是很想領教，他，或者說，祂，從人類的反應，取得多少樂趣？

◈

陳信瀚在搜尋引擎裡輸入「王振翔」三個字，跳出幾個頗有意思的連結。他篩掉同名同姓者，找到了王振翔的大學榜單、王振翔加入攝影社團發表的自我介紹、王振翔慶祝電視劇完播寫的上千字感謝文等等。陳信瀚一一閱過，沒有太多領悟，倒是有幾篇訪談，王振翔的名字屢屢與一位導演的名字連在一起，陳信瀚轉而搜尋那位導演，得知對方籌備多年的紀錄片即將上映，文末貼心地附上專訪影片的連結。

陳信瀚想起夕梨跟王振翔的對話不時出現紀錄片三個字，他按下左鍵，導演雙手放在膝蓋上，聲音比陳信瀚想像得還要低沉，他看著鏡頭，雙眼瞇成半月，彷彿跟朋友聊天似地，「一開始，我們選了七名成長路上特別困難的青少年，紀錄他們從國三畢業到二十歲的生活。大約第三年，投資者跟公司認為我的計畫太大了，必須變更，不然一定會開花，再來是，有些孩子覺得這些拍攝對他們的家人造成了困擾，想要退出，經過好幾次開會，人數從七個縮成三個，就是你們今天看到的版本。至於其他四個只拍了一半的，雖然他們沒有露面，但我非常謝謝他們的付出。」

看來王振翔所述是確有其事。陽陽把夕梨推薦給他，夕梨也一度參與了該紀錄片的拍攝計畫，並在中途被告知她個人的部分得終止。

如同前一晚，陳信瀚以為自己恐一夜無眠。

再次睜眼，白晝之光已在窗簾底邊搖晃如波。

陳信瀚睡眼惺忪地登入《世界樹》。

夕梨的角色顯示上線。不單如此，她還在公會頻道裡跟其他成員你一言、我一語，把眾人逗得樂不可支，氣氛歡快。有短暫卻仿若永恆的一秒鐘，陳信瀚幾乎要以為，從頭到尾他沒有見著夕梨本人，沒有目睹埋伏的黑霧從夕梨體內竄出，沿著她清瘦體軀翻騰、纏繞，他只是做了一場漫長的惡夢，神智被夢的殘影給攫住。

這個版本多好，夕梨沒有以混合厭惡與不屑的眼神看著他，何青彥跟姚秋香說的話也能夠全數，毫不保留，一筆勾消——太愉快了。

手機裡的未接來電與簡訊把陳信瀚從妄想中扯回現實。

是王振翔。

「瑞安沒事。大算命家，你還是專心照顧自己的身體吧。」

接下來，夕梨一如往常，玩到通宵達旦，跟眾人說晚安，過了正午又上線。除了跟陳信瀚之間有些彆扭，夕梨的表現跟先前並無二致。兩人沒有重提那晚的對話，陳信瀚亦不敢過問夕梨是否有按照他的建議去找陽陽同居。

他暫時採信了何青彥的主張，有限度地付出關心。以免遭反作用力吞噬，他一再提醒自己。另一方面，陳信瀚倒也不能輕易拋卻他在夕梨身上看到「信號」的事實。他仔細旁觀夕梨跟黃在《世界樹》的互動，一天、兩天，沒什麼頭緒，黃對夕梨的態度算得上體貼、客氣，陳信瀚不禁起了疑心，回到最初的問題，是黃嗎？

夕梨的角色近在眼前，同時又遠在天邊。

星期二，陳信瀚按捺不住，傳了訊息給王振翔，不到一分鐘，王振翔來電。

陳信瀚皺眉，這個人怎麼不是回訊息？

他不太甘心地接起。

話筒另一端車馬鼎沸，不時伴隨著吆喝跟喧譁。

「電話三分鐘可以解決的事，我沒那個美國時間跟你耗。你想要我告訴你夕梨的地址，三個字，不可能。出事了我扛不起這個責任。」

「一眼就好。讓我看一眼就好。」

「陳先生，我跟你說白一些好了。我這幾天，越想越不對勁，我是不是被你的慘樣給誤導了，流鼻血又怎樣？說不定你才是那個要對瑞安怎麼樣的人吧？」

「我要對瑞安怎麼樣？」陳信瀚難以置信王振翔如此質疑他。

「是啊，雖然我外甥女說，遊戲中你很照顧瑞安。可是，遊戲歸遊戲，現實歸現實。瑞安現在整個人好好的，一點也不像你說的那麼恐怖。你不要以為全世界所有人都會像那個計程車司機一樣，被你唬得一愣一愣的。就這樣，我們當沒見過。」

不等陳信瀚反應，王振翔逕自結束了通話。

「他把你當成壞人？」何青彥聽完陳信瀚轉述，莞爾失笑。

「這有什麼好笑的？我要瘋了。」陳信瀚揉開發僵的臉頰，「以前只是個家裡蹲，除了爸媽那邊有些不好意思，沒對不起任何人。現在好像快變成新聞裡那些會對人施暴的噁男，」說到一半，陳信瀚戛然而止，「還是說，在別人眼中，我差不多是了？嗯……客觀來說，我先拿朋友的照片欺騙年輕小女生，把人家約出來，一副死纏爛打的樣子，又跑去跟人家的朋友說，小女生可能要死了，快把她的地址給我。」

「天啊——」陳信瀚驚呼，「稍微想一下，我的行為跟變態沒什麼兩樣。」

「我可以先說另一件沒有關係的事嗎？」何青彥舉手。

「現在還有什麼不能說的？」

「陳信瀚，你看，我們人在哪裡？」

陳信瀚沒好氣地翻了個白眼，「現在是在玩哪一齣？我們在『摩斯漢堡』裡啊。」陳信瀚拿起紅茶，「這是紅茶，」放下，又拿起一根薯條，「這是薯條。」

「重點不是這個，上一次我跟你在外面碰面，是什麼時候？」

「哦，你說的是這個啊。」

陳信瀚低吟，「我這幾天在外面的時數大概是過去兩年的總和。」

「你說要約在這，我還以為自己聽錯了。」

「都看過夕梨的信號了，還有什麼好害怕的？」陳信瀚挖苦地笑道。

「這讓我想到心理治療的洪水治療法。」

「這又是什麼？」

「我從偶像劇學到的。女主角很怕昆蟲，男主角卻是一個昆蟲學家。男主角有個蟲室，女主角不想傷男主角的心，每次男主角邀請，她都忍著尖叫的衝動走進去，一次、兩次，有一天女主角在辦公室看到一隻蜘蛛，她發現她再也不怕了。」

「你的意思是，夕梨就好比那個蟲室？」

「大概吧。都看過更極端的了，其他這些算什麼？」

「跟你約在外面，還有別的原因。」

「是什麼？」

「一來是，我會克制不了登入《世界樹》，夕梨在線上、沒在線上，都讓我心煩意亂。二來是，也該換我出來了。」

「換你？」

陳信瀚把昨日父母的齟齬，還有姚秋香嗣後吐露的心聲都說得一清二楚。

「時常在網路上看到有人說，血緣是人跟人之間最暴力的關係，」陳信瀚停了一下，歪著頭，似乎躊躇要說到哪個程度，「這句話放在我們家任何一個人身上，都成立吧。我躲在房間，我爸躲在公司，我媽呢，跑去聽了一大堆講座。昨天，我很想跟她說，放棄我吧，別再把妳的人生用在那些來路不明的課程，這樣一來，搞不好我們都解脫了。話到了嘴邊，看著她，又開不了口。好像是在貶低她所做的努力。」

何青彥專注地聽著。

水珠從飲料杯身滑落，杯底積水悄悄地拓展面積。

「我媽說不定也想躲起來哦，只是我爸逃得太快了，她不好意思留下我一個人，只好選擇

承擔、面對。」陳信瀚把冒著熱氣的薯條塞進嘴裡，他幾乎要忘了，剛起鍋的薯條如此美味，

「人跟人的責任，很像是抓交替，註定有人得去扛，看誰倒楣。」

「不過這一次，夕梨沒事。」何青彥不著痕跡地挪移話題，「好像哪裡不一樣了。」

「是啊，但，再怎麼說，那個姓王的也不應該直接掛我電話。」

杯中的琥珀色液體被喝得乾乾淨淨，陳信瀚以吸管攪動冰塊，平復心情。

「接下來，保持靜觀其變吧？」

「也只能這樣做了，否則，別人把我當成怪胎，我也百口莫辯。」

「你今天出來，有看到嗎？」

「看到什麼？」

「信號。我是想說，從夕梨這一次，也許你的能力消失了？」

陳信瀚驀地坐直身子，如夢初醒般，「我沒有想過這個可能性。」

「如果真的消失了，」何青彥的語氣帶著鼓勵，「你是不是就變回正常人了？」

◈

陳信瀚返家時，父母坐在客廳裡，見到他，陳忠武生硬地點了點頭，「回來啦。」

姚秋香以手肘輕碰丈夫。

「今天也去找朋友……討論事情嗎？」

陳信瀚停下彎腰預備拿起拖鞋的動作，要坦白自己是去找何青彥嗎？母親忐忑的神情讓滾到嘴邊的話語又被含入腹中，「對，去討論事情。」

聞言，陳忠武似乎想說些什麼，姚秋香急忙攔住，擠出一個勉強的微笑。

陳信瀚心底雪亮，自己正被視為一個過於精緻、必須小心對待的人物。

陰暗的情緒漲滿了胸臆，他原先打定主意，不要辜負母親的期待，但如此謹慎的互動反而比先前的疏離更讓他感到窒息，他不顧母親黯然的眼神，小跑步回房間。

回到電腦前，陳信瀚輸入密碼到一半，他停下了動作。不，遊戲也不再是個安全的藏身之所了，如今局勢顛倒，遊戲比現實還現實。

只因他跟夕梨碰了面，他親手貫通連結兩個世界的通道。

兩邊的信息會不停地整合，直至趨近一致。

除非閘門再次被關上。

夕梨已經緊閉了她那方的閘門，何青彥這幾次的提議也建議他比照辦理。

陳信瀚想起自己並沒有回應何青彥最終的提問。

他渴望變回正常人嗎？

不計何青彥跟父母，上一次與人四目相接，是夕梨含怨的眼神。只是一眼，就如同電流竄過，把他的心臟燒得焦黑。人類的雙眼真是可怕，一輩子到臨死之前，都不會放棄從那兩潭黑水透露訊息。

何青彥對自己的印象還停留在早期的怨天尤人，片面地猜想著他仍憧憬著復歸人群；實情是陳信瀚早不做如此想。到後期，他一天比一天看得更透澈，以繭的狀態活著，只被很少數的人「看見」，也許是他這輩子最接近自由的狀態。

不必去思考分數，考績和競爭。

吃飽穿暖就好了。

若想追逐成就感，人與人的互動，遊戲裡也能提供。

假設他再也看不到那些信號，下一步是什麼？

陳信瀚往後仰躺，掌心闔住雙眼，他問自己，哪一個世界更值得你活下去？

◈

翌日，一個在陳信瀚心頭不佔據任何地位的角色扭轉了主線。

王振翔來電時，語氣有掩蓋不了的狼狽，「我的外甥女逼我打這通電話給你，」緊接著王振翔發出痛苦哀嚎，「陽陽妳不要那麼粗魯，妳打到我的眼睛了。」

「你好，我是陽陽，你是東泉嗎？」

若聲音也有一張臉，陳信瀚最直觀的感受是，陽陽是個聰明人。
「對。我是。」
「你這幾天在玩《世界樹》吧？」
「有。」
「你不覺得瑞安這幾天……有些奇怪？」
「奇怪？」
「表情符號跟語氣，不對，都不太對，瑞安好像變了個人，」陽陽停頓了一會，像是不敢把握該保留多少程度，「就好像跟我說話的人，不是瑞安了。」
據說原子彈爆炸時，人首先看見一道十分耀眼的光芒，再次睜眼，即已失明。
對陳信瀚來說，陽陽的言語就是原子彈。
熾白的什麼於眼前閃逝，再睜開眼，竟是一黑。嘴裡嚐到鹹甜的滋味，溫熱的血液沿著人中，流經嘴唇、下巴，滴落在褲子上，很快地滲成一團。
陳信瀚把手機自耳邊抽開，指頭移往結束通話的紅色圖示。
心跳狂飆，耳朵抽痛。
「東泉，你有在聽嗎？你怎麼不說話？」
陽陽不假辭色的問句讓陳信瀚心頭又是一堵。

在陽陽心中，他又是誰？

陽陽對他的認識來自夕梨跟王振翔，組合起來，該是懦弱又滿口謊言的混帳吧。

「我有在聽，你說瑞安變了。」

以本名稱呼夕梨，讓陳信瀚再度陷入邊境閘門重敞的恐慌。

「對，你沒有發現嗎？」

「她這幾天不太找我說話。」

「我都忘了，你拿朋友照片騙她，瑞安是真的很不開心，跟我抱怨了很久。」

「這部分我聽妳舅舅轉述過了，」為了阻止陽陽舊事重提，陳信瀚主動引導話題到自己可以控制的方向，「妳在想什麼？又為什麼會想找我討論這件事？」

「瑞安不見了，」陽陽扔下第二顆震撼彈，「我去她家，她人不在，衣櫃裡的衣服少了很多件，我之前借她的行李箱，她也帶走了。我在想……」

陽陽噤了聲，話筒傳來她略帶急促的呼吸。

陽陽似乎是說不下去了，隔著話筒也能感受到她六神無主的心情。

「陽陽，妳在想什麼，直接說吧。」王振翔出了聲。

「瑞安是不是……她、她……」

「陳先生，不介意的話，我們約出來講清楚，說明白吧。這樣太沒效率了。」

見陳信瀚不答腔，王振翔沒好氣地補充，「我在影視圈打滾這麼多年，體悟到一個道理，越是重要的話，越得見面說。陽陽在說的不是什麼小事，你還聽不出來嗎？」

◈

陳信瀚回頭邀請何青彥。

他對王振翔的感受，還停留在上回莫名被指責的羞辱。帶上何青彥，表面上他希望雙方人數對等，私底下、難以坦白的理由是，他確實需要何青彥。

咖啡廳內，桌位半側被橙紅陽光悄悄瀰蓋，反光刺得陳信瀚睜不開眼，他請來服務生調整窗簾高低，不多時，王振翔跟陽陽面紅耳赤，上氣不接下氣地出現。

「找停車位花了些時間，不好意思。」

王振翔推著陽陽，催促她趕緊就座。

第一眼，很難錯過陽陽的身高，目測至少有一百七十公分。待她坐定，陳信瀚收斂了打量的目光，陽陽留著齊耳短髮，圓框眼鏡，厚重鏡面後的雙眼明亮有神。整體來說，是會讓人聯想到資優生的外貌，也符合電話裡展現出的形象。

陳信瀚不自覺勾勒起夕梨跟陽陽站在一起的畫面，陽陽中性的氣質，搭配纖瘦姣好的夕梨，在校園裡合該是相當醒目的組合。

「你是照片裡的那個人，」陽陽手指著何青彥，頭一轉，又看著陳信瀚，「那麼，你是東泉吧。」陽陽的視線在陳信瀚跟何青彥兩人之間快速地來回，似笑非笑，「嗯，舅舅說的沒錯，看到你本人，就會懂為什麼你要拿朋友的照片了。」

想了兩秒，陳信瀚才會意過來，陽陽拐著彎在評論他的外貌。

「陽陽，不是說好了，不要提這個，」王振翔輕拍外甥女肩頭，「切入正題吧。」

「我想要先問一個問題，」陽陽黑白分明的雙眸直勾勾地看著陳信瀚，「聽我舅舅說，你自稱可以看出一個人的壽命，是真的嗎？」

明明是二十歲上下的少女，沉穩的台風卻更像運籌帷幄的白領人士。

「是。」

「除了一個人的壽命，你還看得出別的事情嗎？」

陳信瀚思忖半晌，「好像不能。」

「好吧。」陽陽肩一垂，似乎有些遺憾，「舅舅說，見面之前要先想清楚內容，以免浪費大家時間。我想了一個晚上，從頭說起最保險。先自我介紹一下，我叫陽陽，瑞安，嗯，還是要稱她夕梨？她有跟你提過我吧？」

陳信瀚察覺到陽陽的語氣透出一絲期待。

他點了點頭。

「你跟瑞安在遊戲裡成為朋友……有一年了吧？」

說到「朋友」兩個字時，陽陽拉長語調，像是對這樣的稱謂有些存疑。

「差不多。」

「她有說過學校的事情嗎？」

「她聊到不少，但，妳想說的應該是霸凌吧？」

陽陽置放在桌上的雙手交握，做出一個彷彿祈禱的手勢，「被同學排擠這件事，是瑞安最不想讓別人知道的祕密，她既然告訴了你，表示，至少曾經很相信你。」

像是要說服自己似地，陽陽低語，「我找他討論，不會有錯吧，瑞安……」

陽陽望向王振翔，徵詢舅舅的意見，得到後者肯定的點頭，她說了下去。

「上個禮拜六，你不是跟瑞安約見面嗎？那時，瑞安還以為東泉是你。」陽陽指著何青彥，「她好像很喜歡那一次見面，跟我聊了好久，說你很害羞，頭一直低低的，不敢看她，是個溫柔的人，請她喝巧克力，還買了蛋糕。這些跟我待會要說的，完全沒有什麼關係，可是，我還是想說，你們的隱瞞真的傷到她的心了。」

陽陽深吸進一口氣，切入正題，「你說，瑞安會遇到危險，是吧？」

「應該說，我看得出一個人是否要出事了。」

「那天，你看到了什麼？」

不只是陽陽，王振翔也屏住了呼吸，兩人動也不動地盯著陳信瀚。

窗外樹影因風吹而意興闌珊地搖晃，陳信瀚乾眨著眼，喉嚨竟發不出絲毫聲音。

那天，他看到了什麼？這個問題很容易，也很複雜。

「不想說就別說，」陽陽很乾脆地給陳信瀚解了圍，「我不是非知道不可。也許聽到了也不會更快樂，大人不是常說，無知也是一種幸福。」

陽陽拿過水杯，含了一大口，囫圇嚥下，拍了拍自己的臉頰，再次開口。

「總之，我覺得你可能是對的，瑞安遇到危險了，但，一時半刻，我很難說清楚那是怎樣的危險，我盡我所能。首先，我跟瑞安很常聊天，幾乎是天天，我很熟悉她的說話方式，她也很懂我的笑點。可是，這幾天跟瑞安傳訊息，我一直感覺到……有說不出來的隔閡。表面上很正常，瑞安訊息也回得很快，可是，有一些……該怎麼說？默契吧，好像消失了。」

見眾人反應冷淡，陽陽苦惱地梳過瀏海，「我就知道這很難懂，我舉個例子試試看。我跟瑞安都很討厭:)這個表情符號，特別是接在句子最後面，看起來特別討人厭，只有老人會當成笑臉。這個符號我們只會用來嘲諷，絕對是這樣，算是兩人之間的規則吧？」

陽陽沉吟片刻，小聲地復述了規則兩個字。她似乎很在意用字正確與否。

「這幾天，我傳了這句話：晚餐我媽有煮:)。瑞安住過我家，她懂，我媽工作能力無話可說，但她煮出來的料理都很地獄，我真心佩服我爸跟我舅舅可以吞下那些食物。反正，我說那句話的意思很明白，我不想吃。瑞安卻回了一句，不錯啊。我以為她是在鬧著我玩，又回了幾句，她卻好像沒弄懂。我很納悶，瑞安在幹嘛？」

陽陽的指頭快速地點著手機螢幕，「你們自己看吧，從這裡往下。」

陳信瀚跟何青彥互看一眼，接過手機，認真研讀了老半天，卻讀不出什麼端倪，無非是尋常的、少女之間的問候與牢騷。陳信瀚一個轉念，向上追溯。

他很快地停止手邊動作。

他找到了。

瑞安：如果那天妳舅舅沒有出現，我不是很確定自己能不能安全離開。東泉本人好可怕，看起來像是會動手的那種人。我最近在想，離開遊戲並沒有想像中可惜。東泉在公會裡是個很受歡迎的角色，我如果說出跟他的事情，也只會像高中被霸凌那樣，沒有人敢站在我這邊。既然如此，我也沒什麼好懷念的。

陳信瀚滑掉程式，不動聲色地把手機還給陽陽。

「我問妳，把我約出來，有別的用意吧？」

陽陽嚥了嚥口水，「看完這些訊息，你們還是無法理解我在說什麼？媽媽果然是對的，只有女人會注意到細節，男人根本辦不到。」

陽陽露出絕望的神情，五官揉入幾分世故。

「這幾天跟瑞安聊天，時常覺得卡卡的。我們當了這麼久朋友，語氣、口頭禪、常用的貼圖，有很多、小小的、很小很小的不一樣，我想了好久，想到一件事：我怎麼確定跟我傳訊息的人是瑞安呢？」

陽陽抬起眼，略帶濕潤的雙眼像是動物般緊張地左顧右盼。那是擔憂自己的話不被視為一回事而獨有的焦慮，少女害怕受傷的氛圍渲染了眾人。

所有人低頭長考陽陽指涉的內容，那些訊息若不是夕梨發出的，下一步得考慮，是誰借用了她的身分？那個人試圖塑造什麼效果？

陽陽令陳信瀚聯想到自己。

旁人眼中尋常無奇的景色，只有自己接收到了駭人的訊息。

夕梨也許會死。

跟自己對話的人，是個冒牌貨。

陳信瀚看向陽陽，默默打定主意，接下來無論陽陽說了什麼，都要相信她。

「昨天早上，我太懷疑了，打電話給她。你們應該有聽說吧，我們這一代喜歡傳訊息，不喜歡講電話，只有老人不擅長打字，才那麼愛打電話。」

「欸、等等，我要澄清，我們不是不擅長打字，是注重溝通效率好嗎。」

「舅，讓我講完。」陽陽白了王振翔一眼，「反正，我要強調，我們只會在很重要的時候打電話。瑞安沒有接，我又打了幾次，過了好久，她打給我，瑞安其實很常這樣，她打電動打得太專心，就會隔好幾個小時才理我。電話的聲音是瑞安沒錯，聽起來有些沙啞，她說她感冒了，我說要陪她去看醫生，瑞安說不要，她得了流感，會傳染。這邊，聽起來很合理對吧，可是，我就是覺得哪裡不對勁。用字不對，一般朋友要去陪妳，會說不要嗎？應該是說不用吧。語氣也不對，瑞安拒絕我的時候，好激動，好像我會對她做什麼。」

陽陽又吞了一大口冰水，眼底滿是徬徨。

「陽陽，妳先休息一下吧，接下來換舅舅說，」王振翔抬起眼，看著陳信瀚，「先跟你道歉，我不應該傳那封訊息。我承認，到現在為止，我還是不能完全相信你，你的話聽起來天馬行空，但我不是沒遇過類似的事情。而且，這樣說有些自誇，但我在這行工作久了，我相信我的眼光。那天在餐廳，我感覺得到，你沒有在說謊。但，」王振翔語氣一重，「瑞安很安全，不只如此，她禮拜天回到家，心情很好，跟陽陽聊了很多。瑞安說，她跟那個男生聊了很多未來，她要努力讓自己的人生回到正軌。陽陽轉述給我聽的時候，我五味雜陳……瑞安隱藏得很好，但，實際上，她認為所有的人都在往前，只有她是被拋在後頭的。」

陳信瀚跟何青彥面面相覷，想起初次見面，瑞安那誠意十足的道歉。

陳信瀚也沒錯漏，「正軌」兩個字又出現了。他默默唏噓，若他跟夕梨在遊戲裡雙雙卸下偽裝，是不是能早些發現，他們深深恐懼著同一件事。那時，他們是不是能更自由自在地表達，而不是一邊說話，一邊謹小慎微地照看著他們的外殼。

「瑞安在遊戲裡都介紹她是一個大學生。我們也很常叮嚀她，叫她要好好讀書、期末考不能上線，小心被教授當掉之類的。上個禮拜六第一次見面，瑞安跟我道歉，說她並沒有讀大學，我嚇了一跳。」

陳信瀚扶著脖子，吞吞吐吐地說道。

他十分介意王振翔的那句：我不是沒遇過類似的事。

「瑞安說她是大學生？」陽陽一臉詫異。

「對，在遊戲裡。」

陳信瀚冷靜地回應著陽陽的視線。

陽陽目光所及的皮膚，隨之升起高溫，雖然熾熱，卻沒有被誰評價的惡感。

人類的眼神，也有像陽陽這樣子的。

陽陽輕戳王振翔手臂，「我們猜的沒錯，瑞安只是假裝無所謂。」

「對，」王振翔回到主題，「那麼，你也知道了，瑞安比誰都在乎她沒上大學這件事。瑞安曾經問過我，是不是因為她逃家，又沒去讀大學，導演才會放棄她的故事。她似乎覺得，這些經歷，讓她多多少少、有些低人一等。偏偏她又不允許我們過問，稍微試探，她也會生氣，直接轉移話題。」

「我跟舅舅說過好幾次，瑞安要好好想一下她的未來，白天打工、晚上打電動，是她真心想要的生活嗎。但，好像只有那個男生說的話，瑞安才聽得進去。」

「換作你是我們，也很難相信那個男生是壞人吧。即使沒見過面，也感覺得到他對瑞安一定很用心。我們說服不了的事，他做到了。加上陽陽也告訴我，瑞安好像很怕你會對她怎樣，我一時衝動，就傳了那封簡訊。」

「後來呢？」

陳信瀚追問下去。

理解了來龍去脈，在腹部盤據、作祟的不適感，終於緩解幾分。

「昨天，陽陽找我商量這些事，保守起見，我也打了一通電話給瑞安。她到八九點才回我，然後，跟陽陽說的差不多——我說要帶我姐煮的雞湯去看她，瑞安的反應很奇怪，她先說不用了，我說我會戴上口罩，雞湯放在門口，不會碰到面，瑞安突然發脾氣，罵我說，只因為自己想付出，不顧對方需不需要，不是很自私嗎。」王振翔尷尬地抓了抓鼻子，「我不覺得奇怪，這不是瑞安第一次這樣罵我。誰知道陽陽聽了瑞安的反應，臉色大變，吵著要我趕快載她去瑞安的租屋處，她跟我姊拿了備份鑰匙。」

「結果瑞安不在吧。」陳信瀚猜到了結果。

「不只是這樣，連手機充電器她都帶走了。我又打電話給瑞安，這次她一下就接了，我問，妳在家裡休息嗎？她說，是。」陽陽擱在桌上的手稍稍握攏，緊繃的下顎線條顯示出她正深咬著牙根。

陳信瀚在腦海想像陽陽站在人去樓空的房間，收聽摯友若無其事的謊言。

「我們走出去要搭電梯，正好遇到隔壁的房客。我們問她最近有看到瑞安嗎？她說，禮拜一早上是她最後一次看到瑞安，接下來這幾天，她不確定白天瑞安有沒有回來，那時她在上班，可是，她確定晚上瑞安應該都不在。房間隔板很薄，隔壁的腳步聲、吹頭髮，拉椅子什麼的，都聽得一清二楚。我們求證管理員，也得到差不多的答案。」王振翔說道。

「禮拜一一早，瑞安是一個人嗎？還是旁邊有人？」

「一個人。隔壁房客說她記得很清楚。那時大概七點四十幾分，她在大廳等男友接她去上班，一台計程車停在社區門口。沒多久，瑞安走出電梯，雙手提著一個看起來很重的行李箱，司機還下車幫她把行李箱塞進後車廂。」

星期天，夕梨確實有返回住處，待了一個晚上又倉促離開。

夕梨叫了車，獨自扛著沉重的行李前往目的地。這麼忙亂又是為了什麼？

「那個鄰居還說了什麼？」

「沒有，就這樣了。那個姊姊對瑞安也很好奇，她說，曾問過房東太太，瑞安是做什麼的，年紀輕輕，怎麼看起來沒在讀書，見到人也很少打招呼，冷冰冰的。房東太太說，她只在意房租有沒有準時匯進來，其他的她不管。所以那個姊姊遇到我們，問了很多瑞安的事。」

從陽陽不以為然的語氣，八成是有些辛苦的交涉過程。

「至少歸納出一件事，瑞安說了謊。」陳信瀚的發言讓三個人的目光同時聚集在他身上，「但，我不明白，為什麼要對你們說謊。再怎麼說，你們都是瑞安最親近的人。另一個問題是，瑞安去了哪裡？」

「這也是我想要聯絡你的原因，舅舅說，你好像知道瑞安跟誰在一起。瑞安曾把我拉進《世界樹》裡玩了幾天，可是我上大學，太多活動了，實在抽不出時間。」

「你們不怕兇手就是我嗎？瑞安把我描述得很可怕。」

「說沒有想過是騙人的，」陽陽跟王振翔互看一眼，旋即定定地看著陳信瀚，像是不願錯過接下來的每一秒鐘，「我跟舅舅說，我要見你一面，只要見過一面，我就可以判斷要不要繼續跟你接觸。」

「如今我們見過面了，妳的答案是？」

「你們兩個跟這件事沒關。」

少女斬釘截鐵地說道，之中沒有類似、應該、可能這些副詞的修飾。

「夕梨是心甘情願地去找那個人，而你，請原諒我這樣說，你沒有這樣的魅力。」

陳信瀚又是一愣。他是被吐槽了嗎？

陽陽不給陳信瀚釐清的時間，「另一方面，確認瑞安不在家以後，我反覆讀了瑞安形容你的訊息，不是很確定，那是瑞安寫的嗎？」

「形容我的訊息？」

「你不是偷看了嗎？我看到你往上滑了好幾次。」

「對，我偷看了。」陳信瀚不想再浪費時間，「為什麼會覺得那不是瑞安寫的？」

「很難用說的來解釋，」陽陽有些無奈地垂下眼，「那不是瑞安的說話方式。如果你們非得要一個理由，那訊息很完整，對吧？我們在網路上跟人聊天，會這樣說話嗎？時常是想到什麼就打什麼，透過一長串沒有邏輯跟順序的描述，慢慢讓對方理解自己的想法吧。那則訊息卻不是這樣。更像作文或心得報告，很有目的地完成一大段。讓我有點擔心。」

「當然，我也希望一切是我多想了。」

「妳目前所說的一切，都很有道理，但是，」陳信瀚的指頭有一下、沒一下地輕扣桌面，像是有預感到即將開口的話會掀起災難，他停頓良久，王振翔跟何青彥不自覺地盯著他的臉。

「還有一個可能性，也許妳沒有自己所以為的那麼了解她？」

陳信瀚的語氣隱含著他自己也沒覺察的殘酷。

何青彥訝異地看著朋友，挑起的眉宇彷彿在質疑著這麼說話的必要性。

「目前，已知資訊有，一，瑞安去了一個地方，二，她不打算讓任何人知情，三，她去的地方跟她的對象應該有些關聯。接著，妳懷疑，有人使用瑞安的帳號在發言，這部分，瑞安這陣子對我愛理不理，我無從查證，她在公會頻道的發言，我也不覺得有異常。再來，按照妳的說法，電話是瑞安接起的，這裡就出現了矛盾……。」

「我懂你的意思，」陽陽驚慌地截掉陳信瀚的發言，「你是想說，瑞安能接電話，表示她沒事。這點我也想過。但，為什麼瑞安不直接說出她不在家呢？」

「妳怎麼會認為她有據實以告的義務？或者，妳怎麼不在電話裡戳破她的謊言？」

陽陽眼中的神采倏地流逝，取而代之的是漠灰色的孤寂。

她站起身，拉扯王振翔的袖口，「舅舅，走吧。」

「那天，你很篤定瑞安去見那個男人會遇到危險，現在呢？」王振翔問道。

「我現在不這樣覺得了。」

「為什麼？」

「你們已經說出答案了。我說的並沒有實現，夕梨還活得好好的。」

「但，如果我們想相信你呢？這樣說很荒謬，但，瑞安從來沒有這樣過。她再怎麼鬧情緒，也不至於跟陽陽劃清界線。不誇張，世界上最關心瑞安的就是我們一家了，比瑞安自己的家庭還關心她。瑞安租的房子還是我姊給她找的。」

「你們想要我怎麼配合？」

「你那天不是有提到一個遊戲玩家？你知道那個人的真實身分嗎？」

「不知道，他是一個很保護個人資訊的人。」

「這樣啊……。」王振翔見陳信瀚口氣敷衍，「好吧，就這樣，抱歉打擾兩位了。」

何青彥來回看著陳信瀚跟王振翔，似是想做些什麼，又不知從何施力。

「等一下，」陳信瀚喊住了王振翔，「你說過，不是第一次遇到像我這樣的狀況。」

「對。怎麼了？」

「你遇到的，是怎樣的狀況？」

「說了對我有什麼好處？」

陳信瀚深吐一口氣，「你說，我就配合你們，去遊戲找線索。」

第六章
2u4ux.45;

第七章
2u4fu 5;

第八章
2u418 5;

第十章
2u4g65;

第九章
2u4ur.35

u4g6

LOGIN.........

◆

王振翔加點了一杯冰美式，他凝視著滲水的杯身，眼神變得些許念舊。

「這是一個非常久以前的事，你發誓不會食言？」

「不會。」

「你非知道不可嗎？」

「非知道不可。」

「為什麼？」

「我本來是看不見的，一場車禍改變了一切，」陳信瀚不無遲疑地說道，「從那一刻，我失去了平靜的生活。我必須知道，還有誰跟我一樣？」

「你之前沒遇過？我以為你們……嗯，我不是很確定，我以為會有一個組織之類，就像插花、攝影，很多擁有共同興趣或能力的人會聚集在一起。」

「我找過，網路上有幾個，不是在國外就是被踢爆有作假的嫌疑。說別人作假也不太公平，也許你們也曾經這樣想過我。但，你可以問他，」陳信瀚食指對著何青彥，「我的判斷沒有失誤過，除了瑞安這一次。所以，我很想弄清楚為什麼。但，我缺乏一個可以詢問，甚至參考的人選。」

「那好吧，我稍微懂了，你兩次的態度為什麼差那麼多。」

王振翔輕拍了陽陽高起的肩頭，從陳信瀚吐出那句話，陽陽的身體就呈現相當緊繃的狀態，像是試著抵禦陳信瀚對自己的質疑，穿透身體，進入自己的內心。

被舅舅安撫，陽陽哼了一聲，以指尖抬起送來不久、散發濃郁香氣的花生厚片。麻雀似地小口小口輕啄。陳信瀚在心底默想，吃東西的模樣倒還像個孩子。

王振翔徐吐一口長氣，開啟了往事。

陳信瀚神情一凜，相當嚴肅地面對。

「這件事，你在網路上找不到蛛絲馬跡，從頭到尾，知情的人大概不超過十個，其中一半以上都是不會使用網路的老人家。故事的主角，我都叫他明叔。明叔這輩子只跟我父親說過他的能力，我父親也只跟我們一家人說過。我母親警告很多次，千萬不能講給外人聽，明叔這輩子吃的苦夠多了，她不希望有人拿這件事去打擾他。特別是我進入了這個行業，認識不少記者跟節目製作人，大家都缺題材。前幾年明叔走了，我才沒那麼顧忌。」

人已經不在了？

陳信瀚招架不住這突如其來的消息，身子微微一晃。

「對，明叔走了，有點可惜，我猜你會想見他一面。」王振翔看到陳信瀚的反應，略含歉意地苦笑，「我先說下去好了。明叔是我老家里長伯的兒子，年紀比我爸媽小一點。聽說他一出生就雙眼全盲，還瘸了一隻腳，不過明叔腦袋很好，里長請了一個老師陪明叔讀到高中。明叔畢業了以後，里長讓他待在家裡處理一些事情。我們家在里長服務處隔壁，我從小就看著明叔拄著拐杖從我家前面慢吞吞地走來走去。他不會走太遠，大概就幾家工廠、小吃攤、雜貨店、印刷廠之間打轉。」

「有一天，我們幾個小孩在街上玩，明叔出現了，有人提議要惡作劇，等明叔經過我們時，伸腳絆倒他，大家都覺得很好玩，只有一個女生，小薇，不肯加入，她說這樣很過分。我們不管她，照樣選出絆倒明叔的倒霉鬼。後來，明叔摔得很慘，好像扭到腳，還是骨折，坐在那，身體扭來扭去，爬不起來，我們一看，想說完了，趕快跑回家躲起來。小薇走過去，要把明叔扶起來，但她做不到，明叔太重了，小薇跑去跟里長通風報信。我們幾個小孩後來很慘、非常慘，我被我媽揍了一頓，還被壓著頭去服務處跟明叔道歉，明叔說沒關係，大家以後不要再這麼調皮就好。所有人都以為事情到這差不多落幕了。過了幾天，明叔出現在小薇家門口，請小薇的父母帶她去看醫生，明叔說，小薇心臟附近的器官有問題。」

「她的父母信了嗎？」

王振翔無奈地搖了搖頭，「以我們後來得知結局的人來看，會理所當然地想，小薇的父母當初應該聽明叔的話。也不是什麼太過分的要求，就看個醫生嘛。可是……以當時來看，明叔的動作也可以說很像在詛咒、騷擾小薇吧。至少小薇的爸媽就是這樣想的，還跑去跟里長、鎮上一些頭人告狀，說明叔瘋了。我爸媽跟明叔的交情不錯，很替他緊張，勸了好幾次不要這樣作弄人家，又不是小薇指使大家去絆倒明叔。可是，明叔也不知怎樣，過了幾天又跑去催促小薇的爸媽盡快處理，整件事越鬧越大，里長只好把明叔關在二樓房間，要他發誓不再打擾小薇一家人，才能出去。」

王振翔的指頭在空氣中比劃，似在回憶先後順序。

「幾天以後，小薇出事了。學校運動會，她快跑到終點線，忽然昏倒了，我親眼目睹那一刻，她就那樣，好像一個木偶直直往前倒。很多人衝過去關心小薇，我看不到她怎麼了。只知道過沒多久，救護車開進學校，小薇被抬上擔架。晚上，大家就在傳，小薇走了。人還沒到醫院就停止呼吸心跳。小薇原來有心臟病，最怕劇烈運動。」

陽陽把咬得凹凸不平的厚片放回盤子，目不轉睛地盯著王振翔。

不只陽陽，陳信瀚跟何青彥也被這故事吸走了全部的心思。

「很多人問明叔怎麼知道小薇的心臟有問題，他根本沒受過醫學訓練。明叔也說不出個所以然，那一陣子他看起來很傷心。謠言傳得滿天飛。很多人說明叔天生又瞎又瘸，老天爺同情他，就在別的部分補償他，讓他看得見天命。明叔也沒有反對這樣的說法，只是在小薇之後，他再也沒有做過類似的事，一天兩天，大家忘了小薇。小薇的父母搬走了，聽說又生了一個小男孩。」

「然後呢？明叔怎麼了？他是怎麼走的？」

僅僅幾分鐘的陳述，陳信瀚已把這些年的鬱悶，悉數投射到這位沒見上一面的「明叔」身上。像是雲豹意外看見了另一隻雲豹，才認清世上尚有同類。

「你等一下，我好久沒想到明叔了，」王振翔揉了揉臉，目色幾分迷惘，像是自己也被這些記憶弄得懵懂，也像是一時間忘了為什麼要開啟這一切，「又過了好幾年，我升上國中，明叔來我家，找我爸喝高粱。明叔酒量很好，那天竟然醉了，他跟我爸說，他好像有個天分，摸得出一個人是不是快死了。他是從自己的母親，也就是里長夫人，發現到這件事。大家都知道，里長夫人的身體很不好，久病在床，她過世前兩、三個月，看護臨時請假，明叔想說母親有潔癖，就拿起熱毛巾給母親擦身體。他說，一摸到里長夫人的皮膚就嚇到縮回手，好像在擦一塊冰，很難推，尤其是肚子那邊，有一塊特別、特別冷，明叔的手指幾乎要凍僵了。他努力擦了好久，里長夫人的皮膚好像開始在融化，他聽到水聲滴答、滴答。怕之後有人滑倒，明叔蹲下來要去擦地板，全是乾的，一滴水都沒有。他再也受不了，請里長上樓查看，里長說，房間二十四小時有暖氣，里長夫人明明躺得暖烘烘的、皮膚也很乾爽。

不管明叔怎麼說，里長都不相信，還罵明叔不想照顧母親，想出這麼荒唐的藉口。等看護回來，明叔問她，看護的答案跟里長一樣，還笑說，人活著就有體溫，怎麼可能是冰的。當天晚上，里長夫人吐出鮮血，送去醫院，醫生說胃癌末期，里長夫人沒多久就走了。明叔就想，也許那個晚上，不是他的感覺出了問題，而是世界很多東西不是每個人都能看見。就像明叔跟我爸當了這麼久的朋友，也不知道我爸長什麼模樣。」

「小薇的事也是這樣吧？」

「對。」王振翔這回答得很乾脆，「那天，小薇不是把明叔扶起來嗎？小薇一摸到明叔，他就感覺到小薇的身體跟那晚里長夫人的身體很像，小薇的胸口滲出寒風，濕濕涼涼的。明叔之所以站不起來，一方面是腳扭傷了，一方面是小薇的身體就像一大盒冰塊，把他凍得發抖。明叔說，他回到家失眠了一整晚，說好，還是不說好。想到小薇那麼善良，他還是說了，但他很後悔做了這件事。」

「因為沒有救到小薇嗎？」

「是，明叔說到一半還哭了起來。他說，小薇的事之後，有一個朋友帶著自己重病的女兒來給明叔看，他很想婉拒，但那個人是很重要的樁腳，不能得罪。明叔拗不過，只好去看那女人，遠遠隔著一段距離，寒氣就飄過來了。女人全身又濕又冷，比小薇、比里長夫人還要明顯，尤其是肚子，像是把手伸進冷凍庫。樁腳說，子宮卵巢都摘掉了，癌症還是復發，繼續治療會有效嗎？短短幾分鐘，明叔很清楚地知道，這個女人就要死了，但他不敢說實話，只說，可以試試看，女人幾個月後死掉了，下一次選舉，這位樁腳跑去支持明叔父親的對手。

明叔的父親那屆落選了。明叔說，三次下來，他領悟了幾個道理，一是人的命數早已註定好，閻王要人三更死，誰敢留人到五更。也就是說，小薇遲早會死，他那時太傻，以為自己可以逆天。二是無論他說實話，不說實話，都會惹怒人。說到底，生死是大忌。他怎麼做都會被視為異類。他想來想去，覺得老天對他未免太過分。好像嫌他是個瞎子還不夠，拿另外一件事來折磨他。不過，樁腳女兒那次也有好處，明叔從此可以說自己是亂猜，小薇不幸被他矇中了，不能算數。時間慢慢過去，大家才忘了這件事。明叔要我爸發誓，再怎麼樣都不能把這個祕密說出去。我爸當然答應了。明叔又問，我爸有讀到大學，可不可以給他一些解釋，這是特異功能嗎？那個年代很流行特異功能。」

「你爸有給明叔一個說法嗎？」

王振翔以「明知故問」的眼神睨了陳信瀚一眼，「怎麼給？在座各位都讀過大學，大學有教這個嗎？有一件事倒是很有趣，自從明叔說出這祕密以後，我爸跟我們約法三章，若明叔來到家裡，我們打過招呼得立即回房間讀書或睡覺，總之不能逗留在客廳。我媽也只能夠坐在沙發靠近廚房、離明叔最遠的那側。我父親的用意，你們應該可以明白吧？」

「我明白。」在一旁沉默良久的何青彥，澀澀地搭了話，「我完全可以明白。」

陽陽側著頭，蹙起眉宇，「我不明白。難道是擔心你們像小薇一樣？」

「妳說中了一半。另一半是，我爸也體貼明叔，不想讓他為難。這個能力又不是明叔想要的，若我跟我姊像小薇那樣被明叔感應出什麼，明叔也會很苦惱吧。」

「你父親呢？他不怕嗎？」

「這問題我沒有問過他，但大家都說我爸是個好人，我也揣摩過他的心情。是他鬧著明叔說出了這個祕密，若因此疏遠了明叔，明叔也太可憐了。」

陳信瀚這才理解到自己虧欠何青彥甚多。

他那時心亂如麻，見何青彥規律地現身病床前問候他的復健進度，沒有多想，急著抓著一根浮木，卻沒有顧慮到這對何青彥不啻是股沉重的壓力。

每一次，何青彥按下門鈴之前，是否得深吸一口氣？

「在我高二那年，明叔走了，我們全家人出席了他的告別式。幾天後里長，更正確說，前里長來拜訪我們家，給了我爸一筆錢，指定要給我和姊姊讀大學。那好像是明叔的遺願，說是要回報我爸這幾年陪他喝酒解悶的兄弟情。」

「里長知道明叔的事嗎？」

「不知道。」王振翔抿嘴苦笑，「這個問題我也問過我爸。我爸也問過明叔，看來人類關心的事都差不多嘛。明叔沒說過。一次也沒有。他認為自己這輩子帶給父母的煩惱太多了，多一事不如少一事。」

「上次我們見面，聽到我所說的話，你沒有很驚訝。」

「是的，」王振翔並不否認，「當然，我多少還是會覺得新奇、不可思議。但我聽我爸說明叔的故事聽到耳朵快長繭了，所以，一般人的反應可能是質疑世界上怎麼可能有這樣的事，我的反應則是，世界上原來有像明叔一樣的人。我還想過更極端的，若你跟明叔見了面會怎樣？也許明叔就不會那麼鬱鬱寡歡。跟我父親訴苦固然不錯，但跟有類似經驗的人討論，應該更痛快吧。」

「但你並沒有完全地相信我。」

「對，再說一次抱歉。要我說幾次抱歉都可以，我確實做了傷人的事情。」

「算了，我也不會再提了。」

「不過，類似的事之前沒發生過吧，我的意思是，你失算了。」

「這是第一次。」何青彥俐落地代答，「我們也還在釐清為什麼。」

「沒有實現是最好的。但，你有看見什麼吧？」

陳信瀚點頭，又問，「這個明叔，他有失誤過或是莫名失去這個能力嗎？」

「我爸沒有提起，我猜是沒有。」

「好吧。」

「若你跟明叔一樣，能夠感應到平凡人無法感應的事情，那麼，我認為也許是一個徵兆。瑞安現在沒事，但可能危險近在眼前，這只是我姑且的假設。」

「你想知道的，我舅舅都說了，快點做點什麼吧。」陽陽無奈地催促著。

「但請你千萬不要打草驚蛇。」王振翔補充，「從瑞安目前的狀況，我們的猜測是對方並沒有直接拘束瑞安的活動，瑞安可以接電話跟我們聯絡。」

「不考慮報警嗎？」

「當然考慮過，但，在場的三個人沒有一個有資格啊。以我們所知，跟瑞安有血緣關係也真心關心瑞安的，只剩下她的祖母。很遺憾，老人家已經失智了。」

數不清第幾次，陳信瀚想，夕梨，妳該有多麼地孤獨啊。

分開前，陳信瀚喊住了陽陽，「我想問妳一個問題。」

陽陽轉過身，注視著陳信瀚，修長的雙手輕拉著背包的長帶。

午後斜陽灑落於她的身側，柔和了她沉凝的表情，也增添幾分她的年紀應有的稚氣。

「妳為什麼會跑去瑞安的家裡，妳從哪裡覺得不對勁？」

王振翔看向陽陽，陳信瀚似乎說出了一件他未及深思的好問題。

「這很好懂不是嗎？」陽陽苦澀地微笑，「瑞安的個性，除非是被逼急了，或者對方做了什麼讓她忍無可忍的事，不然，瑞安最害怕的就是別人不理她。舅舅要拿雞湯去探望瑞安，還是我媽媽煮的雞湯，再怎麼煩，也不至於這麼生氣吧。」

「只因為這樣？」何青彥沒有遮掩自己的失望。

「對，只因為這樣。就是這麼無聊，這麼瑣碎的一件事。」

「我姊也許是對的，有些細節只有女生才會注意到吧。」

「我倒覺得媽媽只說對了一半。」陽陽握著背帶的指節稍稍泛白，「如果你是真心誠意地在意一件事，你就會看見別人無法看見的……就這樣，我跟舅舅等你聯絡。」

陽陽轉過身，像是要逃離什麼似地快步往前疾行。

王振翔點頭示意，跨步跟上了陽陽。

◈

陳信瀚登入了《世界樹》。

今日是公會戰。黃在線上，夕梨也在，多數的成員都在。眾人正等待會長芬里厄的指示。之前幾次攻城的經驗，讓他跟東泉、達西等人決心擬定全新的戰術。

芬里厄：東泉一天比一天大牌了，這麼重要的日子竟拖到半小時前才上線。

芬里厄：還記得之前討論好的站位。

陳信瀚一邊敷衍芬里厄，一邊俐落地操蹤著自己的人物來到正中間。黃跟夕梨的角色挨擠在一塊。

兩人的頭上接二連三地浮現各式各樣的表情符號。

夕梨喜歡玩表情符號來打發時間，陳信瀚也曾參與過，一方先打一個表情，另一方得趁快跟上，考驗著是否能準確記起每一表情符號的輸入指令。

現在，得判斷遊戲裡的「夕梨」，是否跟現實的「瑞安」是同一人。

若要理出頭緒，他跟夕梨之間至少得恢復到見面以前的熱絡。

這個認知讓陳信瀚大腦有如被灌了鉛般混沌。

私人訊息跳出芬里厄不滿的嘟噥：「東泉，你在幹嘛？還在恍神？」

陳信瀚看了一眼右下方的時間顯示，公會戰要開始了。

眾人集思廣益的奇襲發揮了超乎預期的效果。

兩小時後，他們勢如破竹地挺進，擊破了防守方的思維金屬，強烈的白光一閃，防守方公會被驅逐至城外，螢幕出現斗大的一行字：赫爾海姆已由〈幻絕中堂〉佔領。

耳機傳來暴烈的歡呼，向來內斂的芬里厄也哈哈大笑，各位，我們辦到了。

過了幾秒鐘，向來對於競爭意興闌珊的夕梨，也發出雀躍的嘆息，我們有祕境了。

夕梨的聲音讓陳信瀚熱騰的血液一下子回歸冷靜。夕梨既然跟他和陽陽提及退出遊戲的想法，還會在乎《世界樹》的成敗嗎？她跟公會其他玩家交代了嗎？

夕梨曾經說過，《世界樹》是她精神的一切。

陳信瀚不忘留心黃的舉動。防守高塔共分三道門，第一道門，遊戲系統內建兩道殺傷力驚人的瞭望塔，裝備中上的玩家往往在此受到嚴重牽制。自從芬里厄說明〈幻絕中堂〉重心移調至公會戰，黃屢屢調整、購入更高階的防禦裝備，最近兩次公會戰，他已能獨自擋下瞭望塔的攻擊，掩護其他成員衝往第二層。

為了打公會戰，陳信瀚計算過，黃少說又砸了一百萬，遠遠逾越了一般上班族的負擔能力。芬里厄先前問過黃，是否有興趣擔任管理職，黃二話不說拒絕了，他回應，自己只想單純享受遊戲樂趣，無暇顧及其他。這之中是否有矛盾？

還是說一百萬對黃而言僅僅九牛一毛？

經過這一役，〈幻絕中堂〉的知名度勢必驟升，黃在第一層的頑強防禦，也會在參與此役的玩家心目中留下刻骨銘心的印象。像人們稱東泉為「開創夢魘科學家打法的大神」，人們也會給黃編想一個頭銜，也許是「獨自吃下兩根瞭望塔的皇家」。四大公會的主事者從此會前仆後繼地跟黃接上線，探詢他是否有跳槽至其他公會的意願。

弔詭的是，陳信瀚也猜得到，黃會如同拒絕芬里厄要他擔任管理職那樣，回絕這些邀約。黃對〈幻絕中堂〉有著莫名執著的認同，又不肯再做更多。

現在，黃正沉默地收聽著大家此起彼落的歡呼。

黃在想什麼？

應該說，黃想要從《世界樹》得到什麼？普通玩家夢寐所求的，黃興趣缺缺，莫非，黃從這遊戲中獲取的樂趣，並未落在常人的理解範圍之中？

陳信瀚清了清喉嚨，直接點名：「黃，謝謝你。這一次算是大家欠你的。」

黃：「是大家的功勞。」

陳信瀚對著耳機，繼續進逼：「為了慶祝這一次，黃，說一下話嘛。」

大家想不想聽黃說話？陳信瀚提高音量。

多數成員猶沉浸在歡騰、浮躁的氛圍裡，不疑有他地加入了起鬨：「說話吧，黃。」

其中有一個小小的，幾乎是一閃而逝的呢喃：「是啊，我也想聽黃的聲音。」

陳信瀚回想著這是誰的聲音，怎麼樣也想不起來。

夕梨加入了討論：「黃不是說過，他不想說話？為什麼要這樣逼人家？」

夕梨為黃打抱不平的心意昭然若揭。

霎時間，成員們的激情被夕梨罕見的義憤填膺給勸退，他們很快地轉移了話題。

陳信瀚不安地忖度著，夕梨有告訴黃，從他這接收到的警告內容嗎？

若有，黃又回應了什麼？

問題接踵而至，陳信瀚頭痛欲裂，得先到此為止。

他安靜地傾聽芬里厄有條不紊地分配著這一次公會戰的獎賞次序，同時不忘看著螢幕上黃跟夕梨的角色並肩站在一塊，如同公會戰開始前。這是否也是他們在現實世界的距離？陳信瀚微微闔上眼，他見過夕梨，可以輕易勾勒夕梨坐在螢幕前，雙手靈巧地在鍵盤上飛舞，耳機罩覆蓋她小小的耳朵，她時而皺眉，時而掩嘴微笑。接下來陳信瀚試著勾勒，有一個男人坐在夕梨身邊，夕梨不惜欺瞞陪伴多年的陽陽，任由這個人主宰自己的喜怒哀樂，陳信瀚扳著指頭數算，今日是星期三，五天了。

夕梨還活著。

◈

陳信瀚扭過頭，望著嘴裡還咬著吸管，陷入苦思的何青彥。

這五天，兩人的相處變得很稠密，交換的訊息量不會輸給過往任一月份的總和。午夜夢迴之際，陳信瀚也試著召喚他跟何青彥在醫院巧遇之前的共同回憶。

兩人在高中時是同班同學，這點毫無疑義，陳信瀚腦中掠過幾幅畫面，一會是何青彥坐在籃球架上旁觀他們打球。一會是何青彥面無表情地以半濕的抹布拭去黑板上的粉痕。也有導師當著全班的面，把一本作家親筆簽名的小說慎重地交給何青彥，獎勵他在市級的國語文競賽中拿到了名次。陳信瀚記得何青彥拖著腳步走回位置，雙耳發紅，沒有抬頭，平靜地接受同學們在老師要求下給予的掌聲。讓他匪夷所思的是，陳信瀚翻盡腦中每一皺褶，遍尋不著兩人說過話、聊過天的紀錄。

最近一次，是何青彥在醫院喚住了他。

陳信瀚曾經想過，他何不當面問何青彥，適宜的時機遲遲未至。久而久之，隨著何青彥一次次造訪，陳信瀚也幾乎要放下了內心的疙瘩。到了今天，見到陽陽為了夕梨而心急如焚的模樣，陳信瀚又想起來他埋藏了好久的疑問。

我們本來是朋友嗎？

「你在想什麼？」何青彥問道。

「哦，我在想……也許一切是我們瞎操心。搞不好夕梨現在非常幸福。你也有聽到她的聲音吧，充滿朝氣，比我們還有精神。怎麼說都不像是身陷困境的人。」

陳信瀚眨了眨眼，想把腦中對於何青彥的疑問都眨掉。

「我們也不能忽略夕梨還那麼小，分不出誰是別有用心。」何青彥揉開隆起的眉頭，「更不要忘了，她很寂寞。人在寂寞時，很容易被趁虛而入。」

陳信瀚不發一語，他摸著胸口，等待縈繞在胸腔間的痛麻感退逝。

何青彥沒有說錯，人在寂寞時，脆弱的程度可是超乎想像。

「你不想相信自己在那天看見了信號吧。」

「你怎麼會這樣想？」

「這幾天，你一下拚了命想介入，一下又比誰都置身事外。我實話實說喔，我本來很不爽，你這樣反覆無常，旁邊的我也會無所適從、跟著心浮氣躁。是今天聽到那個明叔的故事，我才稍微有辦法站在你的角度去理解整件事。」

陳信瀚克制全身的力氣才抑制住眼淚的滴落。

「謝謝你。」

「謝什麼？」

「謝謝你知道這一切以後，還願意當我的朋友。我也是今天才稍微有辦法站在你的角度去想，跟我當朋友很辛苦吧。」

問題可以再擱一會兒，他想先把早該說出口的感謝，告知何青彥。

◈

急促的敲門聲打斷了兩人。

姚秋香的聲音於門外低迴，「我買了宵夜，你們出來吃吧。」

何青彥不無疑惑地看向陳信瀚，眼神洩漏他已嗅聞到空氣中一觸即發的什麼。

陳信瀚心底又是一慌，姚秋香不曾提出這樣的邀請。

自從那日姚秋香把許多心事一股腦地掏了出來，陳信瀚感覺得到，有股浮躁的氣息於屋簷底下四方流竄，父親給予了承諾不是嗎，母親也得到遲來的肯定，他以為無形之間，三人再次形成了共識，要維持眼前既有的生活。難不成，他跟何青彥在外頭溜達的時候，姚秋香跟陳忠武私底下又進行了他並不知情的談判？

「之後請你一杯飲料，先幫我這個忙吧。」陳信瀚冷靜地開口。

宵夜是姚秋香從鄰近知名小攤買來的冰品。堆成小山的碎冰底下，是浸泡在琥珀色糖水的麥角、粉圓跟綠豆，沒有陳信瀚避之唯恐不及的紅豆。母親永遠記得他的喜好。

他為兩人拉開椅子，伸手示意何青彥先坐。

陳信瀚左顧右盼，尋覓著父親的身影，他過於專注在《世界樹》，未能注意房間外鐵門的聲響，換句話說，父親究竟是尚未返家？還是又匆匆轉身出門？電視停留在父親固定收看的新聞頻道。陳信瀚嘗試從姚秋香的五官推敲出答案，姚秋香卻只是似笑非笑地把手上的湯匙分派到塑膠碗內。

陳信瀚坐下來，吞入第三口冰時，姚秋香開口了。

「你們最近在做什麼？」

姚秋香戳攪著碗中餡料，「小瀚，你一天到晚跑出去，青彥也變得常常來家裡報到，兩個人一聊就是好幾個小時。在忙什麼呢？」

「就一些有的沒的。」

「你說你去談工作，那，你拿到那份工作了嗎？」

「還在談，有什麼進展我會讓家裡知道。」

「你們沒有做什麼壞事吧？」姚秋香終於抬起臉，目光既有質疑，也有挫敗。

「妳怎麼會這樣想？」

何青彥悄悄放下了湯匙，雙手滑入膝蓋中間。

「我跟你爸看到一則新聞，上週末，一個高中女生搭火車去找網友，就再也沒有跟家裡聯絡了。今天警方公佈了車站附近監視錄影器的畫面，女生是被一台休旅車載走的，車窗貼了很霧的玻璃貼紙，看不太清楚，不過，應該是兩個男生。」

姚秋香皺了一下鼻頭，「我不是說我要懷疑你們，只是，啊——就是這個。」

陳信瀚順著母親的視線延伸，電視正好重播了那則新聞。

女人的面容被寬大的帽簷跟黑色口罩遮住，僅露出核桃般腫脹的雙眼與眼周泛紅的肌膚。

身形高壯的丈夫只戴著口罩，撐著妻子軟倒的身軀，但他左顧右盼的眼神顯示出他本人也不能應付這場面。女人對著鏡頭聲聲呼喚，寶貝，妳要想到媽媽，妳做事不能沒有想到媽媽，這幾天我跟爸爸不能吃飯，不能睡覺，一直在等妳打電話回家。

說到一半，女人再也控制不了，低頭悲泣。

一旁的丈夫接過麥克風，雙手不住顫抖，他沉默了一段時間，過程中雙眼拚命地眨動，終於他吁出一口嘆息，小珊，拜託妳回家，爸爸媽媽不能沒有妳。

畫面之外有聲音請他們對接走女兒的行為人喊話，女人拿回麥克風，滾出淚珠的雙眼直視鏡頭，我的女兒國中還沒有畢業。她什麼也不懂，拜託你不要──。

螢幕驀地一黑。陳信瀚轉身，姚秋香手上握著遙控器，胸脯急速地起伏，她的眼神專注地逡巡著陳信瀚跟何青彥，像是在蒐集他們臉上任何微小的五官轉變。

「告訴我，這件事跟你們沒有關係。」

陳信瀚這才釐清自己跟何青彥被請出房間的理由。

「跟你們沒有關係，對吧？」姚秋香重申。

「懷疑我就算了，妳怎麼可以這樣對我的朋友。」

陳信瀚掌心往桌面恨恨一拍，憤怒地咆哮。

下一秒，羞恥取代了狂怒，他沒有勇氣查看，何青彥臉上是怎樣的神情？

「所以，跟你們沒有關？」姚秋香臉色一凝，接著，她把臉深深埋進掌心，如同失蹤女孩的母親那般低泣，「不要怪我，太剛好了不是嗎？你本來絕不出門的，這陣子卻連續跑出去好幾天。我在你房間的垃圾桶找到車票，上週末你也去了H市。你說你去跟朋友談工作，我怎麼看都不像，哪有人穿著休閒服、運動鞋去面試？」

想到母親進入自己的房間翻找證據，陳信瀚心情沉得更深。

模糊的懷疑早已升級成具體的行動。

看來，自己在父母眼中，已和新聞那個誘拐年輕女孩的惡徒形成頑強的連結。

似是聽見了陳信瀚的心聲，姚秋香五官皺成一起，委屈地解釋。「我不相信你們兩個會做出這種事。可是，我的相信有意義嗎？新聞裡的父母也跟警方說，他們的女兒很貼心、懂事，不可能不告而別，絕對是被人擄走了。要不是第二天同班同學出來作證，這個小女生這幾天都在炫耀，她要去H市跟男友同居，警方也不會知道要先從H市的車站找起。」

「阿姨，請妳放心，」何青彥深吸一口氣，「很難解釋我們這幾天在忙什麼，不過，我可以跟妳保證，絕對不是傷天害理的事情。妳說的這個案子，我也有在網路上看到一些消息，有網友找到那個男生的臉書了，真的、真的不是信瀚。」

聞言，姚秋香目光隨之渙散，似乎停留在陳信瀚的臉上，又像是越過他的肩頭，抵達至迷茫的遠方。「是這樣嗎？所以，我可以鬆一口氣了？」

「阿姨，妳不只是現在可以鬆一口氣，妳永遠都不必擔心。」何青彥認真地安撫。

「對不起，我好像失控了，我很害怕哪一天我也這麼丟臉。全世界都知道了，只有我還傻傻地相信我的小孩絕對不會做傻事。大家都說，要認真去了解自己的小孩，怎麼沒有人說，小孩要認真讓自己被父母了解。只有單方面的努力是不夠的。」

姚秋香舀了最後一匙糖水塞進嘴裡，扶著桌子站起身，「快吃吧，冰要融化了。」

陳信瀚注意到她身上的衣服與昨天、前天是同一套。

姚秋香一關上主臥室房門，何青彥渾身一軟，他的手掌輕輕放在胸口上。

陳信瀚決定先擱置母親對自己的控訴，他強打精神去安慰何青彥。

「抱歉，讓你遇到這種事。」

「不會，」何青彥率性地搖手，含入一大塊冰，「我不太意外。」

「哦？」

「這幾天來找你，你媽時常看著我，一副若有所思、欲言又止的模樣，我就在想，她應該是有話想說。聽到這些話，我的內心反而鬆了一口氣。」

「你不介意被當成嫌疑犯？」

何青彥搖了搖頭，「這樣說也許你聽了會很刺耳，但，我好像稍微、可以理解你媽在想什麼。當然，先別誤會，我不是說你媽這樣懷疑你是對的，我想講的是，有誰可以保證自己看見了一個人的全貌？這種事不是很常發生嗎？錯信一個人……再來覺得被背叛……然而，被背叛的心情，很多時候是自己的一廂情願跟自欺欺人所導致的吧。」

陳信瀚側頭看著何青彥，腦中浮現那些殘缺的、模糊晃蕩的高中記憶。

何青彥縮著肩膀坐在椅子上，耳朵漲紅得不可思議。

那時陳信瀚自己在做什麼呢？他為什麼要看著何青彥？他在想什麼。

「就像你對陽陽說的，誰能說自己很了解夕梨？」

何青彥倏地打住，他從口袋掏出手機，指頭飛快地點觸介面。

他上下刷動螢幕，眉心中央慢慢蹙起。

「欸，等等。」

何青彥把螢幕送到陳信瀚眼前，「你看，每隔一陣子就有這樣的新聞。」

陳信瀚讀了幾篇，「你是說，女生去見網友？」

「這幾年，小女生去見網友然後消失不見的故事越來常見了。不只是報導，也常常在社群媒體上看到有人轉發那些拜託協尋女兒或妹妹的文章。」

「這種行為在以前就有了吧，只是那時的說法很單純，逃家。」

「對，逃家，」何青彥點頭，「等一下，我找到你媽說的影片了，你看。」

畫面一隅，時間顯示十二點五十三分，三台車停靠在路肩，從前方數來分別是黃色計程車，銀色休旅車跟深藍色轎車。三點鐘方向，佇立著一對應該是母子的路人，女人抬臂格擋刺眼的陽光，不忘勻出另一隻手給孩子搧涼。五十四分，背著橘紅色背包、身穿碎花洋裝的少女搖搖晃晃自上方出現，她一會看著手機，一會抬頭左右逡巡，似是比對著什麼。這時，休旅車副駕駛位置的車窗下降，戴著鴨舌帽的男子探出頭，揮了揮手。少女小跑步向前、打開車門。五十四分五十九秒，休旅車車身澈底消失於畫面，前後不到一分鐘。女人在少女打開門時，看了一眼，又旋即低下頭，她的反應側面說明了事發過程之和平。

少女不是被脅迫的。

何青彥認真打量自己的手臂，「你說這個男生的手臂，像你，還是像我？」

陳信瀚按住時間軸，倒帶，又看了一次。

說不出緣由，他被這支畫質低劣的影片吸引了。尤其是少女見到男子朝她揮手的那一剎那，也興奮地揮了揮手，三步併成兩步跳上車。

他倒帶，再倒帶，直到另一抹纖細的身影與這個國中女生的疊合在一塊。

見陳信瀚如此嚴肅，何青彥收起了玩笑的心情。

「你在想什麼？」

「我在想，夕梨是不是也是這樣？」

沿著這支影片，還能連結到其他有關的新聞。不多時，陳信瀚讀完三篇報導，跟一篇社論。此類事件有一共同特色：少女們都看似心甘情願。她們心悅誠服地接受陌生網友的安排，任其指定會合的時間地點，彷彿深信對方提供了一張前往美麗新世界的船票，允許她們站在甲板上，對著岸上所有人事物奮力揮臂道別。

「你聽過一個童話故事嗎？叫吹魔笛的人，還少年之類的。」陳信瀚說道。

「沒有。」

「你沒聽過嗎？很久以前，有一個城鎮的居民們被鼠患弄得很煩，又想不到消滅老鼠的方法，這時一名男子出現了，他自稱可以解決這個難題。村民們不信。男人吹起笛子，老鼠一隻接著一隻跑了出來，跟在男人後面，男人一邊吹著笛子一邊走進附近的河裡，把老鼠全都淹死了。」

「你這麼一說，好像有那麼一些印象。」

「重點不是老鼠，是這故事接下來的劇情。男人處理了鼠患，居民們很高興，卻出爾反爾，拒絕支付原先說好的報酬，男人再次吹起了笛子，這次跑出來的是鎮上的小孩，他們就像老鼠一樣，一個接著一個緊跟在男人身後。」

「男人溺死了這些小孩嗎？」

「沒那麼可怕，我沒記錯的話，結局是那些小孩澈底消失了，從此下落不明。」

「這故事好奇怪，你在哪裡讀到的？」

「好像是補習班的書櫃吧，我還記得其中一張插圖是所有老鼠都掉進了水裡，我那時才國小，晚上還做了溺水的惡夢。」

「這故事到底是要告訴我們守信用很重要，還是那些小孩真的很衰？」

「我也不知道。」

「我們怎麼會從那些女生的案子聊到這裡？」

「你不覺得她們很像童話裡的小孩嗎？不管父母再怎麼呼喚，都阻止不了她們跟著吹魔笛的男人走。為什麼會這樣？我就算了，夕梨連陽陽都騙。」

「你以前沒有過這樣的心情嗎？」

「什麼心情？」

「全世界好像沒有人懂自己，很想去找一個真正了解自己的人。」

「我……」陳信瀚手撐著下巴，認真思考，「好像沒有。」

何青彥輕輕放下空碗，「真好。」

「為什麼說真好？」

眼前的對話越來越像迷宮，陳信瀚懷疑他跟何青彥早已走散了。

為什麼走散，從哪一刻起他們選擇了不同的路線？

「我們先回歸到夕梨的事情吧。」何青彥拿起陳信瀚的碗，熟門熟路地移動到廚房，嘩啦水聲沖淡了他接下來的話語，「執著要去跟夕梨搭話，也許是事倍功半。換個角度切入吧，你懷疑的那個人，黃，有沒有別的管道可以得知更多他的個人訊息呢？」

「得回到《世界樹》，那也是明天的事了。」

「十二點了，最近都在你家待到這麼晚。」

何青彥有些訝異地看著壁上陳舊的石英鐘，「我該回家了。」

陳信瀚跟著何青彥的腳步來到玄關，左手仍使勁捏著鼻子。

門即將掩上，陳信瀚鼓起勇氣，如同在胸腔塞入一顆氣球，「保持聯絡？」

何青彥微微一笑，「保持聯絡。」

◈

夕梨、黃、芬里厄跟達西都已下線，公會頻道此起彼落地交換著勝利的餘韻，陳信瀚草草下了線，腦中熾盛的想法讓他頭殼似乎要從中分離成兩半，露出裡頭粉嫩又不堪一擊、承載著構成陳信瀚這個人所有信息的大腦。他鑽入棉被，翻來覆去，了無睡意，明知繼續瀏覽網路只會更加驅逐睡意，卻難以抑制內心的衝動。他很想知道新聞是如何呈現所謂「加害者」的面貌，一口氣讀了十來篇，彷彿踏入泥淖，動彈不得，只能一腳深一腳淺地掙扎。

幾位撰文者像是事先串通好如何販售這些恐懼，言論如出一轍。他們歸納出這些「網路之狼」的共通特質：無業，沉迷網路遊戲，分不清現實跟虛擬的界線。

其中一篇社論〈天才背後的黑暗人性〉，撰文者是一位五十多歲的女性，陳信瀚查了一下她的資歷，這名專欄作家出版過兩本書，內容都圍繞著她如何成功將三名孩子送往美國常春藤學校，銷量頗豐，還出了十萬冊慶功版。她認為，這幾年間，所謂「網路之狼」已出現嶄新的身分組成，即高材生。

這些在求學階段慣於享受掌聲、家中資源不虞匱乏的「天之驕子」，出了社會，無預警地面臨「腳踏實地」的考驗，從「天」到「地」的落差，很容易讓他們的自尊一下子摔得粉身碎骨。其中一部分的他們，於焉遁逃至網路中，試圖打造跟校園時期相似的舒適圈，然而網路仍難以滿足現實世界的一大重頭戲，即親密關係，於是這些人也學習在網路上尋找愛情，若對象是涉世未深、對愛情充滿嚮往的少女，他們將趁勢利用雙方權力、智識與經驗上的落差，對少女們做出誆騙、甚至拐帶的行為。

下一段，這名專欄作家針對這些「高材生網狼」的家庭背景作出分析，她引用近年來十幾個案例，指出不少行為人背後都有一對高知識、高社經地位的父母。文化資本充裕的他們，絕非疏於教養，而是對孩子過於信任，到了近乎愚信的程度。文末，該名專欄作家呼籲，強調互信與尊重的教養觀念有翻盤檢討的必要，請家長負起責任，監督孩子是否在網路上進行於法不容的活動。她認為，高壓管教一時間難免引發家庭衝突，但遠好過小孩釀下大錯，給家族帶來的萬年蒙羞。

最後四個字彷彿帶電，逼得陳信瀚火速關掉頁面。

這個人太自以為是了吧，她懂什麼啊。

陳信瀚使勁猛抓發癢的胸口，指甲刮在皮膚上的痛楚稍微喚醒了他的理智。此時四下無人，他也登出了遊戲，只剩下自己。這篇文章瀏覽數逼近百萬，其中有姚秋香的足跡嗎？陳信瀚腦中一片空白。他在房間之內，父母在房間之外，身體無非幾公尺，內心的距離卻像是隔著一大面海洋。他很少查看父母在做些什麼，不得不經過客廳時，也只顧著提快腳步，自父母的視線中逃逸。若一日警方登門造訪，告知陳忠武在外與人暴力相向，他會信嗎？他跟父親太久沒有說上一句問候，親子關係早已荒蕪得只剩下空蕩蕩的框架，儼然戶口寄在同一地址的陌生人，到了這個境地，陌生人說了什麼，做了什麼，也就像是新聞上那些離奇、怪誕的命案，在內心議論幾句，進廣告的剎那又忘得澈底。這也是何青彥方才試著說服他的部分吧。

有誰可以保證自己看見了一個人的全貌？

他以為還在原地的什麼，早被消蝕得什麼也不剩了。

沉思到一半，濃重的睏意捲來，墜入夢鄉的前一秒，陳信瀚恍然想起：凌晨三點了，父親還沒有回家。又到叔叔那去喝酒了嗎？等等……父親以前是個會喝酒的人嗎？

◈

翌日，陳信瀚打算按照何青彥給予的方向，從「黃」的那一端著手。

商量的首選當然是芬里厄跟達西，別無其他選擇。

芬里厄呵呵輕笑，「怎麼突然想問黃的事情？」

「好奇而已。你沒有想過黃很特別嗎？他那種砸錢的方式，很誇張。」

「並不誇張啊，我之前在網路上看過一篇文章，有人問，伺服器排名前幾名的玩家，平常到底是做什麼的，結果釣出好多一年課金五、六百萬的大戶。」

「那篇文章我有印象，其中一個人家裡是上市公司，他還貼出帳戶餘額。」

「我也不是說黃很普通，我看他差不多砸了三、四百萬有吧，他之前還問夕梨，生日禮物送她后冠如何，夕梨說她不喜歡這樣。黃居然踢到一個大鐵板。」

「你也覺得黃對夕梨特別好嗎？」

「這不是一目瞭然嗎？」芬里厄的笑聲滲入了調侃，「大家都看得出來啊。」

「我記憶中，黃說過，他結了婚，有小孩。對妹子沒興趣。」

「那也只是他單方面的說法而已。」

陳信瀚耐心等候著芬里厄的下一句。

他們很少談及其他玩家的個性，他沒來由好奇起來，這兩個和他在《世界樹》南征北討的玩家，又是如何看待遊戲裡所有的元素。

「有沒有結婚生小孩，對年輕妹子有沒有興趣，兩者之間，沒有關聯吧。我不是說黃對妹子有興趣還怎樣，只是單純覺得，一個人說什麼，跟他做什麼，最好不要放在一起談。一頂后冠那麼貴，怎可能不求回報？是說東泉，你喜歡夕梨吧？」

陳信瀚沒有設防話題倏地又繞回自己身上。

一時間，他不知如何反應。

芬里厄連聲笑了起來，「不說話就是承認了，對吧。我懂，夕梨很可愛。」

達西終於參與了話題，「對，她很可愛。」

「我想過，公會裡很多人都喜歡夕梨吧。她那麼活潑，又很體貼，」芬里厄語音輕揚，「有件事我沒說過，覺得沒什麼必要，但現在好像又有了。幾個月前，公會裡幾個女生把我叫過去，說有件事得跟我商量，若我沒心處理，她們不惜集體退出公會。我以為是什麼大事，一聽，啊，原來是在吃夕梨的醋。帶頭的你們也猜得出來吧，凜月，凜月看不慣夕梨很久了，很好笑，她說，公會裡的男生都被夕梨霸佔了。」

「把我們說得好像停車位。」達西說道。

「達西，你呢？你也會特別在意夕梨嗎？」芬里厄又問。

「說沒有你們會信嗎？」

達西似乎在忍著笑意，他的輕佻讓陳信瀚有些心神不寧。

「回到黃吧，」芬里厄說道，「我對他的了解，跟你們差不多，他上線的時間那麼固定，九點多到十二點，那段時間你們也在啊。」

「他當初是怎麼加入〈幻絕中堂〉的？你主動邀請他？」陳信瀚問道。

「嗯，」芬里厄沉吟數秒，把問題拋向達西，「達西，你有印象嗎？」

「好像是他自己跑來，說要加入我們公會。」

「你們還記得那時是怎樣嗎？」

「不記得了，公會那麼多人，我不會記住每個人的來歷。」達西答道。

「好吧。」

「東泉，你就說吧。為什麼找我們問黃的事情？」芬里厄說道。

「昨天公會戰，我要夕梨上樓，你們有聽到她怎麼回應吧，她只想待在瞭望塔給黃回血，寧願錯過我們第一次打爆別人思維金屬的機會。」

《世界樹》中，創立公會的素材為思維金屬，球狀，上有一枚眼睛。公會戰中，該公會的思維金屬會被系統自動安置於第三層的最後一個房間，鑲嵌於一棵榆樹的樹心。若攻擊方攻破第三道大門，趕往那個房間，將發現瞬間枯萎的榆樹與墜落在地的思維金屬，只要對思維金屬造成一定傷害，它將於數秒後爆炸。系統據此判定攻擊方取得公會戰的勝利。

「你跟夕梨不是很常私下聊天？你們吵架啦？」

芬里厄也很八卦嘛，陳信瀚沒好氣地想著。

「對。為了一些小事。」

「什麼事？」

「之後再說。反正我跟夕梨現在有點算是冷戰吧。」

「我有感覺到，這幾天夕梨上線只有找黃，她以前很黏你。」

「有那麼明顯嗎？」陳信瀚有些意外。

「哎呀，小女生，脾氣來得快，去得也快。」達西說道。

「你是吃醋她跟黃那麼好，兩個人才吵架嗎？」芬里厄說道。

「這樣說也可以。」陳信瀚刻意含糊其辭。

「那你希望我們做什麼？去破壞她跟黃的感情？」達西的語氣有些曖昧。

「沒必要這麼極端。但，如果，我是說如果，夕梨跟黃在一起了，不好吧？」

「有哪裡不好，黃是個有錢人。我都想創一個女角去騙黃的裝備。」見陳信瀚不搭腔，芬里厄乾笑兩聲，「聽得出來我在開玩笑吧，當然不好，黃結婚有小孩了。」

「東泉，」達西很正經地詢問，「你乾脆直接說吧，你在想什麼，像現在這樣繞來繞去，我跟芬里厄也不能提供什麼實際的幫忙。」

「好吧好吧，我說就是，但你們答應要保密？」陳信瀚不得不投降。

「好。說吧。」達西回得很果斷。

「幾天前，夕梨的朋友來找我，跟我說夕梨好像在遊戲裡交了男朋友。」

「夕梨的朋友？遊戲的嗎？」達西問道。

「不，現實的。」

「對。」

「現實的朋友怎麼聯絡你？」芬里厄問道。

「對方有玩過《世界樹》，那時留下了聯絡方式。」

陳信瀚不想被芬里厄跟達西知悉他跟夕梨建立了遊戲以外的聯繫。兩人不再只是東泉跟夕梨，而包括陳信瀚跟房瑞安的層面。空間與空間交疊，共享平行的時間。

「這個男朋友是在說黃嗎？」芬里厄問道。

「你們有其他人選嗎？」

「不太意外，但也有點麻煩，以為只是打情罵俏。」達西說道。

「這樣會出事嗎？」芬里厄問道。

「出事？」

「假設他們發生性行為的話，黃已經結婚了。」
「我們又不是黃的另一半，就算出了事，也與我們無關。」
聽到性行為三個字，陳信瀚的耳朵彷彿被灌入熱油，一路往耳根燒去。
「這件事傳開來，公會……會更亂吧。公會女生都對夕梨沒什麼好感，黃的裝備那麼頂級，他們會把夕梨說成怎樣呢。」芬里厄說得斷斷續續，似是非常為難。
「她們就是在嫉妒，什麼事都能拿來說。」達西冷靜地分析。
「那個現實的朋友，還有跟你說什麼？」
「她說，夕梨變得有些奇怪。」
「哪裡奇怪？你不交代得清楚一些，我們什麼忙也幫不上。」芬里厄說道。
手指有一搭沒一搭地敲著滑鼠，該說明到什麼程度？陳信瀚沒有定見，時鐘滴答作響，彷彿催促陳信瀚莫再蹉跎時光，不過是一次偶然的碰面，竟然牽動了這麼多人的際遇。他低咒一聲，該死。
「你說什麼？」達西問道。
「沒事，耳機線纏住了。」陳信瀚要求自己振作，「這件事你們千萬不能跟公會任何一個人說，也先別找夕梨問，總之，她朋友說，夕梨去找對方，好幾天沒回家。」
「夕梨也不是小孩了，好幾天沒回家，很正常吧？」芬里厄說道。

「是啊，這位朋友有點大驚小怪哦。」達西應道。

「沒有很正常，」陳信瀚冷靜地反駁，「夕梨也不過二十歲。」

「這個朋友正在找夕梨嗎？」

「對。」陳信瀚很慶幸達西把主題拉了回來。

「她知道這個人的基本資料嗎？住哪裡之類的。」

「不知道。夕梨說得很少，好像有什麼難言之隱。越想越覺得黃的機率很大。」

「黃要帶人回家，不是很方便吧，老婆小孩怎麼辦？」芬里厄說道。

「黃的財力，租個小套房，不，包下飯店房間一個月都不痛不癢吧。」達西說道。

「但夕梨看起來沒事，昨天的表現也跟平常沒兩樣。」

「不能這麼說，新聞不是很常見到，小女生去找網友，一天沒事，兩天沒事，等到出事時，早已來不及了。」陳信瀚說道。

「那個朋友為什麼不直接問夕梨呢？」芬里厄問道。

「她不想冒險，若夕梨在那個人身邊，對方會做什麼事，沒人可以保證。」

「有道理。但，不能找夕梨問，難道要找黃？」達西說道。

「等、等一下——」

一連串物體碰撞的聲音，下一秒，芬里厄退出了語音。

螢幕上很快地躍出芬里厄的訊息：我主管有事找我，先這樣。晚上再說。

陳信瀚很快地感受到一股熱液自鼻孔流經嘴唇。

又來了，他側頭思索，近日分明沒有吃什麼燥熱的食物。

陳信瀚熟練地捲起衛生紙往鼻腔填塞，安慰自己，近日壓力太大了吧。

他起身，想到廚房倒一杯冰水，才碰到門把，立即聽到父母窸窣的交談聲。陳信瀚縮了手，轉身掛上耳機，他完全猜想得到，父母談論的主題是自己。

母親八成在跟父親報告昨晚的談話內容。

任由疑心一點一滴渲染，再小心地撕除親手貼上的標籤……。

一半的時間製造煩惱，另一半的時間處理自己製造出的煩惱。不庸人自擾，就不知怎麼度日。人就是這麼矛盾與徒勞的生物。

陳信瀚來到窗前，拉起厚重的蘋果綠窗簾，扳開經年密閉的窗戶，軌道上灰塵堵塞，滾輪發出刺耳的嘎吱聲。陽光直射對面那排老舊公寓，反射的餘光落入室內。陳信瀚縮著肩膀，雙手環胸。往下望，機車歪七扭八地停靠著，一名約莫十七、八歲，穿著明黃色洋裝的女孩跨坐機車上，手上夾著菸，她低頭跟一旁蹲著，染著金髮、穿著華麗襯衫的男孩不知在說些什麼，兩人先後笑了起來，女孩肩膀一顫一顫，很是開懷。陳信瀚看著他們的互動，在腦海模擬，若女孩或者男孩的身上有信號浮顯……他的脈搏平穩，內心波瀾不起，女孩似乎察覺到有人注視，狐疑地東張西望，陳信瀚急忙地往後退了一大步，掩身於窗簾後。

何青彥對他的觀察是正確的。

黃宥湘之死與和夕梨見面，各自扮演類似「開關」的角色，差別在於方向、速度的不同，前者的死去讓他一夕間喪失所有與人類建立聯繫的念頭，夕梨卻把他拉入人潮，他因而明白到這幾年的退縮並非沒有帶來進展，在這個層面，他做得極好：把自己在意的人，控制得所剩無幾。這個能力之所以能控制他，主宰他的哀樂，在於他或多或少在意，或認為自己應該在意這些人的生死。學長，教授，黃宥湘等等。而這幾年來把自己拘束在網路世界，不再面對面看著人類的眼睛說話，似乎帶來雙面刃般的作用：好處是他心安理得地活了下來；壞處是，他想不起自己上一次同情的人是誰。陳信瀚尚且無法釐清，啟動他內心不安、焦慮，讓他下定決心與所有人類保持距離的共感機制，如今是怎樣的情形？一時的故障，還是永久的壞去？

下一步又會是什麼？

若再次回到職場，挑一個規律上下班的工作。走在車水馬龍、前仆後繼的人群之中，他可以抵禦高密度的、如粒子般反覆碰撞的人際關係嗎？還是他的生命會再次迎向另一波大幅度的癱瘓？這一次他得退居洞穴多少年，來換取寧靜？

陳信瀚想起一篇被社群分享數百次的文章。在監獄裡待上數十年的男子，好不容易走出鐵籠，卻被摩天大樓所切分出的天際線震懾得寸步難行。為此，輔導更生人適應社會的組織派人前往協助，組織顧問受訪時所說的一句話成了文章的標題，也是陳信瀚之所以記得這篇文章的主因，「他重回社會，基本上是作為一個全新的人」。

人，如何成為一個全新的人？

思索到一半，枕頭旁的手機震動，看到來電者，陳信瀚連忙接起。

王振翔急促的喘息，「喂？陳信瀚？你在嗎？我要跟你說一件事。」

「等我一下。」衛生紙底端來回刮著手背，冰涼且毛絨的觸感令他不適。他放下手機，拔出濡濕的衛生紙，呼吸滿是鐵鏽氣息，涓細的血滴再次匯聚在嘴唇上緣。這次出血的時間比上一次更久。

陳信瀚捲了另一管衛生紙塞入鼻腔。

「你可以說話了。」

「你回去以後還有流鼻血嗎？」

王振翔的問句令陳信瀚手上動作一凝，「你怎麼這樣問？」

「那天跟你講完了明叔的事，我怕自己說不好，打電話回去跟我爸又求證了一次。我爸跟我補充了一件小事，明叔每一次去小薇家，勸小薇爸媽帶她去看醫生，說沒幾句，他就會流鼻血，滴得衣服到處都是。好幾次都這樣。小薇的父母後來有跟里長抱怨，假使明叔看起來沒那麼恐怖，他們說不定會信他的話。」

王振翔停了幾秒，補充，「我想到那天在餐廳，說到瑞安，你也流了鼻血。不過，先別緊張，我爸也說，明叔只有小薇那次流了鼻血。明叔自己的媽媽、還有椿腳女兒那次，都沒事，所以我也不是很確定該怎麼解讀，單純的巧合也有可能。」

「謝謝你跟我講這件事。」

「對了，順道跟你說一聲，早上陽陽有打電話給瑞安，兩人小聊了一下。瑞安的說法沒變，她還是堅稱自己在租的地方養病。你那邊有問到什麼嗎？」

「我有請遊戲裡的朋友幫忙了，只是，還需要一點時間。」

「好吧，那我們再保持聯絡。」

話筒的另一端，陳信瀚如同先前經驗，聽到嘈雜鼎沸的人聲，以及一道渾厚的男聲說，翔哥，導演在找你了。按照時程，王振翔此刻應該正忙於宣傳紀錄片，即使陳信瀚想問出更多細節，他仍按捺著掛上電話，低頭看著手上鮮紅的紙花發愣。

明叔遊說小薇父母時流了鼻血。

他這一個星期也是流個沒完。

是巧合？還是他跟明叔在冥冥之中踏上近似的選擇？

牆外的騷動消停了，父母的討論似乎告一段落。

陳信瀚側著臉，一隻耳朵貼在牆面上，全神貫注地傾聽，鐵門被掀起復闔上，短促得讓人不敢懷疑這個人急於離開的心意。是父親吧。他這幾天待在家中的時間越來越短促。陳信瀚感覺到山雨欲來的氣息，一時半刻他怔忡得不知如何是好。

第六章
2u4ux.45;

第七章
2u4fu 5;

第八章
2u418 5;

第十章
2u4g65;

第九章
2u4ur.35

u4g6

LOGIN.........

◈

房瑞安端著一大杯牛奶，步伐搖晃，勉強勻出一隻手推開門，走進房間，輕手輕腳地把沉重的玻璃杯放在桌面，「這杯給你。」

男子自螢幕轉過頭，「妳今天想要做什麼？」

房瑞安眼珠滴溜轉了一圈，走到床邊，坐下，雙手扶著床沿，「我在等你的安排。」

男子滿意地點頭，「好乖啊，瑞安。」

房瑞安縮了縮脖子，有些羞赧地笑了。

然而，男子接下來的話語，讓她臉上的笑意一下子凍結了。

「我稍微查了一下，戶政事務所那裡也許有妳母親的資料。」

「是、是這樣的嗎？」

「對，所以，去戶政事務所一趟吧。」男子以近乎命令的口吻說道。

「可以不要嗎……？」

「妳要的不就是跟妳母親相認嗎？」

「可、可是。」房瑞安的雙手不住地攪扭。

「瑞安，我跟妳說認真的。妳現在這模樣，看起來很幼稚，也很自私。」

「去戶政事務所，然後呢？做什麼？」

「還能做什麼，當然是去找妳媽媽，跟她說妳是誰啊。」

「現在這樣不好嗎？」

「不好啊，瑞安，妳捫心自問，現在的快樂是真的快樂嗎？還是說一切都是自欺欺人的幻覺呢？要我說實話嗎？過去這幾年妳都活在謊言裡，對吧。妳欺騙自己過得很好，但妳明明一點也不好。證據就是，妳為什麼要在遊戲裡說謊，跟大家說自己是大學生呢？說謊成性還不自知，妳說這樣的妳噁不噁心？」

「對不起，我不是故意的，我也不曉得自己在想什麼。」

「瑞安，道歉吧。」

「咦？我不是說了對不起嗎？」房瑞安的雙眼滲入了困惑。

「妳又犯下新的錯誤了。我說過，如果不是真心誠意這樣想，就不必那樣說話。妳是真心誠意認為自己在說謊的當下，不曉得自己在想什麼嗎？還是妳很清楚，只是不敢面對那樣醜陋的自己呢？瑞安，先別急著回答，提醒妳最後一次，我可以看出妳有沒有說謊。」

房瑞安沮喪地說，「你是對的，抱歉，我又說謊了。我真的好糟糕。」

「沒事了，這很正常，每個人都經歷過。」男子的口吻轉瞬間恢復和善，他釋出微笑，「我只是想讓妳了解到問題有多嚴重，妳沒有被嚇到吧。」

房瑞安眨了眨眼睛，「抱歉。我把你弄得很煩，對吧。」

「是有一點，但還在可以接受的範圍。回到原本的問題，妳為什麼要跟大家說自己是大學生呢？瑞安，第二次機會，不要再讓我失望，好嗎？」

「我很害怕，大家都去讀書了，陽陽還考上很好的大學，」房瑞安呼吸急促，雙眸也瀰漫著慚愧，「我想跟大家一樣去讀大學，想到都快瘋了。」

「說謊的時候，有罪惡感嗎？」

「一開始……有……。」

「意思是後來沒有了罪惡感？」

「說到後來自己好像也相信了，」房瑞安遮住自己的臉，「我覺得自己好噁心。」

「現在說出來了，心裡會很難受嗎？」

「會。怕你會看不起我。」

「怎麼會，瑞安，經過這一次，我更喜歡妳了。我喜歡誠實的女生。」

「真的嗎？」

男子點了點頭，他招手，房瑞安順從地在男子旁邊坐下，男子的手掌穿進房瑞安濃密的頭髮，溫柔地按壓她的後腦勺，「妳這樣好可愛。」

房瑞安緩緩倚向男子，耳朵至臉頰緊貼著男子的手臂，她滿足地閉上眼。

「妳會想回去妳住的地方嗎？」

「一點也不會，我喜歡待在這裡。」

「那就好。」

「不過，有個小缺點是……」

「是什麼？」

「電腦跑得有點慢，昨天公會戰的時候我不敢上樓，人太多了，怕當機。」

「妳還會在意遊戲裡的表現？要退出了不是嗎？」男子語氣一沉。

「我知道，我沒有忘記，」房瑞安打直背，雙手緊張地揮舞，「只是昨天很難得第一次公會打到三樓，我想說，看一眼別的公會的思維金屬也好。」

「哎呀，瑞安，我跟妳鬧著玩的，妳別那麼緊張。」

「哦，好，對不起，我太情緒化了。」

「是說，妳的朋友會不會發現妳跑來我這裡了呢？」

「你說陽陽嗎？應該不會，我跟她說我生病了，想在家好好休養。」

「妳沒有跟陽陽提過我？」

「我發誓絕對沒有，」房瑞安緊張地睜大眼，「你說這樣子會讓你非常不高興。」

「對，這樣子會讓我非常不高興。」

男子抽回手臂，站起身，「好了，我該去上班了。」

「戶政事務所……」

「先裝作我今天沒有提起這件事，作為妳很誠實的獎賞，如何？」

房瑞安撫胸，如釋重負地笑了，「我發誓，我再也不說謊了。」

她站起身，收走桌上空掉的玻璃杯，走到一半，她偏著頭，想起什麼地停下了腳步，回過頭來，「小農，我很高興遇見你哦。這是百分之百的真心話。」

被稱為小農的男子面無表情地點了點頭，他的目光隨著房瑞安一路到了廚房，見房瑞安掛上手套，認真刷洗水槽內昨夜留下的餐盤和碗筷。

從這個角度看，房瑞安真是美麗得不可思議。

男子輕哼著歌，步入衛浴間，對著鏡子，張嘴，以舌頭舔過齒面，嘴唇上方的鬍鬚長得特別快，他壓出濃稠的泡沫，均勻地抹上，自懸架摘下刮鬍刀，以左手的食指跟中指撫平肌膚，刀片順著臉部的起伏帶走毛髮。

他再次看著鏡中的自己，噴上混合青草與松樹氣息的髮水。襯衫確認過了，平整無痕，男子從吊鉤上取下深藍色防風外套，掛在手肘上。

「要出門工作了嗎？」房瑞安踱步至玄關，臉上掛著稱不上自然的微笑。

「我想到妳今天要做什麼了。」

「要做什麼？」

「妳今天要回到自己的家，然後，妳要邀請陽陽去看妳。」

「這樣子……」房瑞安的眼神游移，她咬了咬嘴唇，「你還在生我的氣嗎？」

「我為什麼要生氣？」

「因為……我沒有聽話，我不想去戶政事務所。」

「我沒有生氣哦，瑞安。」

「那為什麼要我回家呢？覺得我太煩了嗎？」

「妳誤會了，這幾天我也很開心。瑞安，我只是想要妳對陽陽也誠實。」

「什麼意思？」

「一直以來，妳都很討厭陽陽，也不相信她是真心對妳好吧。」

房瑞安眉心緩緩堆起，嘴巴動了動，彷彿試著抗辯，卻發不出聲音。

「瑞安，妳有沒有發現，每次妳說到陽陽，她對妳做了什麼、幫了什麼，妳的語氣到最後都會變得很猶豫，如果妳跟陽陽真的是朋友，為什麼會這樣？」

血色自房瑞安膨潤的雙頰流光，她不停地嚅著口水，嘴唇微掀，像是在強迫自己做出回應，最終，只有幾個意義不明的單音自慘白的唇間逸散。

男子見狀，嘆了一口氣，「所謂的誠實，也只是說說而已。」

「無所謂，我要去上班了。」

男子作勢掉頭，房瑞安立刻抓住了他的外套下緣，「我去，我去就是了。」

男子耐心地等候著房瑞安的下一步。

「抱歉，我又說謊了，我真的是無藥可救。」

「說下去。」男子冰冷地命令。

「你說的沒錯，我很嫉妒陽陽，也常常在想她為什麼對我這麼好。」

房瑞安低著頭，雙手不住地顫抖，「我待會就回去。拜託，不要生我的氣。」

男子微慍的神情，倏地轉換成非常慈藹的笑容。

「瑞安，我就知道妳做得到。」

◈

郭立農時常想著，以演化而言，人類的進化太慢了。

自國小起，他非常迷戀所有與動物有關的節目，他曾經以為所有人都像自己一樣，否則，電視裡不必存在這麼多播映動物生活的頻道。直到國中，為了製作環保比賽的海報，同學們提著紅白相間、裝有剪刀、膠水跟不同材質紙頁的塑膠袋，按下他家門鈴。郭立農記得那天的節目主角是鯨魚，地球史上體型最大的動物，比任何恐龍都還要巨大，水面的波光讓藍鯨背部彷彿長出皺紋，有一秒鐘，郭立農以為自己也在水裡，跟藍鯨一起深潛。他請同學們在客廳等待，端出母親前晚放入冷藏的利樂包蘋果汁，回到客廳，同學們指著螢幕問，你爸媽在家嗎？郭立農困惑地瞅著他們，他刻意支開了父母，好讓自己飾演一個控制全場的成熟大人。

個頭矮小的同學接著說，這是我阿公在看的頻道，當他不知道有什麼可以看，他就會轉到這些頻道，沒多久，我們就會聽到他的打呼聲音。

另一個同學配合地點了點頭。

郭立農放下托盤，拾起遙控器，平靜地說：我爸媽出門時忘了關電視。

那一刻，他明白了自己與多數人的不同。

他懂得欣賞動物的世界，其他人則不。

郭立農跨上機車，正要發動時，口袋裡的手機「叮」地一聲，他想了幾秒，轉動鑰匙，催動油門，悶熱的濕氣很快地隨著飆高的時速，凝結成第二層皮膚貼裹著全身。這樣的天氣持續好幾天了，過了午後，約莫兩三點，雲朵再也承重不住，落下豆大雨滴。這幾天，開會到一半，轟隆的雷鳴與隨之而來的嘩啦雨聲，屢屢將所有人從冗長且發散的會議中敲醒。莫里斯揚手示意，年輕的實習生從座位上跳起，快步走到窗前，拉上窗戶，以免飛濺的雨點打髒了木地板。

郭立農的視線跟隨著實習生的一舉一動。

六年前，負責做這件事的人是他。其他與會者往往順著莫里斯的眼神延伸過去，望著他，有一秒鐘，空氣質地變了，人們被這突如其來又不得不的中斷給混淆，陷入短暫的恍惚，會議的內容淡去，取而代之的是無關緊要的瑣事。好比說，出門前從玄關的置物籃撿起鑰匙串，金屬物件互相碰撞的聲音。好比說，通勤途中沿著車窗望出去、方方正正的風景、也或者是那位超商門口擦肩而過的上班族，他身上的氣味那麼好聞，究竟是哪個牌子的香水呢。

到了第二年，新的實習生來了，郭立農卸下菜鳥的職稱，座位朝著莫里斯前進一格，他這才明白，過去一年自己起身關窗的幾秒鐘，旁觀者的思緒如何轉動。

從小到大，郭立農一心一意想變成，比好人還要更好的人。

他不曾停止感謝老天，讓他遇見了莫里斯跟達西。

他時常召喚出跟莫里斯相遇的場景，慎重地複習，以免記憶隨著時間而萎縮，就好像人們會把常用的東西放在頻繁經過的位置，希望有需要時，它就在那兒。

幾年前，郭立農報考四間研究所，全數落榜，他摸摸鼻子走進兵營，服完兵役。退伍的那一天，他四顧徬徨，不知該潛心研究所考試，還是先找一份工作。作風開明的父母延續他們一貫的教養方針：不過份干預，兩種選擇他們都願意給予經濟上的支持。郭立農最後騎著借來的腳踏車，展開環島旅行。陽光熾熱，柏油路水窪時有粼粼反光，彷彿有細針密密地戳著眼珠，郭立農狼狽地閃躲，險些摔進水溝。出發前，朋友提醒他注重防曬，等到有感覺時，皮膚已被燙燒起泡。第五天，郭立農在下榻的青年旅社裡吐得一塌糊塗，體內如有細火，從內到外把他的皮膚烤得如枯涸的土壤般膨大、龜裂。

他取消既定行程，呆坐旅館大廳，喝著免費提供的咖啡，百無聊賴地翻選置物櫃上之前旅客留下來的書，他夾著一本回到椅子上，滑了約半小時的手機，才決心打開那本《狙擊式行銷》，快要進入第二章時，一名陌生男子拉開他對面的椅子，理所當然地坐下，廉價的塑膠椅發出嘎地一聲，男子指著他手上的書，笑著說，這一本我家也有。從男子的手臂線條與上頭跳動的青筋，郭立農把男子歸類為健身房的常客，他給予禮貌的笑容，低頭又翻起書頁，想藉此讓男子明白，他並不屬於期盼在青年旅館認識「來自不同世界的朋友」的那一類型。

男子等不到回應，爽快起身，大步走回自己的房間。郭立農注意到男子住在旅社一樓的單人房，他對男子升起了好奇：男子做了一個，至少就他而言，不合邏輯的選擇。他打電話預約床位時，櫃檯盡責交代每一房間的價錢，單人房的房價直逼星級飯店。想到一半，男子回到他面前，遞上一罐像牙膏的東西，郭立農定睛一瞧，是蘆薈凝膠。男子指了指郭立農的肩膀，他後知後覺，這管凝膠是陌生人的心意。他簡單道謝，將凝膠著色似地塗抹在發燙的肩胛。

過程中，男子保持靜默，唯獨眼神洩漏出一絲對於門外漢的同情。

用了男子的東西，郭立農有些不好意思，他詢問男子來到這座城市的目的，跟他一樣是單純散心嗎？男子拋接著手上的凝膠，點頭，迅速搖頭，他咧嘴一笑，露出整齊且偏白的牙齒，徐徐交代。三年前，二十七歲的他跟兩位大學同學共同創立了一家募資顧問公司，公司如今已上軌道，跟父母籌借的資金償還了一半，他安排兩星期的長假作為犒賞，其中包括七天的衝浪課程。說完，男子指著他們周圍三三兩兩，或閒聊或閉目等待的旅客，聳了聳肩，坦言自己並沒有完全實踐這趟旅程的目標，也就是放鬆。他克制不住觀察旁人的衝動，從舉止、穿著、配件到對話內容，想盤理出公司近期開發的產品是否能引起這些年輕人的青睞。男子時而謙虛，時而狂妄；郭立農注意到，半小時以後，自己已完全陷入男子的語言。

他的眼神不由得飄移到一旁的手機，跟艾蜜莉的對話停留在兩天以前。

出發之前，郭立農問艾蜜莉，妳要跟我一起嗎？艾蜜莉毫不考慮地拒絕了，她應徵上一家冰淇淋店的日班職缺，郭立農屬意的出發日正好是試用期第一天。

男子好奇地問，你呢，你又是怎麼會來這裡？你會讀這本書，對行銷有興趣吧。郭立農眨了眨眼，拋下記憶中艾蜜莉心虛又不知怎麼說明的悲哀神情。很有可能未來他再也不會跟眼前這位陌生人說上一句話，越是琢磨著這個念頭，郭立農越能感受到他的提防是如此地小題大作。他起身，刻意雙手插入口袋，以慵懶的姿態走到櫃檯前，要了兩支啤酒，得知男子背景之後，郭立農莫名地不想被看輕。

旅館的工讀生不知不覺換了班，如今是一位眼周灑滿雀斑的女孩站在櫃檯前，女孩接到訊息，自身後的冰箱取出兩支，有些粗魯地放在桌上。郭立農結掉了帳，雙手各拿一支回到原位，男子掏出皮夾，裡頭一疊藍色大鈔，郭立農趕緊說，這支我請你，反正，呃，才一百多塊。男子輕扯嘴角，似乎被這句話逗樂。

◈

男子讓郭立農想到劉老師。

高三的數學老師，也是學校從市區重點升學學校資優班重金挖角的名師。郭立農這種資質平凡的學生也能在幾堂課的時間，清晰地領悟到劉老師多麼優秀。

劉老師絕不遲疑。

再怎麼困難的習題，他眼珠上下一轉，轉身撿起粉筆，抬起那跟身高相比有些過大的手，兀自一行一行地向下迅速倒著疊起高塔，直到觸碰到那個圓滿所有條件的數字。劉老師拿起板擦，多是為了挪出新的空間，而不是擦掉錯的想法。同學們閒聊劉老師的教學風格，會很有默契地提到他的表情，看似親切，細看又好像欠缺熱情，讓人懷疑底下是否掩藏著什麼。郭立農有時拿刁鑽的模擬考題目去請教，劉老師指腹按著紙頁，單憑幾秒，看完他的算式，取筆在一旁唰唰寫齊算式，回遞，改以一種複雜的眼神看著他，像是玩味著什麼。這眼神屢屢讓郭立農呼吸一緊。

畢業那麼久，他仍然會想起劉老師，以及那個屏著呼吸，心臟得得跳騰的自己，他日益相信，那個眼神才是劉老師實際上忘了用力的地方。其中流逸出某種感情，說輕視並不準確，輕視代表著仍把雙方置於同一平面上；毋寧說，劉老師是在極短的分秒，確認、甚至享受了一會「界線」的存在。這眼神沒有拒人於外的意思，至少，郭立農並沒有感覺到劉老師因此而不歡迎自己，他只是側著頭，思忖如何以凡人的語言，解釋在那個空間裡，等號兩端的符號是如何彼此關聯。

大三那年，班長舉辦同學會，忘了誰提到劉老師，每個人端出自己的記憶，試著拼湊劉老師的整體，郭立農有些驚訝，不多時，共識形成了：劉老師應該很後悔答應請託來到他們母校，誰叫他們只是父母手上握有不少閒錢的普通學生。

一位女同學發言，偶爾，她拿題目去找劉老師，即使劉老師沒有額外表示什麼，她依然捕捉到空氣中悵然的氛圍，劉老師似乎很懷念從前資質聰穎的學生。

郭立農放下抵著盤底轉動麵條的叉子，看向那位女同學，過了幾秒才想起，她是班上第一名，也是數學分數最高的學生。

解散以後，郭立農去找那位女同學，問，妳懷念劉老師嗎？女同學點了點頭。他又問，為什麼？既然妳感覺得到劉老師覺得妳不夠聰明？女同學以中指將滑落的眼鏡推了回去，看向遠方，口吻有著老成的雲淡風輕，你不覺得人有時候很病嗎，劉老師越是這樣，我反而越想去找他、得到他的認同。二年級的簡老師不會讓我這樣，簡老師對任何學生都很溫柔，她誇獎我的時候，我一點感覺都沒有。

返家的路上，郭立農想，女同學果然心思更細膩，也更聰明，兩人看著同一道習題，他寫到一半，女同學率先解出來。但沒有大礙，看了女同學的算式，他也懂了。

女同學沒錯，人會深受否定自己的人吸引。

十八歲他感受到了，二十歲他看著別人的解答，用心良苦地分析出來。

瑞安呢？瑞安幾歲遇到他？十九歲，差不多的年紀。

瑞安會有同樣的那麼一天，驀然理解了，自己掉入這樣一個匪夷所思的圈套嗎？

◈

男子也有劉老師的眼神。

更溫和的版本。也許是他跟郭立農的年紀相距不大，也有可能是天生個性。

酒液下肚，又沿著食道、臉緣、耳廓到太陽穴燒了回來。全數敗北的研究所考試，跟女友祕而不宣的冷戰，郭立農一五一十地說給男子聽。令他坐立難安的是，他敢保證，男子很清楚自己說話時是更具有魅力的，但這並沒有妨礙他成為一個好的傾聽者。他沒有打斷郭立農或搶快發言。郭立農記得他是六點多走入大廳，再次抬眼看時鐘，已是九點。他們請櫃檯女孩再送來幾支酒、炸薯塊跟起司披薩。

到了一半，郭立農打住，瞇眼，把酒瓶舉起左右搖晃，問，你聽得那麼認真，是不是也把我當成一個問卷？說吧，你想要賣什麼產品給我？機能上衣？環保食物袋？還是語言課程？男子露齒一笑，我不是把你當一個問卷，我有別的想法。

郭立農還要追問，櫃檯女孩湊過來，指了指他們旁邊的椅子問，我可以坐在你們這裡嗎？你們在聊的話題好像很有趣。她定定看著男子，彷彿幾次的遞餐已令她看清這桌是誰的主場。男子慵懶地問，妳下班了？女孩嬌嗔，你入住的時候我們有提醒過了，櫃檯只到十一點，郭立農這才恍然驚覺，又兩個小時過去，他從沒想過自己和一位陌生人談得如此深刻，如此漫長。女孩的加入給他們的對話混入心理諮商般的氛圍，她表示自己是當地人，在距離四個小時車程的縣市讀大學，主修環境工程，畢業後投出的履歷全數石沉大海，她只得回到青年旅館工作。

女孩東張西望，右前方的男女一邊調情一邊喝著附近知名商家的奶茶，他們忙得不可開交，無心關注別桌的對話。女孩放心地壓低聲音，這家旅館是我阿姨跟姨丈合開的，但我一點也不想在這裡工作。我有聽到你們的對話，你好像是做人資的？可以給我一些建議嗎？男子答得很保守，人資算是我工作內容的一部分。女孩身體微向前傾，她的胸乳擠出溝線，問，你是做什麼的。男子輕笑，妳覺得我看起來像是做什麼的。女孩扶著椅子，左右輕擺，輕咬下唇，郭立農察覺女孩已站到自己過去幾個小時的立場：想說服男子，自己與眾不同。

男子對他們做了什麼？郭立農急欲看清，可惜事倍功半。

他絕少沾酒，幾瓶啤酒就讓他好像踩在雲朵上，空間的重力改變了，骨架也遺忘從前支撐身體的方式。女孩又猜了幾次，男子揭曉答案時，女孩燦笑，趴在桌子上，貌似耍賴地說，這樣算作弊，你那麼年輕，誰能猜到是老闆。郭立農來回看著女孩跟男子，不太確定自己是否錯漏了什麼訊息。女孩怎麼看起來如此快樂？

翌日，郭立農因宿醉，醒得極早，潦草沖了澡，七點十五分他回到大廳，想藉由大量的咖啡因沖走腦中淤積的腫塊。早班櫃檯手忙腳亂地擺放餐檯上的吐司跟果醬，轉過身，禮貌地表示抱歉，他睡晚了半小時，咖啡還需要十分鐘。郭立農拿著馬克杯，踩著笨重的腳步坐在幾個小時前他跟男子交談的位置。兩個女孩坐在那，旁邊各放著一只二十吋上下的行李箱，從她們飽含睡意的臉與捧著馬克杯的手勢，郭立農猜她們也在等咖啡煮好。

郭立農按了按腫脹的前額，試圖喚回破碎凌亂的記憶。

他是自己抓著把手回到三樓房間？還是男子攙著他回來？有互道晚安嗎？

櫃檯前來提醒咖啡已好，郭立農又坐了幾秒才起身。

經過男子的房間，木門陡然從外而內敞開，從那條醒目的芥末黃長裙，郭立農認出了是晚班櫃檯，女孩別過頭，兩人四目相交，她伸長脖子，吐了吐舌，拉上房門，捏住側肩包長鍊，踩著無聲的步伐穿過大廳，一溜煙消失得無影無蹤。

晚班櫃檯昨晚跟男子過夜嗎？

腦中下意識地跳出女孩一絲不掛、橫躺在旅館廉價床單上的模樣，郭立農甩了甩頭，沖了滿滿一大杯咖啡，一邊慢慢啜飲，一邊延續昨晚的困惑。

大自然中，動物們發展出體型、花紋、叫聲，甚至長遠的記事能力，來說服其他個體自己具有領導地位。男子是怎麼辦到的。以時下的審美標準而言，男子的五官稱不上多麼深刻立體，一百七十五公分，線條勻稱，但路上比他矯健的人也所在多有。郭立農回溯至女孩坐下時呢喃的那一句話，你們在聊的話題好像很有趣。

所以是談吐嗎？

郭立農在旅館附近幾個景點稍微消磨了時間，回到旅社時，男子坐在昨夜的位置上，嘴裡咬著吐司，手指在手機螢幕上飛快地敲打。郭立農眼中飛掠數個鐘頭以前，女孩躡手躡腳的背影，耳根猛地一熱。男子見到他，拿紙巾揩掉指腹上的果醬，他示意郭立農坐在他對面，利索的姿態彷彿兩人早已約好要在此時此地相見。郭立農內心無端湧出感謝，他不敢承認，自己其實害怕男子會對他視而不見。

男子表明自己跟衝浪教練約了時間，半小時內得從旅館出發，他得長話短說。郭立農尷尬問，昨晚我給你們造成困擾了嗎？男子沒有料及郭立農的反應，眉頭一挑，啞然失笑，抓來皮夾，抽出一張名片說，昨天你問我想賣什麼給你，你猜反了，我想說，你要不要來我們公司看看？男子指頭在卡片上敲了兩下，推向郭立農。

你環島結束，考慮一下，有興趣的話打這支電話。

◈

思緒回到眼前，郭立農看著坐在最前方、西裝筆挺的男子，暗忖，跟莫里斯並肩作戰的日子，彷彿流逝得特別快？在青年旅館，從莫里斯手上接過蘆薈凝膠，以為不過兩、三年前的事，掐指一算，竟有五、六年之譜。近兩千多天，以新創公司而言是無比漫長的歲月，足夠倒閉兩次，甚至三次。公司卻穩定地擴大規模，郭立農也從基層爬升到資深主管，記不住員工名字的場景越來越常發生。這期間，唯一稱得上危機的，大抵是郭立農進入公司第三年，跟莫里斯共同創業的友人，帶著部分客戶跟資深工程師暗中另起爐灶。事後，他們回來請求莫里斯收留，莫里斯沒有答應。

郭立農以為，青年旅館那一夜，對未來的迷惘導致了心理的脆弱，讓他無形中放大了莫里斯言語的份量。直到他跟著莫里斯工作，才真切地感受到，有些人確實有洞見人心的能力。劉老師讀了他跟女同學的算式，因而對兩位學生的抽象化、邏輯推演、觀察物體運動等諸多能力，有了一定程度的心領神會。

莫里斯則不然。

他看見一個人，是看見他的本質，也就是全部。算式也不必給。

莫里斯對這樣的說法倒是嗤之以鼻。

一日，郭立農帶了一支店員推薦、價格樸實，行家也不會感到掃興的威士忌抵達莫里斯住處，到了現場，他才意會到當晚只有自己受邀。

莫里斯說，這是為了慶祝他成為獨當一面的專案負責人。

他草草幾句帶過公司業務近況，之後，兩人不約而同地陷入沉默，彷彿重演了青年旅館的初次相遇，郭立農感受到自己背負著解釋什麼的義務。他說起進入公司的這幾年，個人心境如何發生變化，以及無可避免地，他的感情面臨另一次觸礁。

環島旅行結束，艾蜜莉不願再見面，兩個星期以後，郭立農才從共同友人那輾轉收到艾蜜莉的訊息，感情有時候好難懂，很抱歉，我愛上別人了。

郭立農木然地收下了這訊息，他能諒解艾蜜莉，自己也有過突然就再也不喜歡某一個對象的經驗。相對於失望、憤怒，背叛，縈繞在他心底的具體感受更多是困惑，至於困惑著什麼，他並不能把握。三個月後，郭立農在一個應酬場合認識了實習生小波，小波比他年輕三歲。

郭立農時常在小波身上看見自己過去的倒影，對於職場發生的一切又是畏懼，又是期待，郭立農很篤定這一次絕不搞砸，卻在兩人交往一週年紀念的前夕，他接到小波的訊息，隔天有個很重要的會議，她希望郭立農打電話取消訂位。郭立農沒有過問會議的細節，他也從小波臉上，看見了艾蜜莉的倒影。

莫里斯專注地聽著，瓶中酒液下降速度緩慢，郭立農口乾舌燥，他頻頻起身移動到廚房倒水喝，莫里斯索性要他把玻璃冷水壺拿到客廳。

或許是酒精讓他失去控制，也或許是其他理由，郭立農告解當年他撞見滿臉雀斑的女孩貓一般地從莫里斯的房間走出。熱氣繞行，驅散了頻頻上滲的寒意，郭立農笑著說，莫里斯，你是怎麼做到的？我懷疑你會讀心術。我，那個櫃檯小妹，再怎麼刁難、麻煩的客戶，跟你說上一段話，就忍不住照你的建議去做。

莫里斯輕輕放下酒杯，調整了一個舒適的姿勢，不疾不徐地說，小農，你把這一切給浪漫化了。我做的事很簡單，任何人掌握訣竅也可以辦到。

郭立農有些清醒了。問，假設這些訣竅有個先後次序，第一件事會是什麼呢？

聞言，莫里斯的目光自郭立農漲紅的臉移動至他的身後，郭立農跟隨著他的視線，一隻顏色奇異的鳥停在陽台欄杆，在那萬籟俱寂的幾分之一秒，空氣流轉著詭譎的氛圍，莫里斯端著酒杯，站起身，推開鋁門走進陽台。怪鳥撲翅飛離，郭立農連忙跟上，站在莫里斯身側。莫里斯露出微笑說，小農，第一件事，也幾乎是最後一件事。你交出自己的耳朵，沒多久，對方就會任你予取予求。我記得你說過，你很喜歡看動物頻道，那你知不知道，人是少數會主動暴露自己行跡的動物。郭立農安靜半晌，推敲著這句話的意思，人類是地表上最頂級的掠食者，何必恐懼？下一秒，他打了個冷顫，莫里斯的言下之意是，人類也能被視為獵物。他屏息問，第一次見面，你對我、還有那個櫃檯女生，也是這樣做吧？莫里斯點了點頭，沉吟不語，未久才又開口，說我做了什麼並不精確，不如這樣說吧，以你的立場來說，我確實是有做了什麼，但以我來說，只是很日常的反應，就像你渴了所以去倒一杯水來喝那樣。對吧。但我也可以理解你的想法，現在，我來告訴你怎麼找水喝。

二十七歲那年我跟兩位朋友創立了公司，在這之前，我在傢俱公司工作，我猜你調查過了吧。不要緊張，我沒有不高興。這也是我把你找進公司的原因。在青年旅館，你沒有停止評估我。你看我的眼神，你問我的問題，太多線索了。我的工作，每一天都在看人，我若看不出坐在對面的人怎麼想我，這一切很快就會被收回去。莫里斯指著眼前的景色，郭立農垂眼望盡底下燈火，莫里斯日前在T市精華地段購入價值八千萬的房子。他不自覺吸了一口涼氣，腦袋清醒了大半。

莫里斯說了下去。

我對行銷、社群、資源整合這些，或許有那麼一點專業，但我認為有一件事更有意思，小農，你跟著我工作那麼多年，有沒有發現一旦你跟你的客戶聊了起來，或者說你讓他說個十分鐘、二十分鐘，你觀察他的表情，他是不是會越說越不好意思，好像有哪裡不對勁，但他也說不上來為什麼？接著，你仔細看他對你的態度。他會突然間變得比原本還要客氣。郭立農撐著腫脹的額頭，努力回憶跟客戶打交道的細節，他帶著豫色點了點頭，好像有這麼一回事。

見狀，莫里斯又是一笑，說，你發現了，但還不完全明白背後的道理，是吧？我繼續說下去，你會慢慢懂的。傢俱公司是我外公的產業，傳給我舅舅，我表哥是主要接班人。我研究所畢業就被叫回去幫忙，負責架網站、協助廣告拍攝跟搜尋優化，都是些不重要的瑣事。後來，我提議公司參與集資，第一次是化妝台，普普通通，目標金額兩百五十萬，最後募到三百多萬。

第二次就不同了，可調整式兒童課桌椅，目標五百萬，募到五千多萬，那次的成功讓公司有了明星商品，我也因此決定要創業，買賣傢俱太沒有挑戰性了，這些你不會不知道，我所有的專訪跟演講，都在重複上面的內容。不過，接下來的事，我從來沒跟別人說過，包括那兩個合夥人。所以，我只說這一次，吸收多少就看你自己的本事。我在傢俱公司時，好奇客人到底是什麼模樣，明明不是我的職務，我滿喜歡到門市帶客，陪他們一起挑選、討論。當然，我不會表明我的身分，否則這些苦心都沒有意義了。我的業績很好，不到兩年就追平了一位資深店長的單日最高紀錄，這不是我的本意，但還是很有成就感，你猜，為什麼？

郭立農說，是耳朵吧，你說的，交出自己的耳朵。

莫里斯拍了拍手，讚許地輕拍郭立農的肩膀，對，再次證明我的眼光沒錯，你是個可造之材。就是耳朵。跟一般的門市銷售相比，我沒有業績壓力，再來，我的目的本來就是從他們身上蒐集個人資訊，比起賣出商品，我更想問到他們的職業類別、年收入大概多少、待在家的時間長嗎、在客廳還是主臥室看電視，當然，問題也不能設定得太細，沒有人喜歡接受身家調查的感覺。

打個比方，我不會直接問是做什麼工作的，而是改成，平常是需要久坐的工作嗎，若是的話，我想推薦一款不會造成腰部負擔的椅子，如果客人很認同自己的工作，這時會直接說出他從事的職業，反之，就會針對問題來回答，類似的細節還有很多，三天三夜也說不完。我很快就歸納出幾個原則，客戶跟我閒談的時間越長，內容越豐富，他們就容易付錢結帳。我還有個「寵物照片」理論，客人是否有養寵物，養貓還養狗，是挑傢俱不可能跳過的一件事，若客戶給我看了他家寵物的照片，八成以上會成交。而且單子金額不會太低，為什麼呢？

是啊。為什麼？郭立農也很想知道。

為什麼這一秒莫里斯看起來這麼從容、這麼游刃有餘，像個萬眾矚目的魔術師。

小農，答案還是在耳朵。莫里斯指了指郭立農的耳垂。為什麼是耳朵？不是別的器官？人類的缺陷在於他們必須被理解，被認同，否則他們就會感覺到無以名狀的痛苦。即使對方是個銷售員，也繞不出這個基本設定。對方知道自己很多事，就會讓人感覺到自己也有責任為這個人做些什麼。很多行銷書籍也會提到這個原則，但你別被那些看似深奧的術語混淆了，把自己帶進去，答案一清二楚。我們也是消費者，走進一家店通常是出於理性，但在信用卡帳單上簽字，很多時候是基於一些感性的理由。

郭立農輕撫指頭關節，不急著回應，謹慎地將回憶裡被牽著走的不適，與莫里斯的說法做個對接，莫里斯識破了他的居心，鼓勵地說道，你也很聰明，如今懂了吧。但你想要的不單純是事業上的突破吧。聞聲，郭立農有些慌張地轉動身子，看著莫里斯，莫里斯舉起只剩下薄薄一層酒液的玻璃杯，仰頭喝得乾乾淨淨，雙手一攤，回到屋內，改喝他自己的麥卡倫三十年。郭立農摩挲發燙的臉頰，自己迂迴的企圖也被莫里斯逮著了。在莫里斯面前，他的軀體形同透明，心臟跳動的軌跡一目瞭然。

莫里斯解釋，兩次你都說到感情，壓在最後說，我猜這是你最在意又不敢坦白的事情。小農，對女生也差不多是這樣。要吸引女人，比推銷傢俱容易太多了。既然你說到那個櫃檯，就以她為例吧。她迷惘、無助、欠缺方向，我沒有批評的意思，多數人一輩子都是這樣。讀書時，所有的決定權都被父母跟學校緊緊抓著，可不可以穿黑色的運動鞋或把頭髮染成金色，都得看規矩。進入職場，突然間全世界都認為你應該獨立，為自己做主。這不是很荒謬嗎？大部分的人，畢業後一、兩年，也是最懷疑人生的階段。我面試見多了。所以，當那個櫃檯在我們旁邊坐下，也不管我們有沒有興趣，一廂情願說起她的狀況，我大致上就知道接下來會發生什麼事了。

郭立農喉頭肌肉緊縮，吞嚥口水變得益發困難，他撫著脖頸，語氣不安地問，那時你為什麼會選擇單人房呢。

莫里斯眼中跳動著奇異的火光，似是讚賞地打出彈舌音，小農，你反應很快啊。不過，你又想得太單純了。這麼說吧，我們的客群跟青年旅館的房客，年紀上、品味上都有不少重疊，我不也跟你搭話了？若是為了找床伴，何必與你攀談？找人過夜不是我的本意，但，有人送上門，我也沒有拒絕的道理。話都說到這了，我也不介意教你，之後該怎麼處理小波。

你回想一下我跟那個女生的互動，她一坐下，幾乎只看著我說話，偶爾才看你一眼，她本人或許都沒有意識到。是什麼導致她這樣做的呢？這是我們人的本能，包括你也會，有時客戶一次來了三四個，自稱彼此是水平關係，我們還是可以從一些小細節判斷誰才是主要的決策者。像是他們時常在等誰下結論，或是他們離開會議室的順序。

女人很擅長說謊，不要相信她們所說的，要追求一段平等的關係，以我的經驗，她們更喜歡把自己想像成脆弱無用，等待著誰來拯救的孤兒。我想了很多年，還是不明白為什麼。但，我更不明白的部分在後面。那個晚上，我回應那個女生，故意反覆拖延，表情也有些無動於衷。可惜你喝到趴在桌上，沒有看清楚，那個女生越來越緊張，我看起來有點冷漠，在她說完之後，卻又給予溫暖的建議。遇到這麼陰陽怪氣的人，正常人都會想遠離吧，按照她的條件，找到任她使喚的男生也不困難。

不過，就像我之前遇到的那些女人，我偶爾會覺得，女人的大腦好像有個奇妙的設定，你聽她們說話，一下潑冷水，一下又告訴她們，她們內心有一個真正的、更好的自己，她們必須去追求，給她們安慰，再貶低她們不夠認真，活得太膚淺，一次兩次，她們就會莫名地認為，你懂她們，你的意見很重要。一旦她們有了這樣的心情，要把她們拉上床就只是時間的問題。我相信無論男女都有這樣複雜的天性，簡單來說就是犯賤，比起討好自己，我們更在意貶低自己的人。但在女人身上，又有一些不同，她們會陷入某個自我催眠的情境裡，至於為什麼會這樣，我沒有研究的意願，我只要懂得怎麼利用那個情境就夠了。

郭立農問了莫里斯最後一個問題：那個女孩走進房間時，莫里斯，你快樂嗎？有多快樂？有之前給那位江郎才盡、脾氣暴烈的藝術家募到三千萬那麼快樂嗎？

莫里斯這回沒有回答。他轉著杯子說，差點忘了恭喜你升遷，這杯乾了就說晚安。接著他吞掉杯中僅剩的昂貴液體。兩天後，星期一，郭立農去上班，莫里斯看著郭立農，彷彿他跟其他員工並無二致。又過了一個月，郭立農獨挑大梁的案子收穫頗為驚人的成效，莫里斯把他叫進辦公室嘉許一番，言迄，他想起什麼似地問，跟小波沒事了吧，郭立農這才確信，那些對話不是憑空捏造的幻覺。

他鼓起精神，直勾勾看著莫里斯的臉，笑得人畜無害的眼睛與嘴唇，他要追上莫里斯，然後，超越莫里斯。郭立農不動聲色地回答，跟小波沒事了。

實情是，他早把小波甩了。

從莫里斯家走出，郭立農對著電梯鏡子臨摹莫里斯的技巧，到了中途，他意識到艾蜜莉跟小波對他也是這麼做的。小波今天說喜歡他，明天又說兩人沒有想像中投契。

他以前是那個坐立難安，頻頻調整姿勢的人。

也就是獵物。

規則必須重新改寫。穿過碧麗堂皇、挑高十一米門廳，郭立農轉身看著莫里斯擁有的一切，發誓不再輕易任人宰割。他沒有安撫小波，甚至封鎖了她。幾天後，小波出現在郭立農住處門口，淚如雨下地說不能失去他，郭立農摟住小波，親吻她，把她帶上樓，跟她做愛。完事以後，幫她放了浴缸的熱水，扶著小波坐下。他走進廚房，拿出小波送給他的生日禮物，一只有使用痕跡的鑄鐵鍋，煮了兩杯鮮奶茶，小波圍著浴巾，滿臉受寵若驚地喝下。

隔天，他在會議中途，打開通訊軟體傳訊息給小波，我們分手吧。十點多他跟客戶在居酒屋門口道別，面紅耳赤地走回家，小波坐在社區階梯等他，摸著膝蓋的雙手打顫，眼淚滴答敲在瓷磚上。郭立農看著小波，小波又對他死心塌地了。換做是從前的他，想必要因為這挽回而如釋重負，如今他只覺得自己被篤實的空虛包夾著，他跟小波宛如頻道裡那些被攝影機狙擊的動物們，看似天真的感情背後都存在著生物性的邏輯，他也懂了莫里斯為什麼沒有回答他最後一個問題。

居高臨下看著小波卑微地乞討他的愛，想到自己曾經為了這個女人的態度備受困擾，郭立農有如當頭棒喝，莫里斯給他開啟了一扇大門，門後的世界美不勝收。

小波是第一站，夕梨是第七站。

中間還有五個食之無味的女生。每經手一個，郭立農就加倍深信，人類始終沒有自遠祖頂著豔陽苦苦等候獵物的記憶走遠。看著目標一步步踩入自己佈置的陷阱，明白到自己竟然如此設身處地，以至於能夠輕易控制，甚至享用對方的恐懼。

沒有什麼比這更令人滿足，何況這分勝利還有個低調的別稱：安全。

人類所有的癮無非為了這個。安全。

有人在肩頭點了兩下，郭立農視線模糊，他閉緊又睜開。新進同事以氣音詢問，立農哥是不是睡著了？待會換你說話了。郭立農捏了捏臉，抓來紙杯，把殘餘的咖啡一飲而盡。

他在夕梨身上耽誤太多時間了。

數日前，達西問道，計畫會完成嗎？他反問達西，為什麼會懷疑這件事。達西想了片刻，以從容的口吻說道，這一次目標好像拉得太高了。

郭立農向達西保證，計畫將順利完成，即使他們沒有算到，這個女孩的朋友如此忠心耿耿，也沒有算到夕梨私自去見了東泉一面。他依然有信心，夕梨會信守承諾，執行任務。

手機螢幕一亮，郭立農面不改色地翻起。

夕梨傳來自己住處的照片。

「我跟陽陽約好時間了。」

「很好，等妳的結果。記住，對自己誠實，也對我誠實，好嗎？」

◈

掙扎良久，陳信瀚還是拖著腳步走到客廳。

姚秋香縮在沙發上，握著發皺的衛生紙，用力到面無血色。見到陳信瀚，她以手背抹掉再次湧出的淚液，啞著嗓子說，「你今天很早起。」

「又吵架了嗎？」

「對，你都聽到了？」

「一些些，沒有很清楚。」

「我跟你爸說，他讓我誤會了你跟青彥。我失眠了一個晚上，覺得很慚愧，沒有證據，這樣隨便懷疑人。你爸聽了以後，又罵了我一頓。」

「爸昨天睡哪？叔叔家？」

姚秋香搖了搖頭，「公司，他最近在辦公室放了一張躺椅。」

陳信瀚一愣，不知怎麼認定這個消息。

「小瀚，回答我一個問題。好嗎？」

看著姚秋香絕望的神情，陳信瀚已能猜出她要問什麼。

「你為什麼不想要出去工作？拜託你實話實說，給我們一個痛快。」

「媽，妳在說什麼？」

「我是真的走投無路了。老師有用嗎？課程有用嗎？你爸成天只會問我，我可以問誰？要說對你沒有怨言，絕對是假的。我一樣不想回家，寧願騎車在外面晃，有一次騎到一座橋上，我停好車，走到欄杆邊往下看。想說，要不要乾脆跳下去？再也沒煩惱了。我本來是很喜歡待在家裡的，可你變成這樣，我怎麼待？」

「我待在房間裡，沒有出去，這樣子還不夠嗎？」

陳信瀚激動地為自己辯解，彷彿不這麼做，他就得背負把母親逼上絕路的罪名。

「你以為我們真的可以假裝什麼事都沒有發生，你把我們當成什麼？」姚秋香嘶吼道，「從你沒有去申請研究所，跑去當什麼作業員，我就時常在想一個問題，從什麼時候開始，我們變得這麼陌生？你真的是我熟悉的那個兒子嗎？」

「沒有按照妳跟爸的期待去國外讀書，就成了陌生人？」

「你本來不是這樣子，還記得嗎？小時候你對自己多嚴格，我跟爸爸沒怎麼逼你。考試時間一到，我們一句話都不用說，你就自動自發安排時間讀書。考不到前三名還會生悶氣，我怕你得失心太重，還得安慰你，要你放輕鬆。我沒有擔心過你，你那麼完美主義，做什麼都會成功。可是，現在呢，怎麼是這樣？我好不容易說服你爸，給你時間，讓你想清楚自己要的是什麼，你卻連作業員也辭掉，整天縮在房間打電動。」

「我沒有整天縮在房間打電動。如果你們在意的是錢，我的經濟也慢慢獨立了，我可以給妳看我的存款，數字是有在增加的。」

「重點不只是錢，還有觀感的問題。」

「哪來的觀感？」

「不然你給我一個頭銜啊。別人問起，我可以說的那種。」

「為什麼一定要有頭銜？」

「每個人都有一個頭銜，我也是。出了社會，誰不是用你的頭銜來看你這個人。不然你想看看，我們介紹一個人，不是都用他的工作？隔壁的陳先生，工程師。他太太呢，吳老師。住我們對面的，王醫師，他太太呢，跟我一樣，家庭主婦。你覺得沒有頭銜無所謂，那是因為你根本就沒有出社會，你選擇躲在家裡！」

姚秋香環抱手臂，指尖深掐入肉，表情陡然陷入呆滯。她失神地低語，「你爸跟我說，再這樣下去，他不能跟我保證退休以後他想要回到這裡。」

「不回到這，那他要去哪？」

「他要把另一間出租的房子收回來，搬進去。」

「那妳怎麼辦？」

另一個問題陳信瀚壓在心底，不敢問出口：那我怎麼辦。

姚秋香搖了搖頭，發出涼涼的笑聲，「你問我，我問誰？搬過去好，還是留下來好，不，都不對，我應該也去找一間房子自己住，這樣大家各過各的，不是很好嗎？」

「不要說這種傻話。」

姚秋香停止笑聲，「那就告訴我為什麼你會變成這樣。」

彷彿有團毛線球橫堵在咽喉，嚥不下去也吐不出來，答案是什麼？

陳信瀚自問，假使真相是越滾越大的雪球，內核是那雙帶來噩耗的眼，構成雪球龐大體積的具體內容是什麼？弄得他徹底癱瘓的理由，是否也包括他早已厭煩，從小到大沒完沒了的競爭和比較？

也許這項異能並非處罰，而是應許。

冥冥之中有位不可見的神，洞見了他內心的深淵，試圖給他寬慰。

「我現在不想回答這個問題。」

「不行——小瀚，你不可以再逃避了，我這幾年來都聽老師說的，要陪孩子找回他們的信心，但，我的信心呢？」姚秋香以指背抹去猝然滑落的眼淚，「不是媽媽不愛你，只是我越來越擔心，這樣縱容你，是不是跟害你沒兩樣。」

看著姚秋香淚流滿面，陳信瀚也很迷惘，他沒有要傷害母親的意思，但此時此刻母親看起來就像是因他的選擇而承受了千刀萬剮。

為什麼會這樣？為什麼伯仁會因他而死？

來電鈴聲介入了兩人之間的沉默。陳信瀚瞄了一眼，是王振翔。

姚秋香閉了閉眼，手勢示意陳信瀚接起。

要說自己沒鬆了一口氣是騙人的。陳信瀚回到房間，按下接聽，尚未說出完整的問候，王振翔毛毛躁躁地打斷了他。

「你在電腦旁邊嗎？我找到一些很不對勁的東西，傳給你，你馬上看。」

◆

王振翔扔來的連結，讓陳信瀚久久失語。

一系列有男有女的照片，從外表判斷，介於十歲至二十歲之間。他們從事著陳信瀚難以理解的舉止，像是以穢物沾抹自己半邊臉頰，或是全身脫個精光，只戴著一頂安全帽，也有幾張是少女拿著美工刀在鎖骨或乳房刮出好幾道血痕。零星兩、三張是少年，其他都是少女。有些照片附帶意圖不明的小字，以安全帽女孩的照片來說，標註是「我是只吃聽話長大的動物」，陳信瀚來回比對這句話跟照片，仍然疑竇叢生。最後一張照片把陳信瀚逼出渾身冷汗，這才領悟王振翔為什麼要傳來這些照片。

是夕梨。

她雙眼閉著，斜躺沙發上，鏡頭從下往上拍，襯托她那雙腳更加明媚修長。夕梨的照片旁也有一行字，「不負期望的好女孩。次級品快讓路❤」。

陳信瀚回撥：「你哪來這些照片？」

「不要激動。聽我說，我們得快點找到瑞安，她遇到我們無法想像的麻煩了。你那邊有進度了嗎？之前懷疑的那個對象到底是何方神聖？我怕就要來不及了。」

「來不及？什麼意思？」

「情況很複雜，電話裡不好說，得趕快聯絡上瑞安。我打電話給她，她沒接，打給陽陽，也沒接，這些小女生平常死握著手機不放，怎麼現在要她們接個電話這麼難。反正，先不管瑞安這幾天跑哪裡去了，我們得趕緊找到她。」

「等一下，你不能這樣沒頭沒尾丟來一大堆聽起來很恐怖的訊息。」

「重點只有一個，瑞安有危險，她真的被盯上了。」

「被誰盯上？你還沒說那些照片哪來的，那些句子又是什麼意思？」

「陽陽回電了，我先接，你也想辦法去聯絡瑞安吧。」王振翔掛上電話。

陳信瀚接連撥出三、四通電話，夕梨沒有接起。

他登入《世界樹》，在公會的集合地找著了夕梨。

陳信瀚試著以密頻聯絡夕梨，系統卻顯示訊息送不出去，自己已被對方列入封鎖名單，他改上語音群組，不意外，夕梨這回封鎖得很徹底。

陳信瀚操縱著自己的角色在夕梨周圍打轉。

夕梨那端沒有反應，不知是有心忽略，還是人壓根不在電腦前。陳信瀚又忍著反胃，從頭刷起王振翔傳來的那些照片，再看一次，腦中依然迷霧重重。

王振翔又打來了電話，「瑞安回家了，陽陽跟她碰了面。」

聞言，陳信瀚胸口一輕，「瑞安沒事吧？」

「聽陽陽說是沒有。」

「陽陽看過那些照片了嗎？」

「沒有，我不想讓她接觸這些東西。」

「現在有時間跟我解釋了吧。」

「不，我要趕過去瑞安的住處，看能不能把瑞安帶回我姊姊家。」

「為什麼？」

「一部分是那些照片，另一部分是，聽陽陽說，瑞安突然對她發了一頓脾氣，還把她趕走了，我越想越覺得事有蹊蹺，好像有什麼事要發生了。」

「把瑞安的住址給我，我也要去，」陳信瀚著急地大吼，「都什麼時候了，你再繼續提防我，小心到最後夕梨真的救不回來。」

「好吧，我跟你約在上次那間漢堡店，我們一起過去。」

陳信瀚從衣櫃抓了連帽上衣跟長褲，迅速換上。

他回到客廳，姚秋香橫倒沙發，雙眼緊閉，一隻手貼著額頭，像是發燒的病人。

姚秋香聽到陳信瀚的腳步聲，半睜開眼，幽幽地問，「你又要出門？」

陳信瀚被這問題難倒了，是的，他又要出門。那道陪了他兩千多天的聲音在耳邊響起，陳信瀚，別去了。在遊戲得意久了，你真以為自己是個英雄？

陳信瀚狠狠打了自己一個耳光，想驅散那些迷障。

「你怎麼這樣……」姚秋香錯愕地坐起身，「我沒有要你這樣做。」

陳信瀚小跑步到玄關，蹬上鞋子，「媽，等我回來，我什麼都會告訴妳的。」

踏入電梯，來到社區大門。

兩位管理員遠遠看到他，互換了一個眼神，待陳信瀚走近，又換上恰如其分的微笑，陳信瀚因此確認了那個眼神確實是針對自己。走到大門時，他聽見背後窸窣的交談聲，不須細想，也能猜出他們八成在訕笑著什麼，也許這樣的耳語沒有一瞬停止，差別在於，以前他關在房間裡，自然得以置身事外。

陳信瀚記得初上大學那兩年，姚秋香嚷嚷著她也要好好規劃自己的樂齡生活。她跟著社區幾位婦女一起報名插花、烹飪、跳舞，甚至是品酒課程。一回陳信瀚返家，發現家中擠滿了母親的友人，她們慎重地鋪上絲滑的桌布，一本正經地把老師教授的餐桌禮儀演練了一輪。陳信瀚看著她們喝酒前，彼此提醒得拿餐巾紙按一下嘴唇，不由得莞爾一笑。姚秋香瞪他一眼，說待會要檢查他拍了多少好看的照片。

那些女人最喜歡測試他，喏，資優生，還記得我是哪一個阿姨嗎？陳信瀚能夠在大一微積分拿下全班次高分，卻做不到把這些阿姨跟她們的稱謂配對在一起。時常許阿姨說成劉阿姨，劉阿姨又說成王小姐。

為什麼他再也沒看到那些阿姨來家中走動？是姚秋香疏了聯繫，還是那些人在籌劃行程時默默地排除了母親？

兩位管理員的視線仍在自己的身側徘徊，陳信瀚刻意回頭，捕捉到他們心虛撇過臉的動作。他煩躁地拿起手機，正要叫車時，一台賓士休旅車徐徐駛來，停靠在他的面前。車門敞開，走出一名穿著貼身西裝的男子，男子肩頭魁梧，狹長的雙眼動也不動地注視著陳信瀚，陳信瀚往側邊移了兩步，背對男子，本能地想躲開那灼熱的視線。

「是陳信瀚先生嗎？」男子問道。

陳信瀚回頭望，為什麼這個人知道他的名字？

「請問，是陳信瀚先生嗎？」男子又問了一次。

男子就像美劇裡那些斯文有禮的老管家，沉穩地等著陳信瀚的回應。

也許他跟這個男子曾在哪裡見過，只是他漏忘了？

陳信瀚猶在遲疑不決，男子猛地伸手鉗住他的肩頭，力道大到讓陳信瀚一口氣眼冒金星，他懷疑若男子願意，要扭斷他的右臂不是難事。陳信瀚瞪大雙眼，正要開口，男子以食指抵唇，示意他安靜。男子的低語在陳信瀚耳邊響起，陳先生，我老闆有一些事情想問你，你乖乖配合，不會耽擱太久的時間，但你不配合的話，你可能會讓自己陷入很難看的局面。所以，我建議你還是保持安靜，跟我上車。

第六章
2u4ux.45;

第七章
2u4fu 5;

第八章
2u418 5;

第十章
2u4g65;

第九章
2u4ur.35

u4g6

LOGIN.........

◈

達西是擘劃一切的「校友」。

在「學校」裡，每個人按照貢獻度有不同的職稱。最低階的是旁聽生，再來是學生，一路排列到正教授，集體統稱為「校友」。點數累積達標以後，向「學務處」提出申請，會有專員審核個人晉階的資格。審核一旦通過，顯示的頭銜一天之內將隨之變更。「校規」上載明了各個階級的權利與義務，嚴格井然，沒有通融的餘地。對多數校友而言，影響最鉅的規範有二。一，「研究生」以上的階級，才能將累積點數兌換成M幣。二，「講師」以上的階級，享有不限時間、開關「教室」的權限。學務處固定在早上九點公布當日點數跟M幣之間的匯率。有些校友會記得M幣以前，B幣才是學校的流通貨幣，約莫一年前，學校因應大勢所趨，全數替換成隱私保障相對周全的M幣。

郭立農對校規仍停留在一知半解的階段，對此，他有一個好聽的解釋，這是他跟達西的分工使然，他專職找尋對象，達西則負責經手關乎學校的大小細項，包括設計「教材」。這也是校友之間的行話，好的「教材」會讓其他校友願意用高價買下。若找不到自己適合的教材，也能主動徵求老師。教材種類五花八門，但不脫性跟暴力，就像英文跟數學，往往能吸引最多學生。達西說，進入學校的第一個禮拜，每個教材都前所未見，讓人眼界大開，但若待上一段時間，就會漸趨麻痺，進而探求更高的層次。例如：人折磨他人的意志，可以深邃到什麼程度。

達西是郭立農的高中同學。

校園新建的圖書館，取了達西祖父與父親名字中各一個字來命名。

高一暑期輔導，八卦在新生之間以驚人的效率傳遞著。

聽說我們這一屆有創辦人的孫子。

成績跟人緣都不上不下的郭立農，當然擠不到消息鏈前端，等到八卦千里迢迢走到他耳邊，幾位領頭人物已把目標鎖定在資優班王同學。郭立農專心地聽著不曉得經過多少人加工的推理過程。創辦人的孫子必有後門，可以直送師資最優秀的資優班。再來，資優班的男生跟創辦人同樣姓王的有三位，三人異口同聲，嚴詞否認，倒是其中一位王同學無意間說出父親在大學工作，符合創辦人數年前受訪時的陳述，兒子鍾情學術，在一所大學任教，課餘就潛心研究。縱然那位王同學反覆聲明，甚至發誓，他絕對跟創辦人沒有關係，人們也暗自認定他有。訪談也說了，創辦人作風謙虛，很忌諱子孫把家族的財富拿到檯面上說。

真相是，創辦人的孫子自始至終藏在暗處，笑看這些饒富創意的謠言。

一回，郭立農跟達西被老師編為同組，介紹《科學怪人》一書，郭立農難掩失落，他希望跟排名頂尖的同學一組，藉由這次合作交流讀書訣竅。但他重振精神，安慰自己，達西的排名雖落在他之後，但達西的英文特別好。郭立農在心底把達西這個人想了一遍。達西沒什麼朋友，但從他臉上終年冰冷的神情，沒有人認為他缺乏友誼。達西在課堂上很低調，下課就安靜做自己的事，多數是趴著悶睡，很少見到他與誰交談。

達西的存在是半透明的，不會有人惦念，也不會有人拿他來開刀。

前幾次討論，郭立農推動著對話，直覺告訴他，若他不多做一點，期限一到，他跟達西也許一事無成。郭立農找齊瑪麗·雪萊的生平、創作背景與賞析等等，問達西，他先寫中文，達西翻成英文如何。達西沒有反對。放學時，郭立農交給達西一張寫滿正反面的中文稿，翌日早自習，達西送回三面單面的英文。郭立農一個字、一個字讀過，本來是要揪錯的，沒料準達西做得太好了，不僅是翻譯，他還調整了部分段落的順序，把一些語焉不詳的原句表達得更加清楚。郭立農很受打擊，他預測自己恐被達西拖累，情形卻顯示許多層面他不如達西。

書面完工，要練習三分鐘上台報告，郭立農讀完一段，達西沒吭聲，換他唸，郭立農歪著頭，感覺有什麼搔著他的耳朵；聽到第三次，他起了一個懷疑，他問達西，你是不是故意唸得不標準？接著，他看見達西那彷彿缺乏起伏的五官，組合出一個微笑，一抹亮晶晶的賊光溜過達西的眼睛。達西反問，有那麼明顯嗎？達西又重讀了一次，這次郭立農聽出更多端倪，他又問，你是不是在國外待過，你的英文就像聽力測驗一樣標準。五分鐘後，達西拋出一顆震撼彈，並且很享受郭立農臉上白一塊，紅一塊的臉色。

他，才是創辦人的孫子。小五到國中在加拿大讀書，十五歲又被送返臺灣。郭立農以同學們的揣測質疑達西，為什麼他沒有就讀資優班，而是跑來次一級的國立大學保證班呢？達西淡漠地聳肩，按照原定計畫，他會在加拿大念完高中，大學則參考父親跟姑姑的求學經驗，申請美國與英國的大學。但，發生了一件事——達西在此打住，眼神細細描過郭立農的五官，郭立農被盯得背脊滲汗，達西笑了，慢條斯理地說下去。

他的父親幾年前跟年紀差了整整十二歲的實驗室助理生下雙胞胎兒子，如今孩子要上小學了，助理堅持孩子必須認祖歸宗，整樁婚外情正式曝光。最令達西母親心冷的是，達西的祖父母、叔叔跟兩位姑姑，哪怕服務了十幾年的司機，都早已見過這對雙胞胎，只有她跟自己的兒女被封鎖在消息之外。她下令達西得回臺灣讀高中，不能讓雙胞胎佔據祖父母太多的關愛。

達西漫不經心地回到臺灣，婉拒姑姑說要保送資優班的提議，他事先把同學們的感受推演了一遍。事後同學們的耳語，也證明了他的顧慮並非多餘。

聞言，郭立農膽小地打了個哆嗦，達西向他陳列了一個充滿稀有元素的異世界。須臾之間，他想不到得從哪一扇門進去，也許門並不存在，他只有一扇小小的窗戶。

郭立農的身世無聊得像是免費試用軟體的模式，父親是老師，母親在建設公司當會計，收入足夠把獨生子送去讀私立學校，但同時也碰到天花板。郭立農不曾自父母口中聽到要把他送出國的規劃。他也不認為外遇這種戲劇化的情節，他父母負擔得起。這句話，並非意指他的父母深深相愛，而是若以旁觀第三人的立場看待他的雙親，從外表、財力、談吐、品味到一些細看會有些倒胃口的生活習慣，郭立農想像不到，一個外人要從哪擠出慾望？就像他父母擠不出讓他留學的錢。

他只能盯著達西，像魚一樣，嘴巴時張時闔。達西也看出了他的不知所措，緩和語氣安撫他，別擔心，這不會干擾到兩人的交情，只是祕密藏久了，他也需要在教室找個樹洞，就像是體育老師教他們，如何保持旋轉但不昏頭？旋轉時盯著一個對象就是了。郭立農就是達西三年的高中歲月裡，可以看著，好免於頭昏腦脹的對象。

聞言，一句話乾硬地卡在郭立農的喉嚨裡，他想問，但問不出口：班上四十六個學生，你獨獨把這件事告訴了我，是否表示我很重要？

達西瞅著郭立農，未久，他說，既然這樣，上台報告你負責吧，你掩護我。

拍攝畢業照當天，達西的身分照樣沒有被任何同學識穿。依身高排列，達西站最後一排，左邊數來第二個，郭立農站在校長後方，他的手距離校長肩頭不到十公分。笑意在郭立農的腹中凝結、翻滾，他想到達西訴說的一則軼事，校長到達西家餐敘，一度喝得太醉，失手摘下頭頂的髮片，坦露出河童般光裸的頭頂。

典禮上，郭立農的父母不顧兒子指揮，執意要離開家長等候區，擠到畢業生之中拍一張全家合照，郭立農的目光不由得在達西與父母之間騰跳。

儼然兩個世界。

他看過達西的全家福。

那是很古老的專訪了，時代久遠到同學們無法找出蛛絲馬跡，達西還很小，五官跟如今的長相有一些落差。他的父親身材高大，結實的手臂一手抱著達西，另一手箝著妻子的細腰。目光來到達西的母親，至少有三件事引發了郭立農的自卑，一、她漂亮得像是電視明星，二、她身材也纖細得像是電視明星，三、她脖子上的珍珠項鍊應該是真的。

達西那位「把所有人氣得半死」的姊姊也在相片裡，她遺傳了母親的五官跟身材，眼神憂愁，像是對眼前所有的安排都不樂意。這張照片讓郭立農更具體地明白到自己一輩子都不能走進達西的世界，這不是他跟達西的問題，而是他的父母跟達西的父母的問題。因此，他不想讓達西看仔細父親身上過時的西裝，以及母親眼皮上詭異的淡綠色眼影。才這樣想著，母親就自作主張地找達西攀談，問他家裡怎麼沒有半個人出席，郭立農來不及阻止，只能偷覷達西神情，達西神色自若地答覆祖父兩天前被送進醫院病房，父母留在病房照顧祖父。

郭立農的母親慎重地點了點頭，祝福達西祖父早日康復，她並且感謝達西平常給了兒子不少照顧。達西維持得體的笑容，適時點頭，回應郭立農母親的提問。最後，達西被問道，是否願意跟他們一起合照？他自動地站到郭立農身側，讓另一位同學給四人拍了張合照。待父母移去跟導師搭話，郭立農趕緊跟達西釋出歉意，他很抱歉父母給他添了這麼多麻煩。達西罕見地伸手拍了拍他的肩頭，說，沒事的，你的父母是好人。這句話讓郭立農杵在原地良久。

在達西的世界裡，好人兩個字是褒義詞嗎？這個問題，他放在心裡好多年。

典禮結束，郭立農再也沒見過達西。

高三那年，達西家又鬧了兩件事，一是關於那對雙胞胎，他們進入王家大門，功成身退的生母再嫁。達西未婚的姑姑手把手盯著兩個孩子的課業，雙胞胎以第一、二名的成績考進國中部資優班，這是當年達西跟姊姊滑鐵盧的所在地。他們姊弟倆老是跟不上臺灣教育，達西的姊姊出現拒學傾向，課堂上只顧昏睡，還曾動手揮打嘗試搖醒她的老師。達西的父親怕招人非議，索性把一對兒女送往加拿大。

易言之，雙胞胎做到了達西姐弟做不到的。還做得挺好。

達西的父親頻頻藉故滯留在老家過夜，明面說法是達西祖父癌症復發，他要把握時間盡孝，但誰都看得出他對雙胞胎的深情，他們似乎遺傳了他的數理天賦。

達西的母親打了張機票飛往加拿大探望女兒，跟女兒訴苦，卻意外目睹女兒坐在馬桶上老練地施打海洛因，她使盡所有人脈把瘋喊的女兒推上飛機，拎回臺灣。

家族會議上，姑姑負責主持，達西父母各據一方，姊姊坐中間。達西的祖父礙於癌細胞大肆擴散，沒能列席，否則他也要親眼看一看曾被他捧在掌心的長孫女，把自己活成什麼德性。達西被勒令待在房間裡，但會議中途達西姊姊高聲喊叫起來，每一個字都成功鑽入達西貼在牆壁上的耳朵。

姊姊國中就目睹了父親跟助理，各自牽著一個孩子走在路上。為了證實她的猜想，她請家教姊姊陪同，找上徵信社。一個禮拜後，兩個未經人事的女孩坐在咖啡廳，看著散開的照片，故作鎮定地聽著報告，達西的姊姊冷落冰霜地從皮夾抽出一疊大鈔遞給對方。此後她的心就壞了。課本上的字歪七扭八，她一個字也讀不懂，成績一落千丈。她比誰都渴望雙胞胎的存在早日被揭發，沒想到助理非常有耐心，又讓她多熬了幾年。

最末，所有人都聽見達西姊姊的控訴，她非常厭惡生在這個道德敗壞的家庭。話語一落，達西聽到一個清脆的巴掌聲，是誰打了姊姊，達西沒有主意。沉默良久，他聽見姑姑說，討論到這裡，我們會給妳找一家醫院好好治療，手機沒收，妳也別聯絡朋友。妳的事千萬不能上新聞，懂嗎。姊姊被送到了醫院，達西的母親在兩家醫院穿梭，上午陪女兒聊天，下午去給公公送雞湯，後者她去得更勤，一日沒看到遺囑，她一日不能高枕無憂。

達西說完，筆芯沙沙地在紙頁上一行一行滑動，除了名字和一些基礎的詞彙，達西對於多數的中文字，停留在「認得以上，書寫以下」的階段。達西祖父的醫療團隊水準一流，一次次地把這位權勢滔天的老人自生命幽谷贖回。達西得留在臺灣讀大學，直到祖父嚥下最後一口氣，母親說，姊姊算是「報廢」了，她只能指望達西。達西的祖父跟父親都是讀書時沒有吃過苦的人，雙胞胎肯定讓祖父聯想到自己與長子的小時候。綜合以上分析，達西非上一流大學不可。達西的母親給他部署了一組全天候的家教團隊，一字排開全是補習班王牌教師，她跟學校報了長假，達西被拴在家裡，按表操課，三個月的家教學費，可以讓郭立農再讀兩次高中。達西偶爾會來學校，以免請假時數太長，拿不到畢業證書。也是在那時，他跟郭立農道出家中的核爆。

日後回首，郭立農會說，達西把他樹洞的功能使用得淋漓盡致。

郭立農有時英文考卷寫不好，就會禁不住看一眼達西空蕩蕩的位置。然而見到達西，他也沒料想中愉快，每隔一個星期再見，達西的五官就變了一些，像是一道複雜的模擬考題，郭立農解了很久，又不好去問劉老師。

他苦思半把個月，才想透怎麼了：達西的臉上長出了表情。

郭立農又想，家庭的影響多麼深沉。

郭立農想模仿達西在家自習，導師給他打了回票，要他停止自以為是的計畫。導師舉例，自己見過太多抱持這樣想法的學生，最終只是在家中四處遊蕩、蹉跎時間。說到一半，導師想起什麼似地，換上溫柔語調說，達西不一樣，他身體出了狀況，他有附診斷說明書的。郭立農看著導師，再一次，分開他與達西的界線現形了。

導師是否知悉達西的身分，郭立農欠缺足夠的事證。但，怎可能不？

他幾乎脫口而出，達西本來就不一樣，事實上，他這麼做了。聲音含糊，與其說是在抗議，更像是在說服自己。導師拉下臉，要他再說一次，郭立農的勇氣到此流光，他踱著重重的腳步離開了教師休息室，走廊上他停了下來，喃喃自問，是在跟誰賭氣呢？老師沒有錯，是他自己癡心妄想了。

畢業典禮上，達西與他以及他的雙親合照。

郭立農心知肚明，只要將那張照片靜靜擱置一段時間，久了會出現分層。就像混合物，經過特定手法能分離其中不同的物質。

暑期中，郭立農頂著烈日走進學校，在榜單上尋找達西的名字。他有預感，得從頂尖學校找起，一眨眼他找著了達西，郭立農很是煩悶，隱約感受到背後有一種不公跟人為操作的痕跡，回程，他見到路上石頭就踢，越輕越小的石子，飛得越遠，郭立農又感到憂愁，小石子讓他聯想到自己與他那不具份量的家庭。

達西的號碼安靜地嵌在手機通訊錄裡，他對著小小的螢幕發了很久的呆，直到大學報到當天，那封恭喜的簡訊還是沒有送出去。大學四年，一想起達西，郭立農就搜尋達西祖父的名字，找不到老人家的訃聞，便姑且想成達西還待在島上。

環島途中，郭立農不是沒想過，如今達西過著很優渥的日子吧。他的命運都寫在族譜裡，不若他們這些凡人，只能庸庸碌碌地摸索。

◈

三年前，影視公司主辦的跨年宴會，郭立農陪同莫里斯出席。眼前走過一個又一個演員和明星，身材只有螢幕上的一半。空氣中瀰漫著厚重的、粉狀似的香水味，郭立農站在桌子旁，半瞇起眼，企圖辨識出人群之中那一圈圈隱形的界線。

無預警地，一道身影吸走了郭立農全部的注意力，他的胸口泛起漣漪般的刺痛，是達西。

他還在臺灣。

達西的五官比郭立農記憶中的模樣更立體、有著偶像般的迷人稜角，身材更是精實不少。幾個月之後，郭立農才會從達西口中得到證實，在兩人失聯的七、八年間，達西在顴骨跟下顎骨動了幾次手腳，眼睛部分也做了微調。郭立農還在為著巧遇達西而怔忡不已，達西感應到什麼似地，扭頭，朝郭立農的方向看了一眼，兩人四目相接，郭立農心虛地垂下眼睛，再抬起時，達西已提著酒杯站在他跟前。

小農，好久不見。達西說。

郭立農嘴巴動了動，聲不成句。

那瞬間，他這才確定一項千真萬確的事理。是他需要達西的情誼，是他需要一個所謂「最好的朋友」，一個父母問起時他可以召喚的名字。

他想念達西。

半小時後，郭立農應著莫里斯呼喊，跟著莫里斯到陽台跟幾位製作人抽菸。繚繞的煙霧中，莫里斯不疾不徐地問，你怎麼會認識達西。郭立農說，高中同學。莫里斯沉思半晌，露出「難怪」的神情娓娓道來，在他印象中，達西是個諱莫如深的人物。向來是一個人來，一個人走，沒見過他帶著朋友或情人出席。莫里斯又問了郭立農好幾道問題，顯然對達西興致盎然。原來，他一直想和達西建立交情，可惜老是無功而返。

那是郭立農第一次，也幾乎是唯一一次，從莫里斯臉上讀到落敗的情緒。臨別之際，達西留下一句話，我的號碼沒變，如果你很無聊，可以打給我。不知怎麼，他又一次地意識到界線，天衣無縫的莫里斯，竟也和他一樣被劃分到與達西不同的一端。

食物鏈是這樣的。劉老師，莫里斯，達西。

這讓郭立農認定，與達西重逢必然是生命某種無聲的暗示。

他得再做一次思想上的演化。

適者生存。

隔天，郭立農心急地打了一通電話給達西，話筒另一端的聲音比他預想得還要投入，達西甚至提出共進晚餐的邀約。在達西指定的米其林星級餐廳等候，郭立農的腳尖有一搭、沒一搭地踢著台階。古怪的念頭溜進他的腦海，逃走吧，你根本不應該答應與達西見面，你會重蹈覆轍，把達西出於禮儀的舉止視為某種深刻友誼的證據。若後續的日子你們又失聯了，這回你要落寞幾年呢？

越是深入思索，郭立農越是為自己感到可憐，也許達西在電話中的友善只是他未能辨識的客套。郭立農按熄菸頭，正要轉身時，耳邊響起達西的招呼。

達西臉上掛著親切的微笑，郭立農盯著良久，才別開視線。記憶中的達西如古羅馬時期的雕像那般冷酷，到了後期也只多了一個陰鬱的符號。

那張四人合照，達西像是在兩個風格中舉旗不定，表情混合了木然與陰鬱。

點餐時，發生了一樁插曲，達西表明自己在兩年前開始茹素。

郭立農維持了以前的習慣，沒有追問理由。

氣泡水落肚，帶點礦石味的氣體沿著鼻腔往上竄，郭立農很訝異達西相當關心他的父母是否健康，近況如何。他解釋雙親於近年先後退休，與親戚合資在老家附近買下了一塊農地，過起充實又疲憊的田園生活。達西一邊點頭，一邊慢條斯理地切分盤中晶瑩皎潔的白蘆筍。郭立農反問達西，你的家人呢？達西輕輕把白蘆筍送進口中，嚼了兩口才回答問題，他的祖父如今還活著，倒是雙胞胎兄弟走了一個。郭立農一閃神，手上的刀子噹啷掉在桌上。他按捺不住看了達西一眼，達西也回望著他，雙眼滿盈著笑意，搖晃手中叉子，微挑起眉。

郭立農想了兩秒，才讀出達西是要他別耽誤享用白蘆筍的時辰。

服務生上前收掉盤子，達西愜意地擦淨十根指頭，不慌不忙地說明。兩年前，雙胞胎的哥哥在晚上十一點，距離住處兩個街區的十字路口，被一台超速又闖紅燈的小客車撞上，頭部重傷，送醫搶救多日，不治身亡。弟弟受到嚴重打擊，休學在家靜養半年，回到學校後，成績大幅倒退，還被導師提醒有對著空氣揮拳的狀況。達西的姑姑只好帶他去看精神科醫生。

聽到這，郭立農浮想聯翩。

莫里斯說，達西的姑姑前幾年得到達西祖父的放行，著手打造自己的教育王國，她新辦的雙語幼稚園與國小，立出罕見的高價，但因成功地做出市場區隔，達西家族人脈又廣，社交名流支持踴躍，如今已是一位難求的盛況。

然而，外人所不知的是，這個身價不斷膨脹的家族，宛若被下了詛咒，四個繼承人，一個吸毒，一個車禍身亡，一個已有精神異常的症狀，達西似乎是裡面最健康體面的一位。想到這，郭立農心跳突突加快，他又喝了一些氣泡水，試著讓上湧的氣體抵銷沉沉下墜的心思。

達西改問起郭立農近況，郭立農下意識想迴避工作的話題，即使公司以新創產業而言十分亮眼，但跟達西的家底相比，又顯得無比幼稚。

郭立農想到男人之間最安全的兩個話題：運動，或遊戲。

他看了一眼達西那訂製西服底下的優雅起伏，答道，沒什麼特別，跟多數人一樣，白天上班，晚上回到家不是看劇就是打電動，手上有兩款遊戲輪流玩，一款槍戰射擊，一款是多人線上遊戲，《世界樹》。達西下一瞬的反應讓郭立農措手不及，他表明自己也有《世界樹》的帳號，一經比對，兩人的伺服器恰巧也是同一個。達西挑了挑眉，怎麼那麼巧，下回一起玩遊戲吧。

那個夜晚是個起源。

沒有重逢，沒有後續衍生的一切。

時至今日，郭立農嘗試過好幾回，在腦海中完整建構那晚的場景，不過三年前的往事，畫面反倒比他跟莫里斯在青年旅館的對話還要模糊。

為什麼會這樣子呢？

難道他是害怕自己原來後悔做出這些事？

他是不會後悔的。沒有達西，他不會明白自己有超越莫里斯的能耐，莫里斯充其量只是讓那些女孩們投懷送抱，他可是讓這些女孩們奉獻出靈魂。而夕梨——這場偉大旅程的一個小小里程碑，即將在幾天後落幕。思及此，郭立農心中一抽，即使達西三令五申，對「物品」動了感情是相當低級的錯誤，他仍承認，若達西沒有介入，他也許會勸勉夕梨好好活下去。

◈

陳信瀚在男子的壓迫下，逐漸接近車門，剩下十公分時，男子不耐地拎起他的外套後領，直接將他如垃圾般甩入車內，陳信瀚的額頭硬生生撞上車體堅硬的內側。

男子火速擠入車內，讓使勁要撐坐起的陳信瀚差點又迎面撞上車門。

輕柔的女音穿越他與男子之中的縫隙。

可以開車了。女子說道。

前座駕駛點了點頭，他左臂一高，落下門鎖，車子滑順地往前駛去。

陳信瀚摩擦凸起雞皮疙瘩的雙臂，部分是車內溫度低得驚人，部分是他到了此時才認知到自己似乎是遇上了常人以「綁架」稱之的事件。

「請不要試著拍窗呼救，我們會很困擾的。」男子禮貌地提醒。

心臟簡直要滾出喉嚨。為什麼？陳信瀚毫無頭緒，他認為自己連與人結怨的資格都沒有，最接近仇家的對象，大抵是幾天前遊戲裡被〈幻絕中堂〉擊破的公會，他很快地否決這個可能性，這未免太戲劇化了。就算是，他們也挑錯下手的目標，那場戰役的主事者是芬里厄。要尋仇，找他豈不是更有道理？又，男子怎麼能一字不漏地叫出他的名字？莫非是陳忠武在外闖禍，他成了受連累的對象？

車體是標準七人座。陳信瀚跟向他搭話的男子坐在中間第二排，第一排駕駛座坐著一名理著平頭的壯漢，透過後照鏡，陳信瀚看見駕駛有雙狹長的眼睛。副駕駛座的男子掛著黑色粗框眼鏡，裹著軍綠色運動外套，從側面來看約莫二十出頭。目光所及有三位男人，發號施令的卻是坐在第三排，也是陳信瀚唯一目測不了的女人。他們似乎擬定了目的地，駕駛車輛的男子行雲流水地轉動方向盤，沒有過問半句。

陳信瀚不勝惶恐地想到最悲觀的下場：他是否會死在這些人手上？他沒有回家，姚秋香是否會機靈地報警？社區門口安裝的監視器，是否有涵蓋他方才站立的位置？他眨了眨眼，思忖到一半，另一個念頭不請自來：若這正是父母求之不得的結局呢？近一個禮拜，從父母異常的舉止，到社區保全看著他的曖昧眼光，陳信瀚深深領悟到，即使他退縮到一個隱密的角落，世人仍會想方設法，在一個又一個不堪的敘事裡，安放陳信瀚這組名字。他多麼想在這些人的記憶裡永遠地死去，再也不要被憶起。不過，這是癡人說夢，他的存在將成為別人家餐後的甜蜜素材，以警世的包裝佐配一兩句類似「小時了了、大未必佳」的感嘆。

說不定，早就出現當代版的楢山節考了。

故事顛倒過來，不再是年輕的子女愁眉苦臉地背著父母上山，而是老邁的父母背著子女往雲深不知處走去，伺機拋棄。

背後的出發點是一致的：不這麼做，自己未來的日子實在過不下去。

到頭來，唯一會掛念他的……只剩下何青彥了吧。

前一晚，陳信瀚擺好椅子，站上，自頂層收納櫃抽出塵封多年的畢業紀念冊。讓他不解的是，裡頭何青彥的照片只有兩張，更準確說，是二點五張。一張是班級集體合照，一張是按照座號排序的個人照；還有半張，班上三個頑皮的同學在嬉鬧，互相掀扯體育服，腹部裸裎，他們的身影因晃動而顯得模糊。何青彥人在座位上，側對鏡頭，視線遠望窗外，教室裡的玩戲並沒有驚動他轉頭察看，他的人影有如後製般突兀。另外，陳信瀚找到六、七張有他個人身影的照片，像是運動會跑大隊接力，或是跟班上女生在洗手檯互扔水花。

沒有一張照片顯示他跟何青彥的交情。

兩人在醫院偶遇時，陳信瀚意識昏沉，彷彿有無數顆小砂石塞滿腦袋縫隙。沒記錯的話，是何青彥率先認出了他。那一刻，何青彥臉上是怎樣的神情？陳信瀚拚了命地回想，但記憶像是有人從中剪斷了一截，下一秒直接跳到何青彥頻繁地來探視他，他也在茫然之際，對何青彥傾吐了自己奇特的新發現。

這幾年，他投注這麼多心血在《世界樹》，但，假設他平白無故地蒸發，公會那些出生入死的夥伴也不知要上哪尋人。這些人甚至對陳信瀚這名字、乃至於他的五官、過往經歷都欠缺概念。無話不談的夕梨，如今也疏遠了他。

傳言人在將死之際，眼前會出現清算一生的走馬燈，此事果然不假。越是思量，陳信瀚越是發自內心涼了起來。說不準，他的人生早已跟死亡沒什麼兩樣了。

在陳信瀚兀自悚慄、思緒百轉的當下，車輛急速打了個彎，駛入小巷。車子停靠在一棟透天厝前，旁邊是鐵皮搭起、兩層樓高的建物。身旁男子陰惻惻地掃來一眼，問，看什麼？陳信瀚忙不迭低下頭。男子再度抓著陳信瀚的衣領步出車外，連同副駕駛座的男子，一前一後包夾著陳信瀚。

屋子是細長的長方形結構，屋內幽暗，男子挾持陳信瀚經過長廊，走到底部房間門前，男子把陳信瀚推入房間，見他裹足不動，又抬腳踢了他的小腿，陳信瀚踉蹌兩步，幾乎仆倒在地。裡頭擺設如電視劇常見的偵訊室，一張辦公桌跟三張折疊椅。差別在於四堵牆壁都是實心的，沒有讓人血脈賁張的單向透視玻璃。男子喝斥，坐好。陳信瀚挑了一張距離男子最遠的椅子，他極想趁西裝男不注意時從口袋摸出手機，向何青彥求救，眼鏡男卻死盯著他不放。沒多久，女子走進屋內，陳信瀚終於能一睹其面目，女子留著一頭烏黑的長直髮，臉上掛著造型誇張的墨鏡，穿著粉色絲質襯衫與黑色緊身長褲，足蹬黑色高跟鞋，高雅的打扮與身旁兩名男子形成對比。

她雙手抱胸，將陳信瀚從頭到腳掃描了一遍，點了點頭。西裝男拿出一疊照片，一張接著一張，荷官發牌似地排列於桌上。陳信瀚眉頭緊皺，有些內容讓他喉頭立即泛出酸液。仔細一瞧，幾張照片跟王振翔傳給他的重複了。

陳信瀚索性昂起頭，看著女子。恐懼不知不覺退去，回流的是某種荒誕的達觀。

這些人絕對搞錯了什麼。

絕對。

女子的雙眼被墨鏡掩護得很好，陳信瀚只能從臉上的灼熱察覺到女子的審視。

西裝男手上只剩下一張照片，他看了女子一眼，似在徵求同意，女子點頭，西裝男以指腹壓著照片，慢慢推到陳信瀚眼前。一看清照片，陳信瀚倒抽一口涼氣。是夕梨，她斜躺在枕頭上，眼皮緊闔，眼皮下緣鑲著淡淡的黑色陰影，深藍色毯子覆著她的身體，乳白的手像是探出牆外、覆雪的樹枝，如此晶瑩且不堪一折。

陳信瀚打破沉默，「你們要做什麼？」

女子如下棋般慎重地往前移動兩步，在陳信瀚面前兩公尺左右站定。

她居高臨下地看著陳信瀚，「你想對瑞安做什麼？」

「瑞安？妳是……」

女子打斷了陳信瀚，「我是誰不重要，回答我的問題。」

「我沒有要對瑞安做什麼。」

「你說謊。瑞安這幾天不是跟你見面嗎？」

「妳為什麼會知道我跟瑞安見面？」

「這也不重要。」

陳信瀚看著地板，要求自己不能隨著女子的質問而失態。

「我沒有要對瑞安做什麼。」

「那這張照片是誰拍的，」女子抄起照片，直直貼到陳信瀚面前，擦著茶色顏料的指甲幾乎要戳入陳信瀚的眼睛，「瑞安這幾天跟你在一起，對吧？你這個變態，拍了這麼多噁心的照片。回答我，為什麼要這麼做，瑞安又跟你說了什麼？」

「等一下——」陳信瀚連人帶椅往後移了一步，「請先讓我糾正一件事，我根本，一點也不知道這些鬼照片是從哪裡來的，沒有一張是我拍的，我連其他照片的人是誰都不知道；再來，這幾天我跟瑞安確實有見面，但，最後一次是四、五天前了，妳如果認識瑞安，妳一定也知道陽陽是誰，陽陽可以為我做證，我這幾天根本沒有見到瑞安。事實上，我們也在找她。」

「陽陽也是你的目標？」

「不，」陳信瀚全身的血液瞬間匯集於腦部，「我沒有要傷害任何人。」

「我調查過你。」

女子胸有成竹地說道。

「你很會讀書，高中到大學都是好學校。但你大學畢業以後，不知道出了什麼狀況，不願意找工作，只會躲在家裡吃爸媽的老本。你白天幾乎不出門，偶爾才在三更半夜到附近的超商領包裹。你家因為你而不得安寧。你爸最怕別人提到你，你媽也不敢去別人家串門子，怕被問到你的事情。你的父母原本很大方，喜歡跟別人來往，但你這個樣子，讓他們也變得很自卑。你父母這幾個月越來越常吵架，你爸想搬出去，也想離婚。你媽被弄到開始看精神科。」

女子的言語如甩動的鞭子，一鞭接著一鞭，陳信瀚給抽得眼前一黑。

這些言論，是從誰的口中套出的？

她的話又有幾分真假？母親沒有提到離婚跟精神科這些部分。

這些都比不上最核心的問題：在他人眼中，無庸置疑，陳信瀚是毀了這個家庭的罪魁禍首。此時，陳信瀚又聽到心底發出殘忍的回聲：你就是啊。

女子的審判尚未結束，「你就像一隻寄生蟲，又醜又廢，隔著螢幕妄想自己可以為所欲為。在遊戲裡組成公會也是為了這個吧，吸引一些年幼無知的小女生，好讓你可以在那個齷齪的地方，靠著這些東西，得到你在現實中不可能得到的關注。」

女子越講越激動，她將那張照片撕成碎片，灑在陳信瀚頭頂。

「還不承認你到底做了什麼！」

「等一下——」陳信瀚眨了眨眼，出乎預期地，他感覺到眼睛一濕。

他後悔莫極，當初不應該走向公園，進而被陌生的大叔勸退。他若把計畫執行到最後一步，成功死在那間風評低劣的飯店，痛苦什麼的，就提早結束了。

繞了這麼大一圈，他走到比原點更萬劫不復的位置。

「妳如果要對我做什麼，請直接動手吧，不要再講了。我也許對我爸媽造成很大的困擾，但我、我不覺得自己有這麼十惡不赦。這些照片跟我無關。我確實跟瑞安見了面，後來發生一些誤會，瑞安不想再見到我。就我所知，這幾天瑞安似乎待在她男朋友的家裡。如果這些照片有嫌疑犯，她男朋友的嫌疑比我還大吧。」

「那個人不就是你嗎？」

「就像妳說的，我是一個寄生蟲，瑞安怎麼會看上我？」

眼淚滑落臉頰，在這節骨眼，陳信瀚什麼也無所謂了。

寄生蟲也好。

他承認，他已不再具備被視為有感情、有想法的人類的資格。

女子跟眼鏡男交換了眼神，似在謀劃下一步該怎麼做。

眼鏡男往前一步，「你說瑞安這幾天都待在她男朋友家，她男朋友是誰？」

「我不知道，瑞安不肯說。」

「你不知道？」女子拉長了語調。

「我不是很確定。」

「不是很確定，表示你有人選吧。」

「算是吧。」

「是誰？」

「一個網友。跟我一樣，瑞安是玩遊戲認識的。」

「你是說《世界樹》，對吧？」

「是。」陳信瀚疲困地垂下頭，「你們連我有公會都查得出來，怎麼會沒有繼續查下去呢？公會裡有一個成員，很有可能才是做出這一切的人。」

「那個成員在《世界樹》叫什麼？」女子說道。

陳信瀚看了女子一眼，要不是西裝男虎視眈眈，他很想問，說了妳就知道是誰嗎。

「黃。」

「黃？」女子挑眉，嘴巴微啟。

「對，黃色的那個黃。遊戲裡，瑞安不是找我，就是找這個玩家聊天。但我跟瑞安幾天前有些不愉快，所以這幾天瑞安只找這個人說話。」

三人默不吭聲，眼鏡男調整了一下鏡框。

他們的反應令陳信瀚摸不著頭緒，只知空氣中肅殺的氛圍淡去了不少。

他似乎脫離了險境。

人真是矛盾的動物。上一秒鐘，他還在懊悔沒能早日死去，這一秒鐘，他竟然感受到歷劫歸來的僥倖。這就是所謂的求生意志嗎？陳信瀚不敢細想。

「我不清楚這些照片是誰拍的，但我跟陽陽這幾天也有發現瑞安不太對勁，我們也正在努力找出想傷害瑞安的兇手。說實話，就在剛剛，陽陽告訴我她找到了一些新線索，我正要去跟他們會合，就被你們弄來這裡了。」

「好吧，那我們上車。」女子揉了揉額心，看似氣力放盡。

「去哪？」西裝男問道。

「就陪這位先生去見陽陽吧。看他到底有沒有說謊。」

「不能，不能這樣。」陳信瀚恍然大悟他們在盤算什麼，連忙抵抗，「你們針對我就算了，我不想把其他人牽扯進來，我怎麼確保你們不會突然動手。」

女子側著頭，塗著淺色唇膏的嘴唇幽幽綻開冷笑，「雖然不清楚這是不是演技的一環，但，你還真不像是一個壞人。你不要緊張，陽陽認識我，待會就真相大白了。」

真相大白？女子的用語讓陳信瀚又是一懵，但他沒有答腔。西裝男再度架著他的胳膊往屋外移動。看來，他壓根沒有選擇的餘地，不如先按照女子的指示，等見到王振翔再隨機應變。

一行人回到休旅車上，眼鏡男調整座位，待女子就座，他推動滑軌，轉頭看著陳信瀚，示意他進去。不知是自暴自棄，還是迫於西裝男身上依舊散發著「不排除以暴力解決問題」的氣息，陳信瀚牙一咬，頭一低，跟著進入車廂。

窗外的景色飛快地向後奔去，遠方的雲朵倒像是靜止了似地。

車子上了高速公路，至今沒有張口說過半句話的駕駛技術十分沉穩，縱使在時速一百二的前提頻繁地變換車道，陳信瀚卻沒有感受到半點不適。

手機「叮」的一聲，陳信瀚提起勇氣問：我可以用手機嗎？

「把手機交出來，我來操作。」女子說道。

陳信瀚沒好氣地輸入密碼，傳訊息的是王振翔。

他把手機交給西裝男，西裝男又畢恭畢敬地交給女子。

「這個王振翔是誰？」

女子的質問一落，西裝男眼中立刻射出陰惻惻的兇光。

「陽陽的舅舅，他也認識瑞安，所以這件事他也有幫忙。」陳信瀚答得飛快。

「陽陽的舅舅為什麼會認識瑞安？」女子仍未卸下防備。

「這我可以解釋，」陳信瀚沒有料準王振翔的訊息又把自己踢回虎口，「他之前拍紀錄片要找演員，陽陽推薦瑞安給他，兩個人就、就這樣認識了。」

「瑞安，有在演戲？」

陳信瀚心裡打了一個突，女子的語氣怎麼滲入了一絲暖意。

「我也不是很清楚，全部都是聽來的。」

「哪一部電影？」

「呃，瑞安沒有拍完，就算我跟妳說了，妳可能也找不到。」

「瑞安自己退出，還是她被換掉了？」

「算是第二個吧，我也不是很確定，陽陽的舅舅會比我清楚。」

直覺告訴陳信瀚，女子非常重視瑞安。

下一秒，手機從陳信瀚肩膀上方射出，撞到駕駛座椅背，反彈到陳信瀚腳邊。

「我可以拿起來嗎？」

「可以。」

女子給他回了訊息：就要到了，麻煩你再等一下吧。

陳信瀚不敢再輕舉妄動，他安分地直視前方，導航顯示，他們要抵達了。

◈

西裝男握著車門把手，再一次確認：「辛姊，不用我們陪妳嗎？」

「我自己進去就好了。有小女生在，不想嚇到她。」

「這個男的如果玩花樣怎麼辦？」

「陳信瀚，你會玩花樣嗎？」女子轉頭問道。

「我發誓不會。」

「我也不擔心你玩花樣，下車吧。」

陳信瀚跟女子一前一後進入餐廳。

從上禮拜六到今天，陳信瀚扳著手指數，他到底碰上多少離奇的事故。

若他大喊救命，他被這名女子綁架了，得到採信的機率有多高？

客觀上，他從這行人的賓士休旅車走下，身體髮膚完好無恙，緊跟在他身後的女子裝扮得更像是個低調的女明星。況且，他的身家跟住址都在女子把持之中。

陳信瀚理解了女子為何有恃無恐：好牌全都在她手上。

他懷抱著複雜的心思走到王振翔的位置，陽陽鼻頭抽紅，噘著小嘴，滿臉憂愁。她旁邊靠近窗戶的位置，坐著一名二十五歲上下，掛著細框眼鏡，穿著淡綠色西裝外套的女子。女子留著齊肩長髮，腕上掛著墨綠色手鐲，顯然對綠色情有獨鍾。

陳信瀚想著，真巧，雙方都「帶」了其他人。

陽陽抬起頭，看到陳信瀚，後者抬頭挺胸、舉起手預備要跟陽陽打招呼，不料陽陽的目光繞過陳信瀚，聚集在女子身上。

她眉頭輕攏，不無遲疑地問道，「阿姨，是……妳嗎？」

女子往前走了兩步，不知何時她已摘下墨鏡，女子搖頭苦笑，「好久不見，陽陽。」

「阿姨怎麼來了？」

陳信瀚來回看著陽陽跟女子，懷疑自己是否落入惡作劇的圈套。

女子果斷地在陽陽對面的位置坐下，端詳起王振翔，「你是王先生？」

「對，我是。」王振翔似乎嚇了一跳，「請問妳是？」

「請你們用最有效率的方式告訴我，瑞安到底怎麼了，為什麼我接到消息，瑞安有一些奇怪的照片被放到一個叫做『學校』的地方，還預告她會……自殺？」

「抱歉，」王振翔的視線在女子跟陳信瀚之間流轉，投降似地嘆了一口氣，舉起右手，「誰先交代一下現在是什麼狀況，這位小姐，請問妳是誰啊？」

陽陽眼底閃過為難，「舅舅，你看一下這位阿姨的長相，還想不到嗎？」

王振翔左右細瞧了女子的五官，須臾間沒吭聲。

「舅舅，你看清楚，想像一下，再年輕個二十歲……。」陽陽不忍地給予提示。

綠衣女子突然說話了，「瑞安，她長得像瑞安。」

「有那麼像嗎？」女子的語氣突地變得很憂傷，「我以為瑞安比較像她爸呢。」

女子的這席告解，除了早已知情的陽陽，其餘三人都愀然變色，一時無語。

陳信瀚回過神來，羞憤交加，他竟被暗戀對象的母親當成嫌疑犯？
王振翔嘴巴微微抽動，長期的訓練告訴他，自己幾秒鐘前見證了很神聖的場景。
綠衣女子最為鎮定，她咬著唇，謹慎地開口，「瑞安媽媽……妳……」
「叫我黃辛蘿吧，我沒有資格被叫做瑞安媽媽。」

第六章
2u4ux.45;

第七章
2u4fu 5;

第八章
2u418 5;

第十章
2u4g65;

第九章
2u4ur.35;

u4g6

LOGIN.........

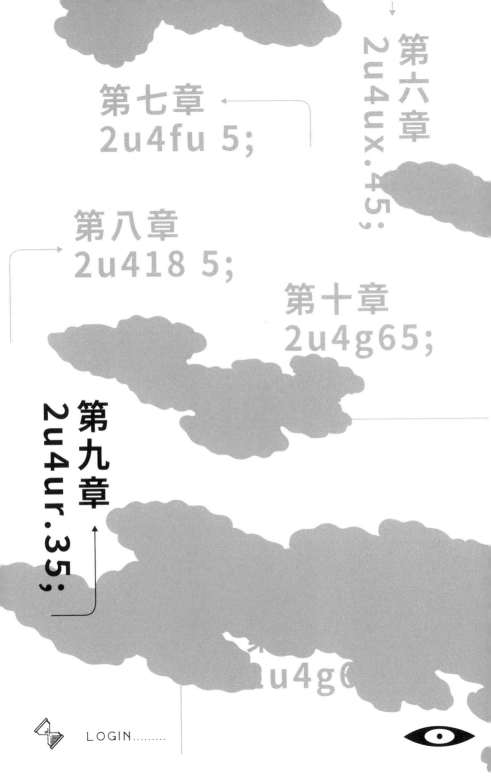

◆

「黃辛蘿小姐，我曾跟著翔哥拍電影，所以我也認識瑞安。我想問，妳是什麼時候找到她的？」綠衣女子問道。

黃辛蘿看向陽陽，後者癟著嘴，不發一語。

陳信瀚起了疑心，女子跟陽陽曾經見過面，瑞安卻還沒跟生母相認。

這之中必然有什麼內幕。

「這個以後再說吧，我想先釐清一些事情，陽陽，妳先迴避好嗎？」

「為什麼我不能加入？」

「有些事，不是妳的年紀可以處理的，」對陽陽說話時，黃辛蘿神情十分柔和，可惜陽陽並不領情，黃辛蘿只好換上冷硬的語調，「妳不配合，我們就不開始。」

陽陽端著自己的冰紅茶，走到隔壁桌，重重放下餐盤來表達她的不滿。

黃辛蘿把那些照片小心地展示在桌上，放到一半，服務生巡桌詢問是否要再送上菜單給新入座的客人，她來不及抽回，服務生眼角餘光瞄到其中一張，面露詫異。

「這些都是特殊化妝的照片，我們是拍電影的，別緊張。」綠衣女子堆著笑臉說明。

聞言，服務生肩膀一低，擠出微笑，「你們做得很真實，絕對會嚇到觀眾的。」

黃辛蘿面不改色地回收了照片。

目睹這插曲的陽陽，眼底的火光燃燒得更為熾熱。

陳信瀚跟黃辛蘿各點了一杯飲料，打發走服務生。

「妳反應得好快。」王振翔讚道。

「傳出去就麻煩了。」綠衣女子的反應很沉著。

王振翔深吸氣，拿出一只信封，緩緩倒出裡頭一張張照片。

其中幾張與女子帶來的一模一樣。最後一張，如陳信瀚所預料，也是瑞安。

「我也看到了這些照片。」

「你在哪裡看到的？」黃辛蘿急促地問道。

「我收到了一封匿名信，打開來，都是這些照片。」

「寄信的人有說什麼嗎？」

「有，只有一行字。」

王振翔看了看信封，拉出一張小紙條，上頭有一行電腦字。

很抱歉，良心不安，現在才告訴你，請快去救這個女生，她真的會自殺的。

「老實說，拍片什麼怪事沒遇過，也收過恐嚇信，但，這還是第一次遇到根本無法解釋的事。我拿這些東西請教資深的記者朋友，他沒看多久，就跟我說事情不妙，瑞安八成是被『校友』纏上了。他底下有一位女記者正在『學校』裡面臥底，對於『學校』有七、八成的了解，啊，我好像到現在都還沒介紹妳？」

王振翔瞠圓了眼，像是難以置信自己做了如此失禮的事。

由此可知，他尚未從眼前的混沌中，完全地喚回理智。

「我自己介紹吧，不好意思，就這樣跑來打擾你們，」像是要給自己打氣，綠衣女子握了握拳，「我叫吳姝妍。現在在明傳媒工作。」

吳姝妍各遞了一張名片給陳信瀚跟黃辛蘿。

「我讀過你們的報導，在臉書上，朋友轉的。滿有質感的。」

話一出口，陳信瀚反而被自己的反應給弄懵了，他竟然如此自然地跟陌生人搭話。

說不上為什麼，吳姝妍讓他感到親切。

要以煽情的語言形容，他會說，兩人似曾相識。

「哪一篇？」

「好像是偏鄉兒童跟父母、祖父母的相處時間。」

「那篇是我主管萬哥寫的，就是翔哥說的資深記者朋友。他為了寫這篇，一個禮拜有兩天，開好幾個小時的車，往山上或海邊的學校去。那篇很不容易。」

吳姝妍的雙眼閃爍著光芒，似乎十分認同自己的工作。

「我剛剛聽到學校這兩個字，那是什麼意思？」黃辛蘿問道。

「『學校』是我這半年來在追的題目，說來很巧，我以前是跟著翔哥拍片的，後來發生了一些意外，才跑到媒體業。我有參與紀錄片的籌備階段，見過瑞安兩次，我想要先確認一件事，」吳姝妍深呼吸，深深望進陳信瀚的雙眼，「你，陳信瀚，不是『校友』吧？」

吳姝妍看似親切的黑眼珠一時間竟散發出狩獵的氣息，陳信瀚宛若成了梅杜莎盯準的目標，想要轉移視線，脖子卻早已被石化、動彈不得。

「什麼『校友』……我不知道。」聲音像是從身體深處挖出來似的。

「那就好。」吳姝妍扭過頭，著急地抓過玻璃杯，吞入一大口冰水，杯子被置回桌上，一顆紅色的種子落入水中，旋即抽長出枝椏，陳信瀚定睛一看，是血，吳姝妍流了鼻血。吳姝妍小聲喊了一句抱歉，從口袋摸出濕紙巾，很熟練地敷著鼻梁。

陳信瀚的身軀像是被電流通過，狠狠抽了一下，吳姝妍的一連串舉止……他尋找著王振翔的表情，想得到共鳴，卻只見王振翔呆視著自己的掌心，彷彿上頭藏著什麼。

「很抱歉這樣懷疑你，不過『學校』這個專題我花了好多時間才有一些些進展，我不能讓任何人毀了我的心血。」

「這個學校，」黃辛蘿緊張地插話，「到底是哪一間學校？」

「這裡的『學校』，不是實際存在的學校，而是一個虛擬的網路空間。不過，這個空間不像臉書、推特那樣，任何人只要申請就能進去。目前是採取邀請制，得經過『校友』邀請。『校友』是『學校』使用者的代稱，像臉友那樣。就我目前的掌握，校友至少有五千人，但……我的經費不多，調查的速度跟深度還很有限，也許不只五千人。」

吳姝妍的口吻越來越近似低語，「這也是為什麼我想跟來……我得把握機會。」

「姝妍，妳進得去，表示妳認識至少一位校友吧。」王振翔問道。

「對，就是我的前男友，他也是『校友』。沒有他，我不會知道世界上原來有這麼多人，願意付錢來觀賞別人的痛苦。」

「等等……妳是說，妳之前帶來跟我一起吃燒肉的那位？怎麼可能？」

「對，抱歉，一直找不到時間跟翔哥說我們分手的原因，現在你知道了。但今天的重點不是我的感情，就先說到這。總之，因為我的前男友，我得知了『學校』的存在，我非常憤怒，也覺得很恐怖。考慮了幾天，做出一個決定，我要深入追蹤『學校』，摸清裡頭的一切。所以我要求前男友邀請我成為『學校』的一員，也就是臥底的開始。」

吳姝妍像是傷患拉扯到傷口似地，做出忍耐劇痛的神情。

「以最簡單的方式形容『學校』吧，網路上，有很多因為相同嗜好而成立的社團，像是美食社團，裡面的成員會分享最近去吃了哪些好吃的餐廳。也有股票社團，讓大家討論最近哪一些股票會漲會跌。『學校』也類似這樣，但那些人交換的是我們無法想像的事情：怎麼傷害別人。這裡的傷害，不單純是身體上的暴力，也包括精神上的虐待，越病態越受歡迎。我舉一個例子好了，前男友推薦我進入學校以前，有請我先準備一張照片，一定要能夠引起恐懼或噁心的情緒，最重要的一點是，不能夠公開過，他們的行話是，不能抄襲別人的作業。我要先懺悔，為了調查別人做了什麼壞事，我也弄髒了自己的雙手。我拿了不該拿的照片。」

吳姝妍小心翼翼地看了王振翔一眼，深咬下唇。

「之前跟翔哥拍片，就是那支瑞安也有參與的紀錄片，我們有考慮找一個小女生，她的事情……很慘……太慘了，第二次導演帶著我去跟她見面，大熱天，她穿著長袖，袖口還扣緊了，導演覺得很奇怪，問她可不可以把袖子拉起來，一看，喔……她把自己的手割到肉都翻出來了。小女生還一臉嘻嘻哈哈，說她有更多照片放在自己的小帳，問我們要追嗎，她加我們進去。後來我們沒有選她，導演說那個女生要的是陪伴，不是記錄。但，我有繼續追那個女生的小帳，說來很可悲，加上我，也只有四個追蹤者。我拿了其中幾張照片，去申請加入學校。前男友還教我要怎麼介紹這些照片，來增加審核人員的好感。他說一句，我打一句，到最後我受不了，長這麼大，第一次覺得打字也像犯罪。幾天後我收到結果，我成了校友的一員。審核意見上面寫著，謝謝，你的故事很有教育性。前男友說這是『學校』的術語，夠暴力血腥色情、夠扭曲內心的東西，就會被校友說是很有教育性。」

所有人都說不出話來。

與其說吳姝妍在報告一項正在發生的事件，聽起來更像她在描述做過的夢境。

「在學校的介面，使用者會看到很多被稱為教室的小空間，游標移過去，會顯示課程內容、上課時間、其他學生的評價，以及最重要的，要進入這間教室你必須付出什麼。多數的課程，只要付夠多錢就能進入，一堂課從幾十元到上千元都有，如果是直播室，上萬也不意外。可是，有大概百分之十的課程，是進階課程，『大學生』以上的校友才能進入。『學校』是有分級的，從旁聽生、幼稚園、一路到教授。根據我的觀察，大部分的使用者都介於旁聽生跟高中生之間，因為，要升上『大學生』有一個條件，對多數人來說是有難度的。

「你不能只是上課，你也得『報告』，也就是說你也得開一兩次房間，提供『教材』給其他校友。那天，萬哥把照片傳給我，問我有沒有頭緒，我一看就知道我上過這個人的課。其中幾張照片我有印象，但瑞安那張沒有，我如果看過，一定會通知瑞安。我搜尋了幾組關鍵字，找不到符合的教室，最合理的解釋是，瑞安被這個人設定成進階課程，我的權限看不到內容。我只好拿有印象的幾張照片，去比對我之前整理好的檔案，沒弄錯的話，上傳這些照片的校友，代號是『巨蟒』，但我也無法百分之百確定瑞安的照片也是巨蟒拍的，只有把照片寄給你們的人才知道。所以，是誰寄給你們的呢？請兩位認真想一下，誰是最可能的人選。」

「我原本很納悶，明明是做好事，為什麼要匿名？聽妳一解釋，全都串起來了，寄信給我的，絕對也是校友吧？」王振翔問道。

「是的，沒有其他可能性。」吳姝妍答得很果斷。

「沒有人會在現實世界承認自己是校友吧。」王振翔下了結論，「不過……寄信的人，認識瑞安，知道瑞安是我找來的，這樣一來，可疑的人選說不定能限縮在五十個，還是四十個人以下，到底是誰呢……？」王振翔臉色漸趨凝重。

見狀，吳姝妍眼中升起同情，「翔哥，沒關係，說到這就好了，那妳呢？」

所有人看往黃辛蘿。

「我是昨天晚上七、八點收到信，跟王先生有點像，寄件的帳號之前沒看過，我本來要刪掉，看到標題是，『妳的女兒瑞安可能有麻煩了』。」黃辛蘿停住了幾秒，才繼續說下去，「知道我跟瑞安是母女的人很少，除了我前夫那邊的人、陽陽，就只剩下我之前委託的徵信社了。前夫那邊的人不太會用電腦，所以……」

「是徵信社？」吳姝妍等不及地問道。

「這個先讓我保留，之後再看看，有必要的話，我會派人去調查。」

「好吧，那我們先往另一個方面去想，瑞安跟巨蟒的交集在哪裡？我追蹤非常多『校友』，多數只讓我覺得噁心，巨蟒不一樣，他讓我……毛骨悚然。」

「你可以多說一些巨蟒的事嗎？」陳信瀚提出要求。

他的想法很直觀：將巨蟒的形象與黃的形象做個交叉比對。

「哦……好。」吳姝妍別有深意地看了陳信瀚一眼，像是在掂量這個要求的用意，「各位可以把『學校』想成真實的學校。有很多老師，每個老師有自己的上課風格。巨蟒的課程很特別，他之前也放過那些常見的，少女裸體、自殘、自慰，或是把各式各樣我們能想到的東西塞入陰道的照片。奇怪的是，那些少女看起來不像是被逼的，她們的表情……好像她們很樂意，也覺得很有趣。我一度懷疑巨蟒是對那些女生下了藥，但，我也採訪過用藥的青少年，那些女生不像。巨蟒是怎麼做到的？錢嗎？要多少錢這些女生才會答應？他又是怎麼認識那些女生？我猜他有一個管道，能夠接觸到年輕不懂事、又跟社會有些隔閡的女生。」

「跟社會有隔閡……？」黃辛蘿問道。

「對，」吳姝妍很肯定地點頭，「我說社會，表示不只是家庭，也包括學校。這些女生的年紀，正常狀況下應該還在讀書吧。」

陳信瀚忍不住看向照片，要他說，他會以為有些主角甚至沒超過十五歲。

「跟一個男人做了這麼多古怪的事，我不認為這些女生的心靈有辦法負荷。按照常理，會找人討論吧。跟家人關係不好，就去找朋友，有些敏感的學校老師也會注意到。之前跟翔哥拍紀錄片，我歸納出一個重點，家庭是一張網子，學校也是一張網子，家庭這網子破了，還有學校，很多學生的偏差狀況之所以被發現、通報，是來自學校同學或老師的警覺。但，照片中這些少女至少有一、兩個月任由巨蟒操弄。當然，我不能排除其他因素，也不敢保證我的想法是不是太過一廂情願，說不定她們根本不覺得這些事情很可怕，但我覺得這機率不高。」

黃辛蘿攤開掌心，抵著眉頭，「是這樣子嗎……。」

「回來說巨蟒吧，我認為，他中間有試著轉型，到後來他不再拍那些常見的影片，而是轉移重心到其他類型。這個改變讓他受到很大的歡迎，甚至培養出一票死忠支持者。我跟過一個系列叫做《完全獨立計畫》，主角大概十二、三歲，國小畢業沒多久的樣子。

「有一堂課是巨蟒要求她打電話給自己的父母，祖父母，朋友，所有能想到的名單都打過去，不能停下來。電話只講一件事：自己有多恨他們。小女生剛開始還嬉皮笑臉的，接電話的人反應也不太一樣。我記得，她的母親哭了，她的父親要她乾脆死在外面，別回家了。一通、兩通，小女生的表情變了，越來越勉強跟抗拒，到一半她說不想再打下去了，但巨蟒提醒她要遵守規則。少女最後打給一個朋友，才說沒幾句，對方就插話，說，妳不來學校，班上的氣氛好多了，請妳消失久一點。

「整個直播不算長，大概四十分鐘，我相信大部分的觀眾都可以看到那個小女生在短短的四十分鐘內，眼神慢慢空掉了，臉上的笑容越來越僵硬，到最後她幾乎在憋著情緒，不想哭出來。那堂課反應很熱烈，評論不斷跳出來，好幾百個人留言，有人說，太有教育性了。也有人說，不知道為什麼，看到這個直播，比射了還刺激。」

「什麼跟什麼啊……。」王振翔搖了搖頭，一副聽不下去的模樣。

「也有一堂課，另一個小女生跪在地上，數著自己的錯，像是頭髮不該有頭皮屑，抽屜不該弄得這麼髒，傳考卷時不該直接放下考卷、打到同學的頭。巨蟒接著要那個小女生說清楚自己被霸凌的經過，小女生邊說邊哭。最後，巨蟒問她，被霸凌是不是自己的錯，小女生說，絕對是自己的錯，被霸凌的人，百分之百有問題，只是他們不肯承認而已。巨蟒摸了摸女生的頭，說她很勇敢。這場直播留言動得更快，除了教育性，我也看到有校友說，巨蟒是自由的象徵。他代替多數的校友，實踐了現實中不被允許的想法。

「每堂課都有個『助教』監督所有成員的反應，長期保持安靜的成員會被列入觀察名單，最糟糕就是被踢出學校。我也留了言，說了一些類似謝謝老師的話。」

「這個『學校』，未免……太病態了。」

「翔哥，我真羨慕你現在的表情，我好像臥底太久，不知不覺有些麻痺了，留言的時候，內心的掙扎也沒有前幾個月那麼嚴重了。我現在認為，『學校』提供了一個跟宗教有點類似的體驗，很多校友說到他們在『學校』找到了歸屬，擴展了視野，學習用不同的觀點看待自己的人生，諸如此類，聽起來不是很像在說宗教嗎？雖然我沒有親眼看到巨蟒對瑞安設計什麼，不過，從以往的經驗還有這些照片，我猜是『完全獨立計畫』的升級版，目標……說不定就是……最可怕的……」

「教唆自殺嗎？」王振翔問道。

吳姝妍以點頭作為回答。

「巨蟒有露過臉嗎？」陳信瀚問道。

「完全沒有。多數校友開課時會戴上面具，巨蟒更謹慎，他是個心思極端細膩的人，連聲音也經過變造，拍攝的背景不太固定，有些看起來像飯店，有些像普通的住宅。還有一件事讓我很焦躁，這些女生跟他互動的方式充滿討好、迎合的情緒，很微妙，很難說她們對巨蟒沒有放感情，是愛嗎？我不能把握，也有點像是在對很喜歡的長輩撒嬌。我想過巨蟒說不定是一位老師或者社工，怎麼說呢，就是對於這些年紀的女生有一定了解的職業……懂得投其所好，不過……」

「不過什麼？」王振翔問道。

「我的主管萬哥認為我的想法太刻板了。他說，許多職業最後免不了走到探究人心的那一步，像是銷售員、經紀人，也像是翔哥的影片製作，或我們在做的記者。若巨蟒曾經參與過那支紀錄片的拍攝，也能對青少年的想法跟需求略知一二吧。萬哥認為在巨蟒的職業上打轉，會走入死胡同，應該從瑞安那裡去想才對，瑞安沒有繼續升學，不是在打工就是在租屋處玩遊戲。

先縮小範圍，從這兩個場所切入。」

「怪不得妳昨天打電話來，要問瑞安的打工地點。」王振翔說道。

「是的，為了爭取時間，我立刻叫車去瑞安的打工地點。我在那待了大概兩個小時，老實說，我會暫時排除巨蟒跟瑞安在打工處認識的可能性。瑞安的老闆，還有兩位跟瑞安共事大概一年半的工讀生，三個人說法滿一致的。他們說，瑞安不管是對同事還是對客人，都嚴格貫徹公事公辦的原則。簡單來說就是她不打算在工作時與人社交。所以我想，那款線上遊戲是一個很關鍵的空間。陳先生，聽翔哥說，你跟瑞安是在《世界樹》認識的，而且，你有一個懷疑的人選，可以說一下你對那個人的了解嗎？」

陳信瀚一愣，面頰到耳根不住發熱，輪到他發揮了嗎？

「那個人在遊戲裡，叫做黃。」

「大概幾歲呢？」

「就我個人推測，三十幾，快四十吧，很符合妳說的，心思細膩的特質。黃不曾在遊戲裡說出任何跟個人有關的資訊，怎麼問都不說。年紀也是我從一些小地方去推測的，細節的部分之後有空再解釋。另一點是，黃很有錢，在遊戲裡砸下大錢也不心疼，我這裡說的大錢，可是幾百萬。妳剛剛說到巨蟒的拍攝背景換來換去，黃的財力，要包下飯店房間一個月也不是問題。再來，黃很常找瑞安聊天。妳說巨蟒有能力讓小女生不自覺地依賴他，也許就是這樣，小女生最喜歡聊天了。所以，聽完妳的觀察，我覺得黃就是巨蟒的可能性很大。」

「除了年紀，有更多黃的資訊嗎？」

吳姝妍打開筆記本，寫下「世界樹」，「黃」。

「等一下。」黃辛蘿嘆了一口氣，「別浪費時間了。」

黃辛蘿的發言，使得所有人都把視線調到她身上。

「我跟你們保證，黃並不是巨蟒。」

「妳怎麼確定？」

這個問題，陳信瀚兩個鐘頭前就想問了。

為什麼黃辛蘿第一次聽到黃這個名字時，反應如此詭異？

「因為，我就是黃。」黃辛蘿眨了眨眼，「抱歉，東泉，我也不希望這樣相認。」

過了好幾秒，陳信瀚才找回聲音，「妳是黃？不可能，這太好笑了。」

「我也知道這很好笑，可是，是有苦衷的。」

「等等，」王振翔像是解不出數學習題的學生，整張臉苦得不得了，「請讓我釐清一下狀況，妳——」他指著黃辛蘿，「是瑞安失聯多年的母親，然後，妳也是跟瑞安一起玩《世界樹》的黃？」

「大致上沒錯。」

「所以說瑞安一直在等的人，跟這幾天我們一直在猜的人，都是妳。」王振翔的肩膀垮了下去，「天啊，容我說一句不是很禮貌的話，我有點慶幸瑞安的紀錄片沒有拍下去，不然照目前的發展，一定會被質疑我們有在操作。哎，」王振翔語重心長地吐了口氣，「不是有句話是，現實比小說更荒謬，因為現實可以不講邏輯？」

「瑞安知不知道，黃就是媽媽？」吳姝妍細聲問道。

另一方面，她直線劃掉筆記本上墨跡未乾的「黃」。

「她不知道。」

「這樣做很好玩嗎？我完全不能體會。妳知不知道瑞安在拍紀錄片的時候，有多常提到她很想見到自己的媽媽？」王振翔微慍地問道，儼然想起了什麼。

「我知道這樣很過分，可是……也沒別條路可走了。」

「是我叫阿姨不要跟瑞安相認的。」

陽陽的介入如隕石墜落，把眾人震得頭暈眼花。

王振翔看了姪女一眼，陽陽不甘示弱地回瞪。他抓了抓鼻子，挪出旁邊的空位。

「這件事怎麼會跟妳有關？」陳信瀚問道。

「那時候，阿姨穿著一看就很貴的衣服，拿著名牌包，從保時捷走出來。我覺得，瑞安忍耐這麼久，等了這麼久，不應該是這樣的結局。」

陽陽眼神倔強，唯獨顫抖的雙手告密了她的猶豫與為難。

「所以人家本來要跟瑞安相認，妳阻止了，是這樣子嗎？」王振翔氣急敗壞地問道。

「可以這麼說。不過，我覺得我沒有錯，如果阿姨不打算反省自己到底對瑞安做了什麼，那乾脆不要出現在瑞安面前。瑞安有我、跟我媽媽就夠了。」

「好像不是哦，」吳姝妍淡淡地說道，「如果是這樣，瑞安就不會去找巨蟒了。」

「那只是個意外……。」陽陽緊咬著牙，忍住淚意。

「我們先不要停留在討論了，去找瑞安吧。」吳姝妍當機立斷。

「沒有用的。」陽陽說道，「我跟妳說過了不是嗎？瑞安是不會理我們的，不管我們說了什麼。難道我們要直接把她從房間抓出來？」

「妳跟她怎麼了？」陳信瀚這才想起初見陽陽時，她的臉色有異。

「我去找過她了。她對我說了一些很、很傷人的話。」

「這很可能是巨蟒計畫的一環，」吳姝妍說道，「我們得再去找瑞安第二次。」

「就說了她是不會理妳的！」陽陽賭氣地吼道。

陽陽莫名的情緒化讓陳信瀚聯想到上一次見面時，他質疑陽陽高估了自己對瑞安的理解，今天吳姝妍也做了如出一轍的事。他看著陽陽不斷眨眼，盡力想把眼淚給眨回去的模樣。有那麼一瞬間，陳信瀚似乎明白了陽陽的挫折，陽陽為夕梨付出了那麼多，直到現在，好像還沒有誰給她一點肯定，哪怕夕梨本人。

◈

王振翔按了好幾次門鈴，沒人應門，他把耳朵貼在門板上，屋內並無動靜。

一行人屏息凝神地站在階梯上，陽陽神色落寞，吳姝妍的話似乎仍在她的耳朵盤繞不去。陽陽百無聊賴地看著樓梯間的小窗，無預警地發出了驚呼。

「瑞安從後面的陽台跑了！」

所有人接二連三地擠到小窗前，房瑞安正拔足狂奔，一個轉彎，她的身影消失於巷口。

陳信瀚打了個寒顫。

信號變淡了。

其他人三步併成兩步，手忙腳亂地躍下階梯。

陳信瀚回過神來，這不是尋思信號為什麼變淡的時機，他得跟著去追上夕梨。

附近的巷弄蜿蜒崎嶇如一座小迷宮，眾人一下子就追丟了。王振翔判斷得先堵住連接大馬路的幾個出入口，所有人按照王振翔的指派，分頭行動。黃辛蘿拿起電話，吩咐她的人力發動車輛巡視，一旦看到房瑞安的蹤影，立即攔下。

陳信瀚氣喘吁吁地跑著，來到一個三叉路，該向左還向右？他沒個判準。一整排大同小異的平房，刷著紅漆的鐵門與枝椏外延的綠樹，他眼前一眩，伴隨著膝蓋痠軟疼痛，身體似乎每個關節、筋絡都在抗議他的大動作。他得當機立斷，左？還是右？這時，陳信瀚眼角餘光驀地瞥到炊煙般升起的黑魅氣息。

陳信瀚吃力地爬上路邊車輛的引擎蓋，甫站好，遲疑的雙眼很快地與夕梨驚恐的眼神相接。

夕梨竟然躲藏在他人的庭院！

「快來，瑞安在這裡！」陳信瀚一邊通風報信，一邊搖搖晃晃踩上圍牆。

這戶人家在圍牆上灑滿玻璃刺來防止盜賊，陳信瀚滿頭大汗地尋找著立足的空間。他看到夕梨往後退了一步，轉身面朝大門，「別跑，我們不會害妳。」

房瑞安冷哼一聲，大步一跨衝到門前，俐落地開啟鐵門朝外奔去。

陳信瀚想帥氣地跳回地面，一個踉蹌，竟向前仆倒，額頭撞上瀝青地面。

「你沒事吧？」不知從哪裡竄出的吳姝妍扶起了他。

陳信瀚沒來由身體一顫，感覺到一股暖流從吳姝妍的掌心匯入他的身體。

「快去追瑞安，她往那裡去了。」陳信瀚指著房瑞安離去的方向。

房瑞安的跑速快得出奇，更讓眾人大開眼界的是，吳姝妍的動作更快，她拔起大腿的速度與抬手的姿勢工整如職業選手般，一下子就把距離縮短至一個街區。

房瑞安回過頭來，眼中閃逝著吃驚與不解，似在評估這個女子是誰。

下一秒，房瑞安像是倏地失了魂，她皺起眉，動也不動，佇立在原地，追來的王振祥跟陽陽趁勢趕到房瑞安身旁，一人一邊抓著她的臂膀。陳信瀚錯愕地看著同樣動也不動的吳姝妍。

他發誓，那個梅杜莎的眼神又出現了。

黃辛蘿站在所有人身後，她抱著自己，掌心唧著手肘。下一秒，她也跟了上去。

房瑞安眨了眨眼，大夢初醒似地瞪著眼睛，她憤怒地甩動肩膀，想擺脫桎梏。

黃辛蘿輕晃著頭，眼淚滾過她的顴骨與蒼白的雙頰。

她站穩，緊接著說了一句，「夕梨，我是妳的老朋友。」

房瑞安身體一僵，她眯眼，想看清黃辛蘿。

黃辛蘿的眼淚落到了地上，一滴、兩滴。

「我也是妳的媽媽。對不起，對不起，對不起⋯⋯。」

房瑞安一臉迷惘。

黃辛蘿冷靜地說出瑞安的出生年月日，父親的姓名，祖父母的姓名，以及她出生的醫院，房瑞安的表情再次顯得猙獰，她的尖叫刮痛了所有人的耳膜。

「你們每個人都是騙子，沒有人是真的，都是騙子——」

吳姝妍握著房瑞安的手腕，眼神看進房瑞安的雙眼，要她冷靜。其他人眼中再也尋常不過的舉止，陳信瀚這次盯得分外仔細，沒有錯。

動物相準獵物的眼神。

萬分之一秒的凝滯與蓄勢待發的撲騰。

吳姝妍是誰？她真的如自己所宣稱，是個競競業業的記者？

房瑞安的眼中泛起了靄靄霧氣，她恍惚地低語，好，我冷靜、我冷靜……。

一小滴紅血懸在吳姝妍的鼻頭，含而未墜。

吳姝妍往後坐倒在地上，額際蒸出一排細汗。

王振翔拿出照片，平心靜氣地說道，「瑞安，這個照片是誰給妳拍的？」

房瑞安看了一眼，扭頭不理，「不說。」

「妳很危險，妳懂嗎？再這樣下去妳會死的。」

「那又怎樣，我確實想死啊。」

「瑞安，妳好好說話，是誰逼妳的？」

「才沒有人逼我，為什麼大家都不理解，沒有半件事值得我活下去。」

「瑞安，妳怎麼這樣說話。」陽陽的眼中又滾出了淚水。

「妳這個好命的大小姐，根本不懂我的感受。」

「先移動到別的位置吧，大家都在看我們了。」王振翔說道。

夕梨身上的霧氣淡於無形。

陳信瀚百感交集地望著一切，夕梨安全了。

第六章
2u4ux.45;

第七章
2u4fu 5;

第八章
2u418 5;

第十章
2u4g65;

第九章
2u4ur.35

u4g6

LOGIN.........

◈

吳姝妍提議，既然房瑞安暫時安全無虞，當務之急是找個人看住她。

王振翔推薦他親姊姊，也就是陽陽的家，瑞安曾經在那住上一段時間，熟悉環境，陽陽的母親也會義不容辭地答應。房瑞安卻搖了搖頭，怎麼樣也不肯。

她重申對陽陽說過的話，「看到妳跟妳媽感情這麼好，對我來說根本是酷刑。」

房瑞安的反應再次刺傷了陽陽。

黃辛蘿低下頭，苦澀地說道，「對不起，瑞安，媽媽再找時間跟妳見面，把事情從頭到尾說清楚好嗎？這幾年我也遇到很多事，不是有意要放著妳不管的。」

房瑞安沒有說話。從她疏離的眼神可知，她不打算領情。

在場的每一個人都看不清她的孤獨長成什麼模樣。

吳姝妍揉了揉額頭問，瑞安，不然這樣子吧，雖然我們才見了幾次面，妳對我也不熟，可是，先跟我回家好嗎？瑞安沒有應聲。

黃辛蘿哽咽地說道，「瑞安，都是我的錯，我太懦弱了。給媽媽一個贖罪的機會好嗎？先跟吳小姐回家，讓她照顧妳，我保證我很快會來找妳。」

陽陽也揉著眼，眼淚一下沾濕了指縫，她口齒模糊地說，「瑞安，跟姝妍姊姊走吧，不要再一個人苦撐了好嗎？妳討厭我就好了，不要討厭自己，是我不好，虧我還口口聲聲說要一輩子不分開，卻從來沒有了解妳的感受，求求妳，不要再傷害自己了。」

「瑞安，跟我走吧。我保證，這一次沒有人會拋下妳。」

房瑞安終於輕輕地點頭，所有人的胸口為之一輕。

吳姝妍跟房瑞安依序進了黃辛蘿的車，黃辛蘿改坐副駕，陳信瀚不能確定日後是否還能見著黃辛蘿，他追了上去，拍打車窗。黃辛蘿困惑地將車窗按下。

「先別走，妳至少要告訴我，為什麼妳會知道我的本名，還有住在哪裡？」

陳信瀚可不想日後重演類似的場景。

黃辛蘿會意過來，表情融合了尷尬和羞愧，「我還欠你一句道歉，抱歉，東泉，我不應該那樣對你。畢竟時間點太巧了。前幾天瑞安才跟我說，你拿朋友的身分詐欺她，我怕瑞安遇到變態，找人調查你，得到的資訊一個比一個負面。沒多久就收到那些照片，這些事情加起來——我不得不認為你就是兇手。」

「那個部分暫時算了，先回答我的問題吧。」

「你在《世界樹》其實說了很多你自己的事情。像是你幾年次，你住哪個縣市，讀哪間國小之類的，對吧？你還說過你家附近有摩斯漢堡，星巴克，你常喝的手搖飲，對面是中華電信。你住的縣市，完全符合這些條件的社區不多，我一下就掌握了大概的範圍。再來，瑞安太生氣你拿朋友的照片騙她，跟我訴苦時，傳了她偷拍你的照片給我，我也有你的長相了。有這些資料，要找到你並不困難。至於本名，你覺得呢？」

「社區的人說的吧。」

「對。」

「如果我沒出現，你們會等多久？」

「我打算到了六點你若還沒出現，我會親自去你家按門鈴。」

黃辛蘿拉上車窗，車子啟程向前。

陳信瀚的眼神與車窗內的吳姝妍交會。

那雙梅杜莎之眼，如今看起來竟然非常地溫柔。

陳信瀚的身體無端發燙了起來，無數隻小螞蟻在胸口底下鑽。所有的感官化為不停嗚叫的警鈴，在他的腦中咆哮：你務必要再次找到她，跟她說，你也是。

◈

風塵僕僕地回到家，鑰匙轉了一圈，屋內竟然是暗的。

父親也許又躲回公司，母親呢？陳信瀚檢查了玄關，姚秋香的拖鞋還在，外出常穿的平底鞋也整齊地陳列在櫃內。姚秋香還在家裡。陳信瀚亦步亦趨來到主臥室，敲了敲門，等了好半晌，沒有回應。他把手擱在門把上，輕旋，沒上鎖，只要再半圈，門就要打開，陳信瀚卻像是觸到烙鐵似地拔回了手。

他想起黃辛蘿那冰冷、機械般的朗讀。你爸跟你媽提了離婚。不，千萬不要是他想的那樣。他好不容易才有煥然新生的感覺。他要跟姚秋香道歉，說，對不起，我至少是自願地走入了洞穴，但妳並不是。思緒一頁追趕著一頁，陳信瀚腦中跳出高三暑假，大考放榜，姚秋香一整天臉色酡紅如酒醉，抱著電話說個沒完，到了黃昏，更是佈置了一大桌飯菜給他慶祝。

晚上十一、二點，陳信瀚經過客廳，父親因酒過三巡，發出驚人的鼾聲，姚秋香轉著電視，心思不知飄向了何方，陳信瀚那時才結束了跟幾個朋友三分怦然、七分少年得志的談話，見到母親這樣，他也害起了憂愁，他挨著母親發燒般的身子坐下，問，妳怎麼看起來有些悶悶不樂，覺得很不真實嗎？

那其實是他自己的焦慮。陳信瀚沒算準他竟考得這麼好。

姚秋香悶笑兩聲，拍他的手，說，才不是，從小到大你沒有讓我煩惱過，我只是突然想到，你上大學，就不會那麼需要我了。我有點難過，又覺得很幸福。

陳信瀚停止追憶，一鼓作氣地壓下門把，沒有任何人影，他心頭一弛，床上被堆隆起，客廳的光與暫留的視覺讓他眼中所見都鑲著毛毛細細、如墨水糊散的邊線。他走到床沿，把棉被拉開一小角，姚秋香雙眼閉合，一動也不動，陳信瀚提著呼吸正要輕喚，姚秋香睜開眼，懶倦地問，「小瀚，你怎麼在這裡？」

姚秋香手肘撐著，直起腰，取來手機，低語，「我睡了快五個小時？更年期就是這樣，晚上吃了藥還是睡不著，白天一直打呵欠，今晚又要失眠了。」

陳信瀚很想趁這個半夢半醒的時刻，釐清離婚的事，喉頭上下滾動，卻說不出隻字片語，千辛萬苦出了聲，卻是自己最沒把握的，「對不起。」

「對不起什麼呢？」

「我也不知道是對不起什麼，可是，先讓我說這句話好嗎？」

姚秋香沉默了兩秒，點了點頭。

◈

翌日，陳信瀚睜開眼，已是下午三點，他二話不說確認手機有無消息。

唯一傳訊息給自己的是何青彥。

何青彥說自己昨晚有接風宴，喝了不少酒，有些宿醉，也想問他那邊有什麼進展。陳信瀚有些沮喪，他以為會有誰跟他更新進展，但這情緒消解得很快，綜觀整起事件的格局，怎麼說他是個局外人，很可能他們內部有通訊，只是覺得沒必要告知他。

他長話短說，把那天全數的曲折離奇給何青彥交代了一遍，包括信號的消失。末了，陳信瀚歪著頭，又加上一段，當他被拘束在黃辛蘿的車上，人生的場面兀自嘩啦啦地轉動，他後知後覺，自己相當眷戀高中生活，特別是高三，他最像風雲人物的一年。

送出了訊息，陳信瀚呆視著螢幕，高三的何青彥過得如何呢？

為什麼他花了這麼長的心思，斷斷續續要把何青彥的身影嵌入他從前的往事，挪了好久，卻發現有些拼圖，即使十分眼熟，卻從來就隸屬於另一幅畫面。

陳信瀚甩了甩頭，想抑制這種不明快，又帶著一些疑暗的念頭盤踞內心，再這樣任由烏雲堆疊，之後還得收拾傾盆大雨造成的泥濘。

幾個小時後，陳信瀚登入《世界樹》，如他所料，夕梨跟黃都不在線上。

達西跟芬里厄邀請他組隊跑一個限時一小時的副本。陳信瀚不做他想，按下接受，順道消耗對他而言宛若不斷膨脹的時光。

「東泉，你是網路太慢，還是在放空，怎麼覺得你一直卡住。」

進展到一半，達西開啟了話題。

「有嗎？」

「是說，有注意到嗎？夕梨今天沒有上線……黃也沒有上線。」芬里厄說道。

「現在連芬里厄也神經兮兮了。」

「對啊，自從東泉說了這件事，我也有點緊張，夕梨不會怎樣吧。」

「夕梨現在很安全。」猶豫了幾秒，陳信瀚決定坦白。

「怎麼說？」

「她的家人找到她，也把她帶回家住了。」

「家人？夕梨不是跟她家人關係很差嗎？」芬里厄問道。

「不是爸爸那邊的人，算是一位照顧過她的姊姊吧。」

「之前都沒有聽夕梨說過她有這樣一個姊姊。」達西說道。

「確實。」芬里厄應和。

「是怎樣的一個人呢？」

「一個大概二十五、六歲的女生，人滿好的，在當記者。」

「叫什麼？一直覺得認識記者好像不錯。」芬里厄問道。

吳姝妍三個字在螢幕上閃爍，就要送出時，手機響起了。
陳信瀚蹙眉，真不是時候，再過兩道關卡就要面對 MVP 了。
他刪掉那三個字，轉而輸入「等我一下」，敲下空白鍵，起身翻找手機。
一接起，王振翔等不及吶喊，「我問你，遊戲裡有個叫做芬里厄的玩家嗎？」
「怎麼了？」
「他好像就是巨蟒。」
陳信瀚宛若失足墜入冰海，皮膚底下的血管一節節地結凍，隨時都能爆裂。
他的五臟六腑眨眼間浸泡在絕望的氣息之中。
他步伐不穩地坐回電腦桌，看著螢幕那兩個高速移動的身影。

「芬里厄。」
「東泉，你又在放空了，剛才你差點被殺死。快撿一下箱子，該到下一關了。」
「你是巨蟒嗎？」
「你說什麼？」
「你是不是『學校』裡的巨蟒？」
「東泉，你在說什麼啊。什麼學校。」達西問道。

「達西，這跟你沒關係，你不知道芬里厄做了什麼可怕的事情。」

「這怎麼會跟我沒有關係呢？我們是夥伴啊。」

「達西，我沒有在鬧著玩。」

「我也沒有在鬧著玩，東泉，聽不出來嗎？我也是校友啊，」達西輕快地說道，「真掃興，夕梨差點給我們創下最高記錄呢，就差那麼一步了。」

「你是校友？」

「是呀，很意外嗎？要不是你那麼怕出門，我們還打算吸收你呢。」

「達西，那是我們不夠好，東泉不就為了夕梨跑來跑去？」

「你們對夕梨做了什麼？」

「你們？東泉，這樣說太見外了。這幾年我們相處得很好不是嗎？」

「其他女生是從公會找來的嗎？」

情緒一旦越過了某個閾值，反而會回歸到幾乎相反的狀態。不過幾秒鐘，震懾、狂怒的浪潮就已快速地往後消撤，反映出來的是清澈、沉著的內心。

陳信瀚飛快地釐清了來龍去脈。

「夕梨不是唯一一個吧？還有誰是你們下手的對象？」

「東泉，你覺得是誰呢？你想不起來半個名字對吧，為什麼？因為你只在意夕梨，其他成員來來去去，你都沒放在心上……說起來，也許你比我們還過分，我們至少花了時間傾聽那些乏善可陳的家庭恩怨，安慰她們的玻璃心。」

「而且，我澄清一下，說下手，太小看我們了，不需要用到手。東泉，你這個盜用朋友照片的人，很難理解怎麼讓年輕少女對你言聽計從吧……謝謝你啊，本來我們很氣夕梨偷偷約你碰面，沒想到反而幫了我們一把。之前怎麼做，夕梨好像都不夠絕望，竟然是你做到了……朋友的背叛永遠最讓人痛苦，對吧？」

陳信瀚伸手觸摸螢幕，兇手近在眼前，耳機誠實地傳播著他們惡魔般的耳語。

如果是現實就好了。

如果可以把這些人從螢幕裡揪出來就好了。

「你們到底是誰？不要只會躲在後面。」

「我們是誰？東泉，你怎麼這樣問，我們當然是達西跟芬里厄啊。」

「為什麼要對夕梨做出這種事？」

「我們什麼也沒做，只是教她看清自己的內心而已。」

「東泉，其實你跟夕梨好像，你們都想用遊戲來尋找現實沒有的東西，差別在於，夕梨比你更早意識到，兩者之間並沒有什麼差別。」

「差不多該道別了。」達西說道。

「東泉，不管怎樣，我們都滿喜歡你的。你玩得很好。」芬里厄說道。

「東泉，很高興認識你。」

螢幕上跳出一行黃色的字幕：〈幻絕中堂〉公會長轉移至，東泉。

他們登出了語音與遊戲。

只剩下東泉孤獨地佇立在原地。陳信瀚恨恨地捶了桌面。

◈

「他們就這樣消失了？」吳姝妍的語氣滿是不甘。

「對，很抱歉，也許我不應該直接挑釁。」陳信瀚縮著脖子，汗流浹背地解釋，「不只是退出公會，帳號也砍掉了。」

「語音呢？」

「找不到了，他們刪得很乾淨。」

「沒想到巨蟒是一組的。奇怪……我聽瑞安的描述，只有一個人。你有錄音嗎？」

「沒有。」

「好吧。只能暫時先想成，那個達西在整件事扮演著某種角色。」

「瑞安去過巨蟒的住處不是嗎？我們有地址。」王振翔問道。

「並沒有。瑞安說，每次見面地點都不固定。多半是她先搭火車或高鐵，再轉公車到指定地，巨蟒會開車去接她，車程有時二十分，有時將近一個小時。不是飯店就是一棟透天。不過，車子一進入車庫，鐵門就馬上降下，瑞安沒有機會，也沒想過要去看一眼地址。她唯一有印象的是，晚上從二樓窗戶看下去，對面會停著一台計程車。她說，跟巨蟒相處都很緊張，沒力氣想其他的事情。」

「但她看過巨蟒，我們有長相。」王振翔說道。

「長相是很抽象的，說大眼睛，每個人認定的大眼睛不一樣，更棘手的是，她支持巨蟒，」吳姝妍加重了語氣，「跟我之前的判斷沒有太大的出入，巨蟒能夠說服那些女生，我拿其他照片給瑞安看，瑞安卻覺得沒什麼。她說，巨蟒對她付出很多。」

「她不明白巨蟒對她、還有其他女生做了什麼事情嗎？」

「我沒有說太多巨蟒在『學校』的事情。」

「為什麼不，這樣做不是更能讓瑞安清醒嗎？」

「清醒嗎……」吳姝妍搖了搖頭，對這用語似乎不很認同，「我跟萬哥做過邪教組織的專題，學到一個深刻的領悟。有人在夢遊時，千萬不要急著搖醒他，這麼做，對夢遊的人很危險，也對旁觀者很危險。所以，就算我非常想要現在、立刻從瑞安的口中問出全部的真相，我也不能這樣做。瑞安是我們僅有的線索，逼太緊，把她弄到精神崩潰就完了。陳先生，你說你跟他們相處了很久，你們很熟嗎？他們大概是什麼年紀？背景？做什麼的？」

「我們很少聊私事。只是他們上線的時間很固定，八點多到十二點、一點，偶爾也會十一、二點才上線，說是工作要加班。週末也主要是晚上上線，除非是事先約好要解複雜的副本，那麼下午大家就會先集合。」

「聽起來是正常上下班的工作，週末也有安排……個性呢？」

「很正常，甚至可以說是好相處、客氣有禮貌，不然我們也不會那麼好。算是大方吧，組隊打到一些貴重的道具，他們也不會跟我計較。」

「沒有經濟壓力。」

「應該是的。芬里厄也砸了不少錢在《世界樹》。」

「他們跟瑞安的相處呢？」

「以公開、我看得到的部分來說，沒什麼交集。這點妳可以問黃小姐。」

當天，吳姝妍把瑞安帶回住處。翌日清晨，黃辛蘿遵守承諾，提出想見瑞安一面，兩人私底下說些話的請求。豈料瑞安毫不考慮，一口回絕。吳姝妍不想強迫瑞安，建議黃辛蘿緩一緩。

兩天後，除了瑞安，所有人如同幾天前重聚一地。陽陽的母親暫時接手照顧瑞安，她似乎很理解瑞安脾氣，直接出現在吳姝妍的住處，瑞安吶吶地喊了一聲阿姨，沒有多說什麼。黃辛蘿獨自開車赴約。

陳信瀚對黃辛蘿既有尚未消除的餘怒，也有困惑。這個女人太神祕了，他至今仍無法把她跟瑞安母親的身分畫上等號。

「對，沒有交集。否則我也不會第一時間認定陳先生是兇手。」黃辛蘿答得心虛。

「巨蟒跟瑞安在遊戲裡的對話，會留下紀錄嗎？」

「如果瑞安有設定，資料夾也許找得到。」

「我們又回到了原點，」吳姝妍嘆了一口氣，「只能不斷地逼問瑞安嗎？」

「她有說為什麼想要尋短嗎？真的不是巨蟒教唆的？」王振翔問道。

「我還沒有定論，必須等瑞安說出更多她跟巨蟒相處的細節才能判斷……不過，瑞安這幾天睡覺時會講很奇怪的話，像是，請不要放棄我。我想要變好之類的。我問她變好是什麼意思，瑞安說，就是字面上的意思。我又問，自殺也包括在變好的一部分嗎，瑞安說，變好的意思是要對自己誠實。如果一個人認真反省了人生，最誠實的反應是他想死，那麼，自殺就算是會讓這個人變好的事情。」

吳姝妍扶著額，「每一個詞我都明白，組合在一起卻好像無字天書，不知從何說起，這是相當高明的洗腦……熟練，有系統。我保守猜測，也許要過好幾個月，我們才能從瑞安口中把前因後果組織起來。」

「瑞安這幾天有造成妳的困擾嗎？」

「沒有。我一個人住在我爸媽留下來的房子裡，兩個房間很夠。」

「這，請妳收下。」黃辛蘿打開皮包，將一張藍綠色的提款卡放在桌上，「瑞安是我的女兒，我卻什麼也沒做，至少讓我負擔她全部的費用。」

「黃小姐，事到如今我想請問妳，為什麼不是選擇跟瑞安在現實中相認。」

黃辛蘿細細的手指按著脖子，眼底滲入憂鬱。

「瑞安應該說過，我在她五、六歲的時候離開家，再也沒出現吧。」

「有。」吳姝妍答道。

「那麼，她有說，我那時是喜歡上別人嗎？」

四人面面相覷，最後由王振翔代表發言，「沒有。」

「哎，她真為我著想。」黃辛蘿哀愁地笑了，「我很了解我前夫那邊的人，他們絕對是把我形容得十惡不赦。謝謝瑞安沒有只聽他們的說法。」

黃辛蘿看著桌面，吸了一口氣，「這是一個很久以前的故事。我跟瑞安的父親，學生時期就交往了，分分合合好多次，每次復合，過沒多久又因為他打人的習慣而分開。後來有了小孩，還是奉子成婚了，那年我們才二十歲。我以為有了小孩，事情會變好，沒有。在此奉勸各位，婚前就有的徵兆，婚後只會更嚴重。瑞安的父親是長孫，個性有一半是家人寵出來的，看我挨揍，他們只會說，我自己要嫁的，沒什麼好怨嘆。最重要的是，我走了，瑞安怎麼辦。」

「我一直忍、一直忍，忍到二十五歲，愛上一個很照顧我的同事。我外遇了，吵著要離婚，瑞安的父親把我打得很慘，要我賠一筆錢、發誓不去打擾他們才肯簽字。我答應了。再也看不到瑞安，確實讓我很難過，可是說句坦白的，也有鬆了一口氣的感覺。不是我不愛小孩，而是陪小孩長大的代價太大了。後來我才知道，那個同事也不是什麼好人。他有傷害前女友的前科。

「我又談了幾場戀愛，過程中做了不少傻事。三十歲才認識現在的丈夫，他不介意我結過婚，他說，二十歲而已，當成一場兒戲。不知道為什麼，我沒有勇氣告訴他，我不只結了婚，還生了一個女兒。我跟這任丈夫結婚快八年了，生了兩個小孩，他到現在還不知道瑞安的存在。我也想就這樣忘記瑞安，偏偏越想這麼做，就越是辦不到。

「我的先生很有錢，我不太方便說他的職業，但你們大概可以想像……多少有點遊走在灰色地帶，如果未來你們有什麼法律不能處理的事情，說不定我先生可以幫忙，這都是題外話。我要說的是，我先生很重視家庭，他怕我太累，請了一個阿姨幫忙照顧小孩。我給小孩安排了鋼琴課、圍棋課、樂高課，每個禮拜兩天，有外國人到家裡陪他們說故事、玩遊戲。看著他們過得那麼幸福，我會想起瑞安，有人照顧她嗎？我跟瑞安的父親是高中同學，中間這幾年也有人告訴我他的狀況，聽到他很快就再婚，跟妻子過得還可以，我也慢慢地放下，想說瑞安會好好長大。」

「兩年前，同學跟我說，瑞安離家出走了。我是陪孩子去東京迪士尼的時候知道的，罪惡感把我壓得快要喘不過氣來。回到臺灣，我決定要好好面對這件事。我找了徵信社，把瑞安在家裡的狀況，學校班級、課表，放學時間，從哪一個校門口出來都調查得很清楚。第一天看到瑞安，我在學校對面，就只是看，說不出話來。同學說得沒錯，瑞安跟我長得好像，看到她就好像看著年輕的自己。我又去了好幾次，每一次都想走過去跟瑞安說話，每一次都做不到。有一天，我要開車回家，有人叫住了我……。」

「該不會是陽陽吧。」王振翔說道。

「是的，王先生，我其實非常、非常慶幸瑞安的身邊有一個人這麼愛護她。」

黃辛蘿啜了一口茶，看著窗外，沿著她的眼神斜出去，騎樓屋簷有燕子巢，兩隻雛鳥伸長脖子東張西望，不遠處一隻燕子停在閃爍招牌上，別有深意地回望了一眼，撲愣著翅膀飛去。

在這個瑣碎的光景，黃辛蘿捂著胸，壓著心跳。回憶起那場好像才剛結束的初相遇。

陽陽的第一句招呼，就讓黃辛蘿進退維谷，妳是瑞安的媽媽吧。稚嫩的臉蛋懸掛著不歡迎的神情。黃辛蘿手上的鑰匙險些滑落，她維持精神，反問，妳又是誰。少女打量著她，視線旋即跳躍到她身後的轎車，又問，這台保時捷是妳的車嗎？少女的語氣如一條即將繃斷的弦，黃辛蘿既困惑，又隱隱察覺到這背後有一股純真的意志。

也許黃辛蘿也是一條即將繃斷的弦。頻繁地在午後開車出門，丈夫跟幫傭雖沒有起疑，她內心卻始終有著自己怎麼一錯再錯的徬徨。

黃辛蘿點了點頭，承認自己的身分，也詢問少女從何得知。少女的回覆顯示出她的早慧：我很早就發現妳了。妳的表情，妳的眼神，妳的長相。站在這，像在等小孩，卻從來沒有載誰回家。聞言，黃辛蘿緊張了起來，有那麼一目瞭然嗎？少女把她形容得宛若曝光氣味的動物。少女等了半晌，又說，放心，只有我會注意到。

黃辛蘿至今仍不明白這句話是什麼意思。

少女盯著她指間發亮的鑽戒，問，妳結婚了對嗎？黃辛蘿點了點頭，她不覺得這值得隱瞞。少女又問，妳會把瑞安帶回去住嗎？黃辛蘿搖頭，她想了幾秒，補上一句，不太方便。少女遲豫了好一會，眼神閃過琢磨的暗影，接下來她說的話，觸痛了黃辛蘿好長一段時間：阿姨，妳有沒有想過，跟瑞安相認的那一天，應該長什麼樣子？之後，又應該長什麼樣子。我跟妳說，如果是現在這樣子，對瑞安來說，太殘忍了。黃辛蘿把車停在樹下，光穿過葉子的網，斑斑光點落在她的顴骨與眉梢之間，有些刺痛，她閉了閉眼，再次睜開，少女以手背抹了抹眼睛，帶走那很快就蒸發的、象徵傷心的結晶，見狀，黃辛蘿懂了一件事：少女說的是真的。

她故作冷靜地問，瑞安跟妳說了什麼？

換作是其他小女孩，必然會膽怯地不敢還嘴，少女卻很鎮定，沒有被眼前紛雜的氛圍給勸退，她一個字，一個字，不疾不徐地說：瑞安常說，妳是愛她的，一定是日子不好過，才遲遲沒有來接她。她記得，小時候妳們常常在一個很大的浴缸裡玩水，妳都叫她，我的寶貝。少女模仿著摯友的語調。我的寶貝。

睽違了這麼多年，黃辛蘿又聽見女兒的聲音，不是振動的聲波，而是心底的靜寂。

她無話可說。

實情是她並沒有準備。

她一意孤行地深信，瑞安會毫無保留地接受她的現身。她打算好了，按月給瑞安一筆錢，每兩個禮拜安排一天下午，陪瑞安逛街，喝下午茶，給她買衣服，若遇見了熟人，謊稱是姪女。瑞安會諒解她，諒解母親為了保存既有的生活得付出的代價。

她太天真了。

「我在這邊替陽陽向妳道歉，我沒想到她做了這麼沒禮貌的事。」王振翔說道。

「她一點錯也沒有，我很謝謝她。」

「那麼，妳又是怎麼成為遊戲裡的『黃』呢？」吳姝妍問道。

「陽陽的話讓我決定，先別貿然和瑞安在現實中相認。徵信社跟我提過，瑞安有時放學會溜到附近的網咖，包三個小時，玩遊戲、看漫畫，吃泡麵當晚餐。我本來聽到，只是很心疼她這樣過生活，後來卻得到了靈感。我對遊戲沒有很陌生，有一任男友非常沉迷線上遊戲，我也陪著他玩了一段時間……不過，《世界樹》困難多了，所以我直接請人買了高等帳號，先弄懂大概的規則再來教我。陳先生，你那天有看到一個戴眼鏡的男生吧，大概有三分之一的時間，是他在操控黃這個角色。」

陳信瀚打了個激靈，有些怨懟黃辛蘿勾起他不快的回憶。

「為什麼會玩男生的角色呢？」

「女角太容易被吃豆腐了，我不想浪費時間應付那些沒完沒了的調情。不過，我沒有隱瞞瑞安我的年紀跟性別，私下她會叫我老朋友，因為我大她太多歲了，我覺得這樣也不錯，比起媽媽，我可能更適合當她的老朋友。瑞安跟我聊過她對媽媽的想像，跟現實的我完全相反，我從來沒有為了接回瑞安而付出什麼努力，一點都沒有，包括前幾天也是，我應該要帶走她，好好照顧她，我又縮手了。我害怕影響到我現在的幸福，更害怕回到一無所有的日子。」

「妳在遊戲裡對她很好……。」陳信瀚吶吶地說道。

「我也只能這樣。兩個小孩一睡著，我就上線，買東西給瑞安，陪她去找有趣的地標拍照，她喜歡解任務，我就幫忙蒐集各式各樣的物品。說是陪伴，也有懺悔，以為這樣就算補償，其實只是一次又一次的自欺欺人……瑞安會這樣，我也有責任。再過幾天我先生就要回臺灣了，我會跟他說出一切。在這之前麻煩你們照顧瑞安，謝謝你們付出的一切。沒有你們，也許我會永遠地失去我的大女兒。所以，吳小姐，盡量使用卡片裡的錢吧，錢對我來說，反而是最容易的。」

「哎呀……好險放棄了紀錄片，如今都能拍電影了。」吳姝妍苦笑。

「陳先生，這個也請你收下，」黃辛蘿拿出一只綑起的牛皮紙袋，「你可以想成是賠償你那天的驚嚇，也可以想成是封口費，還有一部分是謝謝你的幫忙。我知道我先生底下的人看起來很可怕，不過他們實際上都是很好的人。」

陳信瀚又打了個哆嗦，本想婉拒，心念一轉，這不是平白吃虧了嗎？

他俐落地把牛皮紙袋塞進自己的背包。

◈

目送黃辛蘿走遠，吳姝妍伸了個懶腰，「好，我也要去工作了。」

「妳真是個工作狂，不會想要先消化一下嗎？」

「誰不想休息呢，但是，我們坐在咖啡廳的這段時間，『學校』至少有兩三門課程在進行，說不定裡頭有人比巨蟒更可怕。校友是不會休息的。」

「妳不要把自己逼得太緊。」王振翔說道。

吳姝妍雙手插入口袋，抬頭看著天空，「翔哥，你說過，好的影像工作者看自己關注的對象，得先放棄任何批判的想法，試著在內心建立一個認同他們、換位思考的路徑，萬哥也說過類似的話。可是，我覺得這讓我在調查『學校』的過程欠缺足夠的抵抗力。這段時間，我想盡辦法要建檔，花了不少時間金錢在『學校』，看到有人被猥褻、被侵犯，被鼓勵做出傷害自己的行為，想著這些人在想什麼，觀眾又在想什麼，想著想著，突然有一天，我覺得這一切都不算什麼了。我們怎麼可以去了解我們的敵人呢？一個不小心成為他們怎麼辦？」

「妳是認真的嗎？」

「這時候開玩笑有什麼意義？」吳姝妍哀傷地搖了搖頭，「我得趕在我變成那些人之前，把他們找出來。我快沒時間了。陳先生，很高興認識你，你跟巨蟒相處了那麼久，我以後還會再訪問你的。」

吳姝妍調整了一下背包肩帶，跨步往捷運站走去。

「我跟妳走，我也要去搭捷運。」

陳信瀚跟上吳姝妍的腳步，小聲地喚住她，「等我一下。」

吳姝妍停下腳步，「怎麼了嗎？」

「我要問一件事，妳是怎麼做到的？妳的眼神……。」

「什麼意思？」

「我看到了，妳的眼睛，好像有辦法，怎麼說，好像會控制人……。」

「你的能力是什麼？」

「啊？」

吳姝妍沒好氣地說道，「你該不會之前沒遇過同類吧？」

「同、同類？」

「對啊，同類。你難道不知道，只有同類才可以看得出來我幹了什麼嗎？在一般人眼中，我可是什麼也沒做啊。」吳姝妍青蔥般的幼細指頭扶著臉蛋，「難怪，我命令你的時候，感覺特別不舒服，還以為自己退步了。」

「所以不是我的錯覺，妳對瑞安做了什麼？不，不只瑞安，對我也是。」

「是的，不是錯覺。那你呢？」

陳信瀚腦袋一片空白，「我？」

「你應該也有你的能力吧。說吧，是什麼？不然只有我被發現，很不公平啊。」

「我嗎？」陳信瀚本能地想要反駁自己才沒有，但他很快地就意識到，這個謊言的壽命也許撐不到一秒鐘，「與其說能力，不如說是詛咒。我看得出誰的壽命要結束了。」

「這樣子啊⋯⋯難為你了。你想必活得很痛苦吧。」

「你說什麼？」

「這句話有那麼難懂嗎？」

「不是聽不懂的緣故，是想要再聽到一次。」

陳信瀚感覺到吳姝妍的視線停留在自己的臉頰上。

只要抬眼就會與吳姝妍四目相交，那雙眼，此時是梅杜莎還是凡人呢？

陳信瀚不敢面對。

「好吧，那我再說一次，難為你了，你想必活得很痛苦吧。」

「謝謝妳。」

「看你這樣子，不只痛苦，也很孤單吧。」

「是的。」

「我目前遇到的同類，包括我，幾乎沒有人可以跟自己的能力好好相處。起初，多少還會有點興奮、以為可以像電影一樣大展身手，日子一久，恨不得沒有這個能力。我覺得很像罕見疾病，世界上要找到能夠討論的人，一隻手的手指都數得出來，也沒有人能明確告訴你這到底是什麼、再發展下去會變怎樣，只能靠自己去體驗。」

「妳的能力是控制別人嗎？」

「可以這麼說。但我喜歡用命令兩個字。」

陳信瀚皺了皺鼻，不能理解吳姝妍的講究。

「妳命令瑞安說出巨蟒的身分？」

「你很聰明。所以我有點慶幸瑞安是住在我這，我可以專心作業。」

「那妳也可以命令瑞安說出，巨蟒怎麼洗腦她的吧。」

「理論上是這樣，不過，我不考慮這麼做。」

「為什麼？」

「因為這樣做，會同時傷害到自己跟對方。像我那天命令你回答是不是校友，我立即流了鼻血，你也會有好幾個小時頭暈跟反胃。但因為你不是校友，副作用不算嚴重；如果你是，抵抗的意志就會升級，我可能會失敗，即使成功了，也會大病好幾天。當初，不管我怎麼軟硬兼施，前男友就是不肯說出他在『面試』學校時提供了什麼，我做了一件後悔莫及的事，我命令了他，後來我的身體連續出血兩個禮拜，只能去醫院接受輸血。」

吳姝妍沒有交代她得到了怎樣的答案，但她的眼神讓陳信瀚相信，答案與她有關。

「那天瑞安身上還有信號，我才會知道她躲在哪，後來信號卻消失了。」

陳信瀚把他找著房瑞安的過程仔細地說了一遍。

見吳姝妍沒有排斥，他也說出黃宥湘的故事，以及黃宥湘最終失去了生命。

「信號？這是你自己取的嗎？」

「算是吧。」

「果然大家都會取一些自己才懂的術語。那我也跟你說一件事好了。」

「什麼？」

「我跟我的能力，或說我的病，相處很久了，我算是對自己的狀態有一定的了解。可是那天很不一樣，我本來以為在那個路口我不會成功。」

「為什麼？」

「那天我已經命令你了，記得嗎？為了確認你的身分。」

陳信瀚想起吳姝妍鼻腔流出的鮮血，「記得。」

「要命令一個人停下，是很容易失敗的，何況我跟瑞安的距離那麼遠。我想了很久，想到另一件我匪夷所思的事情，你那時不是摔倒了？我把你拉起來的時候，不曉得為什麼，身體一下變得很暖和，很有精神，好像睡飽了剛起床，充滿能量。」

「我也有一樣的感覺！」

「所以不是我單方面的感覺囉？」吳姝妍的語氣不無釋然。

「妳知道為什麼會這樣嗎？」

「不知道。我說過，就像罕病患者，沒有人可以告訴你正確的答案，只能先假設，再靠著自己一一去證實。至少我是這樣走過來的。」

「好吧，那我知道了，謝謝妳跟我說這些。」

吳姝妍眨了眨眼，陳信瀚曾經很不能接受，有些人會拿聰明兩個字來形容一個人的長相，但吳姝妍說服了他。她的五官，以及眼梢流露出的光彩。

比起審美，更讓人聯想到智性。

「你在期待什麼，我不是看不出來，歸屬感對吧？我以前也是這樣，終於遇到了同類，忍不住想從對方身上找到所有問題的答案。我只能說，即使我們的處境乍看有些類似，之間的差異還是大得超乎預期，每個人的答案並不能相通。假使你非得聽到什麼，心情才能好一些，那麼我想對你說，對我們這種人而言，原諒自己是最困難的。」

「原諒自己？」

「對，原諒自己，」吳姝妍堅定地重申，「不明白自己為什麼會這樣，經歷的事情怎麼說別人也不了解，只會想著你到底是有什麼毛病。這樣的人生，誰不會痛恨自己？」

「我以為……妳的能力很好。」

「不要比較好嗎？」吳姝妍嘆道，「你我心知肚明，正常人才是最幸福的。每一次，熟練地拿出濕紙巾擦掉鼻血，那一秒是我最厭惡自己的時刻，我又允許自己成為了怪物。跟前男友那一次也是，獨自躺在醫院的時候，我控制不了自己，反覆想著一件事，這一切是不是我自找的？正常人才打不開潘朵拉的盒子。」

「現在妳原諒自己了嗎？」

「算是有改善吧，這種事，本人來說很沒有說服力。」

「之後還可以找妳聊天嗎？就像妳說的……我之前沒有遇過同類。」

吳姝妍雙眼閃過遲疑，「再說吧，我更傾向久久聯絡一次。同類可以交換的，都不是什麼好消息。你有沒有想過，無法原諒自己的人會做出什麼事？」

陳信瀚氣脫委頓地踏上返家之路，看著手機，心底著實不懂，這幾天他如常跟何青彥更新事情的後續，何青彥一反常態，間隔數個小時才斷斷續續地回應。

沿途經過路口超商，陳信瀚又看到信號。男子西裝革履，髮型幹練，不到三十歲的模樣，一手握著手機，另一隻手指尖於空中飛舞。黑霧在男子的肩胛飄散不去。

隔著一條街，陳信瀚安靜地看著。他還是看得見，或許是才與吳姝妍分別，她的話語還含在耳朵裡，像游泳時進了水那樣藏在耳朵深處。陳信瀚在心底一次又一次地復述，原諒自己，你要原諒自己。

他轉身邁開了步伐。

第六章 2u4ux.45;

第七章 2u4fu 5;

第八章 2u418 5;

第九章 2u4ur.3

第十章 2u4g65;

第十一章
2u4g6u 5;

LOGIN.........

◈

一打開家門，陳信瀚聞到濃郁的食物香氣，桌上是兩盤咖哩。

陳信瀚記得陳忠武討厭咖哩的氣味，問，「今晚爸爸不回來吃飯？」

姚秋香調整爐子的火候，置上鍋蓋，不忘查看電鍋裡的白飯，「對。」

「之後我要搬出去住。」

「說什麼傻話？」姚秋香關了火，雙手撐著流理台，「你哪來的錢？」

「我這段時間給人打工，有存了一筆錢。」

「住在外面得花多少錢？你還想重蹈覆轍？」

「我不能夠繼續賴在這個家裡了。」

「誰說的？你爸？」

「是我自己的想法，跟任何人都沒有關係。」

「那你為什麼會有這樣的想法？」

「沒什麼，就想說，該離開家裡靠自己過活。」

姚秋香看了陳信瀚一眼，眼神透著壓抑，「你願意嗎？你在家裡待了這麼多年。」

「願不願意是一回事。」

「你要搬去哪裡？」

「我先上網找房子，找到了再跟妳說一聲。」

姚秋香把冒著熱煙的白飯用勺子固定在盤子的一側，另一側鋪上浸過冰水的花椰菜。

「你不會是要做什麼傻事吧？」

「才不會。對了，媽，這個妳拿去，做一兩件自己喜歡的事情。」

陳信瀚交出了黃辛蘿的牛皮紙袋。

幾個鐘頭前，他坐在捷運廁所的馬桶上數過了數字，五十萬。

黃辛蘿所言不假，錢之於她不是什麼難事。

姚秋香皺著眉，嘟噥，「這是什麼？」她打開紙袋，朝裡頭一看，嚇得鬆開了手，紙袋頓時砸到地上，「你是去搶劫了嗎？還是去當詐騙集團的車手？」

「都不是。除了打工，還有一些是我這幾年在遊戲裡賺的。」

「玩那麼久才賺這麼一些？」姚秋香拾起紙袋，數了數裡頭的鈔票，「把你的時間算進來，這些實在算不上什麼。我不會收下這筆錢，你拿回去吧。」

「為什麼不收下。」

「搬出去住有很多大大小小的花費，你一定會用到的。」

陳信瀚看著父親的座位，空著好幾晚了。

踟躕了好久，陳信瀚鼓起勇氣，「爸什麼時候回來？」

姚秋香傾著頭，「他什麼時候回來不重要。」

「為什麼不重要？」

「他已經不在這個家很久很久了，而你，也只是剛回來而已。」

◆

陳信瀚通知何青彥，自己要搬家了。不是舉家遷徙，而是他獨自搬了出去。他在離家大約兩公里的社區租了一間套房，打算兩天之內收拾好行李。

第二天，晚上近八點，陳信瀚的打包暫告一段落，何青彥出現了。姚秋香給他開門，親自和何青彥道歉，她摸著鼻子，不無尷尬地說，「這幾天很少看到你，抱歉，阿姨不應該把你想成嫌疑犯，請你不要在意，以後還要常常找小瀚玩。」

聞言，何青彥笑了，「阿姨妳多想了，我只是最近太忙了。」

何青彥手上提著兩杯飲料，進房的第一個工作就是把古早味紅茶交給陳信瀚。

「你要怎麼搬過去？」

「計程車吧。我的東西那麼少，又住得那麼近，可以分幾次搬。」

「為什麼突然說要搬出去？」

「不搬出去住，我媽沒有辦法規劃自己的生活。」

「你之後打算怎麼辦？」

「還在想。不排斥出去找工作，只是太久沒跟人接觸了，要慢慢來。夕梨的母親給了我一大筆錢，我媽也不肯收，所以，經濟上暫時還不用著急。」

「《世界樹》呢？」

「我把會長的位置交給其他玩家了，會先退出一陣子吧。

「想想好像做了一場很長很長的夢。如果那天我沒有答應去見夕梨，還真不敢想像會發生什麼事。」

「既然事情都告一段落了，我可以問，為什麼要使用我的相片跟身分呢？」

陳信瀚看著何青彥，他早有預感自己遲早得回答這個問題。

他吸了一口紅茶，「我有沒有說過，我表哥長得很好看？」

「表哥？」何青彥挑眉，對於陳信瀚此際提起這號人物有些不解。

「對，用女性角色玩遊戲的那個。濃眉大眼，像混血兒。從小到大，常聽大人跟我阿姨說，不好好盯緊我表哥，小心四十歲就當阿嬤了。說實話，我一直有點嫉妒他，所以一發現他玩女角，見面時故意一直喊他人妖，我表哥也沒什麼反應，只提醒我該怎麼調整技能點數，好一起組隊。他本來就對讀書沒什麼興趣，大學畢業跑去H市，說很喜歡那裡的環境，要跟朋友在那合開早午餐店，菜單都設計好了。我阿姨看我表哥這麼有規劃，給了他一筆錢，讓他做做看。我們全家去過一次，生意不錯，麵包都是我表哥的朋友親手做的，很好吃。後來，我很少在過年看到表哥，問阿姨跟姨丈，他們說做早午餐太累了，過年只想好好睡覺。

「到了我大二，我媽才跟我說表哥缺席的原因。我表哥喜歡男生，合開早餐店的那位朋友，其實是他的男友。我阿姨跟姨丈很傳統，根本無法接受，他們禁止表哥參加家族活動，怕表哥跟我們出櫃。我聽到時有點訝異，但也沒多想什麼。這種事好像早就見怪不怪了。有一天，我很無聊，想起跟表哥一起打電動的暑假，我突然間懂了，我表哥沒有要騙裝備，他就只是很想交一個男朋友吧。他那時還住家裡，我阿姨姨丈管得那麼嚴，他只能這樣找男朋友。如果他只想要騙裝備，幹嘛花這麼久的時間陪那個大學生聊天？也就是說，他是真的喜歡那個大學生。」

「我們怎麼說起你的表哥了。」

「不是有句話說，換個角度，事物看起來都會澈底不一樣嗎？當我們玩遊戲時，角色設定是勇者，所以打掉擋路的怪物，進入城堡搜尋寶箱，沒什麼好奇怪的。但在怪物眼中，我們是殺了人又入室搶劫的惡徒。

「我們說網路世界是虛擬的，也是因為我們先入為主地以現實為本位。假設今天人類的意識、想法，可以被分析、轉譯、儲存，流通於線上空間，我們還會那麼在意自己的長相嗎？我們還會為了吃什麼而煩惱嗎？還會為了買房而把自己逼得喘不過氣嗎？還需要工作來證明自己嗎？到了那個時代，我們會用什麼定義『人』？生理特質嗎？還是只看心智的展現？我們會不會反過來覺得現實很落後，有太多不必要的拘束，太多後天不能改進的累贅——我說這麼大一段，聽起來好像在狡辯。何青彥，我要說的也可以簡單用一句話帶過，有些人，無法以現實的自己活下去。請原諒我做了這麼卑鄙的事情。更請你看在我跟你坦承這麼多的分上，告訴我，現實中的你，到底是誰？」

何青彥一個怔忡，「你說什麼？」

「你真的是何青彥這個人嗎？」

「為什麼這樣懷疑？」

「我們是高中同學對吧？可是我沒有跟你相處的記憶。」

「你想不起來？」

「對，我不曉得這是不是車禍的後遺症。說沒有記憶，是有些誇張了，但我再怎麼回想，也只有一些畫面。我們同班整整兩年。」

「也許這不是車禍的後遺症，陳信瀚。」何青彥臉上招牌的溫柔微笑消失了，換上陰沉的凝視，「而是我們不會記得，自己欺負過的人長什麼模樣，尤其像你這種不親自動手的。」

「我欺負你？」

「我對於你的一切瞭若指掌，現在，換我問你了，我是誰？我家有幾個人，我有沒有兄弟姊妹？除了上班，下班的時候我喜歡做什麼，看什麼節目，我談過幾次戀愛？你有沒有發現，你的腦袋對於這些問題沒有任何反應？為什麼？我是不是跟黃、芬里厄，還有達西一樣，你在明處，我在暗處。你暴露出你的行蹤，我們卻隱藏著自己的。不過，有一點我跟他們不同，其實你問，我是會說的，但你沒有，你跟高中比起來，實在沒什麼長進，哪怕你是第一名，還是一事無成，你都相信世界會繞著自己轉。這幾年我聽了這麼多你的牢騷，現在，換你聽我的了。陳信瀚，你是我虛偽的朋友，真正的敵人。我必須承認，在醫院認出你的時候，即使那麼久沒見，我還是下意識地感到害怕，你帶給我的痛苦實在太多了。」

「我帶給你痛苦？」

「你是真的一點也想不起來嗎？我給你一些提示好了，你有沒有印象，在高中時，我的名次如何？在前半段，還是後半段？」

陳信瀚閉緊雙眼，眼周浮起青藍色的線條，好半晌，他決定放棄。「想不起來。」

「不是想不起來，是自始至終，你都沒有把別人放進眼底。我先跟你講一個故事吧，你聽看看，再來跟我說你的心得。」有一秒鐘，何青彥的臉色猙獰且扭曲，但在陳信瀚想要看得更仔細時，那些五官又組合成一個和煦、溫暖的微笑。

「很久很久以前，有一個小孩，姑且叫他小明好了。小明很早就沒有父親，是媽媽跟阿姨拉拔著長大，小明媽媽白天去上班，下班以後，先回家吃個晚餐，休息一下，再去附近的餐廳做打烊班。小明最大的特色大概就是他很聰明，很會讀書，至少，那時大家都這樣說。第一次領到獎學金，小明就知道，讀書是他唯一能夠為媽媽分憂解勞的事情，所以他很努力，每次考試都得第一名。

「有一天，小明媽媽帶他去吃尾牙，隔壁桌坐著經理一家人，小明媽媽有提醒他，經理的小孩雖然大他三歲，可是頭腦生病了，要多體諒人家，不要讓人家不高興。小明聽不懂母親的意思。後來，一個小姐跑來逗他們，說誰先回答她的問題，就可以得到一枝棒棒糖。小明不喜歡輸的感覺，所以他不斷地搶答。

「小明沒注意到經理太太的臉色越來越難看，最後，那個小姐說，剩下一個問題，答對的人可以得到一杯冰淇淋。那個問題很簡單，小明看見媽媽站在後面，搖了搖頭，叫小明不要說。但小明太想要贏了，他覺得經理的小孩什麼都有，他什麼都沒有。他舉手，當然又答對了。

「小明媽媽叫他把冰淇淋送給經理的小孩，小明不肯，他媽媽很生氣，小明也生氣了，他頂嘴，說，為什麼要假裝這個小孩跟其他小孩一樣呢？小明的媽媽甩了他一巴掌，那也是小明這輩子唯一一次被媽媽打巴掌，之後，小明再也沒犯過這樣的錯。聽到這，你是不是很好奇，為什麼我要說這個故事？」

陳信瀚沒有吭聲，他全副的心思都在適應眼前的這個陌生人。

他跟何青彥置身四坪不到的房間。太小了，太危險了。

他怎麼會讓何青彥站得如此近？

「別急，你要出場了。小明後來考進一所不錯的高中，被分到一個新班級。前面說了小明很聰明，但，再怎麼聰明，高中課程還是很難。加上旁邊的同學也都很聰明。小明再也沒有辦法考到前幾名了。班上的第一名就坐在小明的隔壁，他家很有錢，爸爸是銀行主管，媽媽是家庭主婦。別人擠公車去補習，第一名只要坐在家裡等家教上門。

「小明什麼都沒有。他不習慣數學老師跟英文老師的上課方式，但小明媽媽覺得，小明的學費生活費已經用掉她一半的薪水，她無能為力送小明去補習。小明只好硬讀，苦讀，讀到三更半夜。他知道第一名不像他這麼辛苦。他常聽到第一名跟別人說，自己準時十二點上床睡覺，這樣子讀書效率才好。

「第一名也不像他念英文念得這麼累，只要放暑假，第一名常常被送到美國去找親戚玩。小明很羨慕第一名，他做了一件蠢事：他跑去問第一名怎麼讀書，要第一名教他，第一名看起來也很好心，一題一題教他，有時還安慰小明，說他知道小明家裡不容易，小明聽了很感動，有一種被了解、甚至被照顧的感覺。

「沒多久，小明察覺了，班上有些人在排擠他。他不知道為什麼，問了很多人，才有人告訴他，第一名放話說小明把他弄得很煩，要不是導師叫他多照顧單親家庭的同學，他都想要給小明錢、讓小明去補習。第一名沒有說錯，所以小明不能反駁，只是說第一名太受歡迎了，他的意見就像聖旨，排擠慢慢地變成霸凌。

「小明後來常聽到有人偷偷罵他，窮鬼又想裝上進，更過分的綽號也有，有人叫他騷擾狂。小明想要忘掉學校的事情，一回到家就強迫自己專心讀書，考上好大學，但人又不是機器，說忘就忘，小明的成績一直退步，這讓他成了新的笑柄，哈哈哈，騷擾狂活該。這些事，你是真的沒有記憶嗎？」

陳信瀚嚥了嚥口水，隨著何青彥的話語，眼中浮現了一些影影綽綽的畫面，何青彥臉熱耳紅，雙手放在膝蓋上。如果，不要看著何青彥，而是試著從何青彥的位置看出去？會看見誰？陳信瀚看見了。三位與自己交情不錯的同學，一臉蔑笑，對著何青彥指手畫腳。他們對何青彥做了什麼，又說了什麼？真如何青彥所說，是他主導的嗎？

陳信瀚以虎口抵著前額，想壓下針刺般的劇痛。

「陳信瀚，其實你真的沒有錯，」何青彥嘆了一口氣，語氣回到之前的友善，「我很後來才意識到這一點，你沒有錯。我就像那個經理的小孩，而你，就是童年那個指高氣昂的我。努力有用嗎？有，不努力的話，經理他們無法把小孩弄去普通人就讀的學校，我也考不上明星高中；但努力的效果是不是常常被高估了？我們是不是早就活在一個很多事情早就注定好的世界？我媽為什麼那次打我巴掌？懲罰我說錯話？不，是懲罰我太誠實，有白色的謊言，就有黑色的真相。

「就像如果有天你發現，有些玩家創立角色時他分配到的素質是你的一倍，升級需要的經驗值是你的一半，你怎麼玩下去？你鼓勵自己，好，那個玩家玩五個小時，你就玩十個小時來追平。很多人也是這樣告訴自己，好讓自己有辦法一天接一天把日子過下去。可是，到了深夜，你會不會忍不住想，如果人家今天玩六個小時？玩十個小時？你怎麼辦。跟，還是不跟？跟，沒日沒夜消耗生命，一輩子只為追上別人而活，可不可悲？你難道沒有自己的理想嗎？不跟，眼睜睜看著對方把你狠狠甩在後面，說不在意，有誰會相信？

「還有更慘的，就像我跟經理的小孩，想跟，可惜做不到，經理的小孩沒跟上我，我沒有跟上你，一分鐘落後成一個小時，一小時變成一天，一天變成一年。你怎麼能不想，這遊戲我不玩了，我要登出，我要下載另一款更好玩的遊戲。你自己也說過，遊戲的設計精神在於平衡，平衡就是完美，設計上不完美就是對玩家的不正義。那你有沒有想過，現實那麼不平衡，我們這樣的玩家要怎麼活？」

「這幾年，你為什麼時常來找我？一副很關心我的模樣。」

「你敢聽實話嗎？」

「都到了這個階段還有什麼不能說的。」

「想親自確認你過得不好。你在醫院跟我說那些事的時候，我想說，太好了，你瘋了，不是很常讀到這樣的新聞嗎，很多在高中很會讀書的人，上了頂尖大學，發現人外有人、天外有天，一下子承受不住打擊，精神就失常了。我那時其實很高興，想說你也有這麼一天。我假裝接受了你的說法，你好像也很感動，時常找我聊天。我想起高中時的我們，只是這一次騷擾狂變成了你。」

「所以你並不相信我？」

「對，一開始我並不相信，為什麼要？相信跟不相信，取決於對這個人的感情。那時我對你一點好感也沒有。我只是很訝異，你在醫院好像很高興看見我，我測試了好幾次，才明白你似乎是真的忘了。也許是車禍，車禍後你也的確記不起很多事情，也許是困擾我高中三年的事件，在你心目中一點也不重要。」

「你說一開始，所以後來你相信了？」

「是的。」何青彥不自然地別過視線，「醫院的部分，我怎麼去求證？你大學說的那個教授跟學長，我也覺得只是巧合，爬山本來就是一件高風險的事。而教授，你跟我說的時候，他過世的消息已經出現在新聞上。直到黃宥湘那一次，我才覺得也許你真的看得到什麼。你傳訊息的時間，比黃宥湘的死亡時間早了一個小時。」

「到了那麼晚才相信……」

「我不是說了，相信跟不相信，取決於對這個人的交情。之後我們的地位好像顛倒了，你成了我，我成了你，另一層意思就是，我終於理解了你的感受，原來，當我成為那個被需要的人，我也會像是高中的你一樣，感到厭煩，忍不住在背地裡嘲諷。人一旦居高臨下，怎麼看別人都是睥睨。」

「對不起。」

「什麼？」

「我跟你說對不起。」

「為什麼要跟我說對不起？」何青彥握緊拳頭，「你以為我稀罕？」

「我高中做的事情確實很過分，忘了這件事也很過分。」

「現在說對不起，不覺得太矯情了嗎？」

「以前確實不知道，因為，人生太順遂了。看不到，也不覺得自己有義務要看到。謝謝這段時間你的陪伴，不管你是抱持著怎樣的心情待在這裡，你確實是這幾年來，唯一願意待在這個房間的人。即使是虛情假意，至少我感覺起來都是真的。」

「我是不會買單的。」

「這裡是我新的地址。如果你想來，我很歡迎。只有一個願望，何青彥，到了那一刻，我想要邀請你，不要只做我的敵人，也成為我的朋友。」

◈

半年後

「所以，你不願意嗎？」王振翔發出了哀號。

「怎麼可能願意。」陳信瀚坐在王振翔對面，翻了個大白眼。

「可是，如果你願意，你的知名度會大增，說不定會吸引到很多跟你類似的人。」

「我並不想要吸引這些人，二來是，你有沒有想過，如果我真的露臉，會對我個人造成多大的困擾，我怎麼證明我的能力，證明的過程沒有道德問題嗎？」

「我確實沒有想得那麼周詳，只是想先來詢問一下你的意願。經你這麼一說，好像真的有不少問題，不過，先別把話說得那麼死嘛，我想要做的節目是集合一群具有類似靈媒體質或特殊能力的人，目前已經有一個對象答應了。你不想露臉，也有不露臉的方法。」

「那個人的能力是什麼？」

「也很有趣喔，跟你的有點類似，他可以感應到誰生了重病，而且是用聞的。」

「那我問你，你來找我參加這個節目，表示，你完全相信我了？」

「我就知道你會問這個問題。說完全也不盡然，但，至少有七成相信吧。」

「你們兩個最近還有見到瑞安嗎？」

「她有，我沒有。」王振翔推了推冷眼旁觀的陽陽，「妳很矛盾欸，吵著要跟來，到了這裡又一句話也不說，妳來的目的到底是什麼？」

「我想要問一件事。」陽陽抬頭直視著陳信瀚。

「問吧。」

「你跟瑞安在遊戲裡還很好的時候，她是怎麼形容我的。」

聽到「還很好」的形容，陳信瀚的心臟攣縮了一下。

事件結束之後，他試著傳簡訊問候瑞安，過了一兩個月，才得到瑞安的回覆，說她想先找回寧靜的生活，之後會再跟陳信瀚聯絡。吳姝妍提醒陳信瀚不要急躁，得把瑞安想成一個才從漫長昏迷中甦醒過來的病人。

「她說，她只有一個朋友，就是妳。」

「真的嗎？」

「我沒有騙妳的必要。」

「那她為什麼要說她其實恨透了我。」

「這個不是很好理解嗎？」

「怎麼會。」

「人類很常既愛著一個人又恨著一個人吧，如果沒有基本的喜歡，那麼，討厭啊，痛恨啊，是很難建立起來的。不然怎麼會有因愛生恨這句話。喜歡是恨的溫床。」

「這句話是從 IG 抄來的吧，不，你的年紀，應該是臉書。」

「說不定被你說對了，我從臉書抄來的吧。」

這段話，其實是何青彥教他明白的。與何青彥告別以後，一個晚上，陳信瀚終於想起何青彥腋下夾著數學講義，靦腆地走到他面前，一臉緊張地請教他的模樣。他想起那張低垂的臉，仰起來時，眼中閃爍的是渴望被接納與認同的微光。

王振翔起身，手裡拿著帳單，一邊揉著久坐而發僵的屁股，一邊往櫃檯走去。

「我也想問妳一個問題。」

「問吧。」

「那時候為什麼妳可以這麼地敏銳，我的意思是，妳還很年輕。」

「我說過了，如果你真的在意一個人，你就會看到很多事情。跟你的陰陽眼不太一樣，你是睜開眼就能看見，我像是想辦法把東西放到顯微鏡下，不斷地調整，直到看得見為止。」

「我這個不太算是陰陽眼吧。」

「比喻而已。」

「每個人都有顯微鏡嗎？」

「我也不知道，我猜多數人都有，只是他們寧願看不清楚。」
「我可以反問妳，是妳的話，會怎麼形容瑞安？」
「這個問題，如果是瑞安問我，我會據實以告，很可惜並不是。」
「好啦，陽陽，我送妳回宿舍。」王振翔把發票與折價券隨性地塞入皮夾內，「陳先生，你再考慮一下，如果你改變心意或是你有什麼顧慮，都歡迎提出來。」
陳信瀚目送陽陽跟王振翔走遠的背影。
他這才反應過來，寂寞有這麼多種。有一天，他說不定會明白夕梨的寂寞。
至於陽陽的，他可能一輩子都不能懂。

◈

陳信瀚推開玻璃大門，在櫃檯的指引下來到吳姝妍的座位。吳姝妍抬頭看了他一眼，視線立刻回到螢幕上，雙手飛快地在玫瑰金鍵盤上移動。
「你自己找一張椅子。」
陳信瀚坐下，好奇地抬頭打量塑膠隔板劃分出一小間一小間蜂巢式的空間，吳姝妍也身在其中一間，像是勤奮的工蜂，為這間規模巨大的企業生產資源。
冷氣比想像中強，陳信瀚撫了一下自己手臂上的汗毛。

等了將近半小時，吳姝妍才轉過椅子，拿起門禁卡，「不介意的話，陪我到頂樓。」

一跨出電梯，吳姝妍就迫不急待從口袋抓出香菸，一下子點燃。

「妳抽菸？」

「對，怎麼了嗎？」吳姝妍手指夾著那根細長的菸，歪著頭看著陳信瀚。

「學校的調查，還順利嗎？」

「非得要一見面就問最讓我心煩的部分嗎？」

「好吧，那，妳最近過得好嗎？」

吳姝妍點了點頭，「這樣問好多了。」她俐落地輕吐一口煙，「馬馬虎虎。」

「瑞安沒有住妳那了吧？」

「對，後來黃小姐跟她先生說清楚了，瑞安也答應跟她媽媽見面。黃小姐希望瑞安回去讀書，給她找了一間附住宿的重考班，瑞安好像適應得滿好的。我們昨天有講電話，她告訴我，黃小姐常常帶她去附近的百貨公司吃晚餐，一個禮拜至少兩次。等她考完試，黃小姐要讓瑞安跟她的先生、小孩見面。」

「她還是沒有跟妳說，巨蟒是怎麼說服她的嗎？」

「沒有。這幾個月，我就像是袋鼠，瑞安是我的袋鼠寶寶，我去哪她就得跟到哪，我進公司，她也得進來。即使我不斷地釋放出善意，她還是對巨蟒忠誠得不可思議。」

「妳有理出頭緒嗎?妳說的洗腦。」

「不能說沒有，但，還是很模糊，你想聽?」

吳姝妍閉上眼，很享受地吸了一口，嘴巴像是河豚一樣鼓起來。

剎那間，她看起來很迷人。

「我當然想聽。」

「半年前，我很直覺的想法是，巨蟒很懂人心吧，特別是十六、七歲小女孩的思緒，那麼虛張聲勢，那麼口是心非；以及那麼渴望，又拒絕承認，自己要的只是愛。可是，這幾個月我又去跑了另一個家暴的題目，見到很多受暴婦女，想法有些不同，我漸漸覺得，不只是這樣，這些小女孩不是自然而然地變成這種模樣，而是打從她們一出生，社會就不斷地暗示她們，她們是瑕疵品，而瑕疵品，是沒有辦法靠著自己就變好的。」

陳信瀚並沒有聽懂這段話，但看著吳姝妍的側臉，以及那雙炯炯有神的雙眼，他升起了一個篤定的信念，這個人說的話，應該是可以完全相信的。

「你呢，還是在家裡蹲嗎?」

「誰跟你說我是家裡蹲?」

「回答就是了。」

「我從家裡搬出來了，目前在一家公司當助理。」

「做什麼的？」

「雲端整合的顧問。」

「你之前有接觸過嗎？」

「沒有，所以前幾個禮拜都在努力了解公司的產品，好險只有十五個。」

「你之前是因為看得見，所以無法走進社會嗎？」

「算是吧。」

「現在怎麼可以了？」

「一部分是，想看一看外面的世界現在長什麼樣子，就像旅遊吧，在原本的地方待膩了，想轉換心情，也許看夠了又會縮回去也不一定。一部分是，主管是我的大學同學，我告訴他我有社交恐懼，他說他可以調整，我目前負責處理他的交辦事項，不太需要跟其他同事見面。」

「恭喜啊，之後再來想下一步吧。」

「那我可以繼續問『學校』的事情嗎？有追到什麼嗎？」

「沒有，『學校』是一個進化得非常迅速的組織，每一次我好像快要抓到一點線索，它又會澈底改變經營的模式，有些校友頻繁更換名字，我很難建立穩定的檔案。不過，我有個感覺，『學校』的經營者應該有換過……校長雖然久久說話一次，但他說話的風格跟之前不太像。雖然這只是我個人的胡思亂想，缺乏直接證據，不過，如果不是我還願意胡思亂想，根本撐不到現在。蒐集那麼多受害者的臉，卻沒有半張加害者的樣子，好像在羞辱我的專業，還有我身而為人的良知。」

「順帶一提，你知道芬里厄跟巨蟒，兩個名字之間有什麼關聯嗎？」

「不知道。」

「玩了《世界樹》那麼久，再仔細想一下吧，答案呼之欲出了。」

吳姝妍摁熄了菸，「我差不多得回去了。你想說什麼，得把握時間。」

「我沒有要說什麼，就只是陪主管來見客戶，想說你好像在這棟大樓工作。」

「哦，是這樣嗎？那我們走吧。」

在吳姝妍就要跨過分隔梯間與頂樓的門檻時，陳信瀚喚住了她。

「我以後可以常常來找妳聊天嗎？」

吳姝妍轉過頭，以黑色髮帶攏起的鬆散馬尾在空中繞了一個弧圈。

陳信瀚感覺到，內心有什麼被那個圈套住。

「為什麼問這個問題？」

「不能嗎？」

「當然沒有不能，只是得提早說，我不是天天進辦公室。」

「謝謝妳。」

「沒什麼好謝的。」

「好。」

「那我們下樓囉？」

「等一下。」

手機微震，陳信瀚從口袋摸出手機，以為是工作提醒，沒想到是何青彥。

他吞了吞口水，手指擦過螢幕，緩緩地點開。

「後天我休假，有空嗎？」

「最近有一家連鎖手搖飲，我喝過他們的紅茶了，茶葉還可以。」

陳信瀚眨了眨眼，竟有些不敢置信。

半年了。

不算太長的日子，對等待的人來說，卻仿若隔世。

「怎麼了？」

「沒事。」

「現在可以走了吧？」吳姝妍問道，語氣輕快，彷彿再等上一段時光也無妨。

「可以了。」

「那就走吧。」

致命登入

作　　者：吳曉樂
責任編輯：林芳如
責任企劃：劉凱瑛
裝幀設計：木木 Lin
整合行銷：何文君
副總編輯：鄭建宗、劉璞
總 編 輯：董成瑜
發 行 人：裴偉

出　　版：鏡文學股份有限公司
114066 臺北市內湖區堤頂大道一段 365 號 7 樓
電　　話：02-6633-3500
傳　　真：02-6633-3544
讀者服務信箱：MF.Publication@mirrorfiction.com

總 經 銷：大和書報圖書股份有限公司
242 新北市新莊區五工五路 2 號
電　　話：02-8990-2588
傳　　真：02-2299-7900

內頁排版：宸遠彩藝
印　　刷：漾格科技股份有限公司
出版日期：2021 年 12 月 初版一刷
I S B N：978-626-7054-17-8
定　　價：400 元

國家圖書館出版品預行編目 (CIP) 資料

致命登入/吳曉樂著. -- 臺北市：鏡文學股份有限公司, 2021.12
面；14.8×21 公分
ISBN 978-626-7054-17-8(平裝)

863.57　　110018494